Über dieses Buch

In seinem ersten Roman (erschien 1966) zeigt Dieter Wellershoff am Beispiel von drei Personen – älterer, verwitweter Vater, altjüngferliche Tochter, lebensuntüchtiger Sohn – das vertrackte Zusammenleben einer Familie, das Gegeneinander von heimlichen Wünschen, Ängsten und Aggressionen, angestauten Lebenshunger, der immer wieder zu unerwarteten Ausbruchsversuchen führen kann. Und je mehr der Vater versucht, eine vermeintliche Idylle zu retten, desto mehr driftet die Familie auseinander. Die Personen des Romans ›Ein schöner Tag‹ (Vaters einundsiebzigster Geburtstag) sind Menschen, die keine festen gesellschaftlichen Rollen mehr ausfüllen und deshalb in dauernde Unruhe und Labilität geraten sind. Sie kommen zwar immer zu neuen scheinbaren Verständigungen, aber hinter den Scheinübereinkünften »Schöne Tage« dauert die Krise fort.

Mitte der sechziger Jahre hatte Wellershoff einige Thesen zu einem von ihm vertretenen »Neuen Realismus« postuliert. ›Ein schöner Tag‹ ist die Nagelprobe auf seine Proklamation. Im Urteil der wichtigsten Blätter und Rezensenten hatte Wellershoff seinerzeit die Probe bestanden. Günter Blöcker schrieb damals: Dieser »Roman ist ein großes Versprechen«. In der Zwischenzeit hat Wellershoff mit mehreren Büchern, die zu den wichtigsten Zeugnissen zeitgenössischer deutschsprachiger Literatur zählen, das Versprechen glänzend eingelöst.

Der Autor

Dieter Wellershoff, geboren am 3. 11. 1925 in Neuss, studierte Germanistik, Philosophie und Kunstgeschichte in Bonn. Er promovierte 1952 über Gottfried Benn, wurde Redakteur, dann Verlagslektor und begründete die »Kölner Schule« eines Neuen Realismus.

Neben literarischen Essays, Schauspielen und Hörspielen veröffentlichte er die Romane: ›Ein schöner Tag‹ (1966), ›Die Schattengrenze‹ (1969; Fischer Taschenbuch Bd. 5067), ›Einladung an alle‹ (1972; Fischer Taschenbuch Bd. 5102), ›Die Schönheit des Schimpansen‹ (1979; Fischer Taschenbuch Bd. 2089) und den Band Erzählungen ›Doppelt belichtetes Seestück und andere Texte‹ (1974); eine Auswahl hieraus erschien unter dem Titel ›Ein Gedicht von der Freiheit‹ als Fischer Taschenbuch Bd. 1892. Im Frühjahr 1980 erregte Wellershoff Aufsehen mit der Novelle ›Die Sirene‹.

DIETER WELLERSHOFF

EIN SCHÖNER TAG

ROMAN

FISCHER TASCHENBUCH VERLAG

Ungekürzte Ausgabe
Fischer Taschenbuch Verlag
November 1981
Umschlagentwurf: Jan Buchholz/Reni Hinsch
Fischer Taschenbuch Verlag GmbH, Frankfurt am Main
Lizenzausgabe mit freundlicher Genehmigung
des Verlags Kiepenheuer & Witsch, Köln

Gesamtherstellung: Hanseatische Druckanstalt GmbH, Hamburg
Printed in Germany
980-ISBN-3-596-22114-5

I

Obwohl er schon wach ist, sieht er es noch immer. Es sind durchsichtige Blasen, die knisternd stillstehen und sich untereinander nur bewegen, wenn eine von ihnen platzt. Einige Blasen sind sehr groß, dazwischen sitzen kleinere in unregelmäßigen Formen und dazwischen wie ein versikkerndes Gesprühe noch kleinere, die er kaum noch sieht. Wenn eine der großen Blasen sich dehnt und zu glänzen beginnt, spürt er das krampfartige Ziehen von der Brust bis in den Arm. Er hat Angst, nicht rechtzeitig zu bemerken, wenn eine der kleineren Blasen plötzlich zu wachsen beginnt, bis er sie übergroß in einem unerträglichen Schmerz vor sich sieht, wie sie zerspringt. Das Ganze steht dicht vor ihm in der Dunkelheit, zu dicht, er kann nicht die Ränder beobachten, wo es verschwimmt.
Er liegt auf dem Rücken, sein Gesicht ist naß. Was sehe ich, denkt er, was sehe ich? Einzelne Schweißtropfen beginnen auf seinem Gesicht zu laufen. Sie lösen sich vom Nasenrükken oder von der Oberlippe und der immer gleiche Weg, den sie nehmen, zeigt ihm sein Gesicht. Seine Hände sind weit weg und wie abgetrennt, und um den Tropfenweg zu ändern, schließt er den Mund. Er muß schlucken und sieht, wie die Blasen sich spannen, und sofort geht sein Mund weit auf, er liegt still mit aufgerissenem Mund, und jetzt laufen die Tropfen in kürzeren Abständen, wachsen überall aus der Haut und laufen; aber die Lauge vor seinen Augen steht still. Ich darf nichts tun, denkt er, der Tod kann nur kommen, wenn ich etwas tue. Alles wird undeutlich, von den Rändern her kommen die Schatten, aber von oben kommt ein dichterer Schatten, der sich immer mehr ausdehnt und gegen den etwas Dunkles antreibt, schwer und stetig, das ist sein eigener Körper, der reglos auf dem Rücken liegt. Das Laufen der Tropfen hat aufgehört, und sein Gesicht liegt steif unter einer dünnen Gallerte. Sie

bedeckt auch seine Augen, die er deutlich als etwas Rundes fühlt. Er kann sie aber bewegen und sieht einen Ausschnitt der Zimmerdecke mit dem blassen Schatten des Fensterkreuzes, atmet gleichmäßiger und blickt hinauf. Dann sieht er es nicht mehr, und er begreift, daß er geschlafen hat und das Hoflicht ausgegangen ist. Trotzdem erkennt er die dunkle Masse des Kleiderschrankes, die Tür und den Bilderrahmen an der gegenüberliegenden Wand. Vielleicht kann er jetzt besser sehen. Er fühlt sich leicht und schlaff und streicht mit der rechten Hand über seinen Schenkel und über Bauch und Brust, versucht es dann auch mit der anderen Hand, die sich noch taub anfühlt, und als sie auf der Brust liegt, beginnt er sie sanft zu massieren. Die Haut ist welk und rutscht auf dem Handknochen hin und her. Er hört auf und betastet die weichen Falten auf den Fingergelenken. Dann hält er die Hand fest und bleibt so, fühlt sich treiben mit dem Gewicht der Hände auf seiner Brust.

Mit jedem Atemzug wird das Zimmer dunkler, oder vielleicht hat er die Augen geschlossen, er sieht nichts, die Dunkelheit liegt dicht über seinem Gesicht. Manchmal sieht er helle Flecken oder kleine feurige Punkte, aber er weiß nicht, ob seine Augen geöffnet sind. Dauernd blickt er auf eine Stelle, wo sich das Dunkel zusammenzieht, das ist der Schrank, eine nahgerückte unbestimmte Form vor ihm an der Wand. So kann er sterben, ohne daß Carla nebenan etwas merkt. Er sieht sie hinter der Wand, schwer, mit gedunsenem Gesicht, das Laken zwischen die Beine gewikkelt, wie sie dauernd Wärme verströmt. Ich müßte etwas haben, denkt er, einen Stock oder eine Glocke. Neben ihm steht der Stuhl mit dem geflochtenen Sitz, auf den er seine Sachen legt. Da vielleicht, es ist leicht erreichbar, blindlings kann er es finden. Er sieht seinen Arm die Glocke schwingen, einen weißen Arm mit einer hell bimmelnden Glocke.

Atemlos liegt er und wartet, ob das Bild wiederkommt, beginnt seine Hände zu betasten und fühlt, daß seine Augen voll Tränen stehen. So bin ich, denkt er, nah am Wasser gebaut, und immer schäme ich mich, auch im Dunkeln schäme ich mich. Er fängt an, in Gedanken mit sich zu reden, als wäre er jemand anderes, der es gut mit ihm meint, der ihn beruhigt: Kerlchen, sagt er, Kerlchen, und wieder schämt er sich, daß er so mit sich spricht. Er liegt jetzt still und denkt: Warum will ich nicht wissen, daß ich sterben muß? Jetzt nicht, nicht mehr in dieser Nacht, aber sicher bald. Er versucht daran zu denken, kann sich aber nichts vorstellen, er blickt immer nur zur Zimmerdecke. Schon eine Weile sieht er die Frau in der Wäscherei, die aber bitte, aber bitte sagt, weil er erklärt hat, er würde mit seinen Hemden woanders hingehen. Aber bitte, aber bitte. Er kommt nicht davon los, dreht den Kopf und sieht sie wieder vor sich: aber bitte, aber bitte. Ich bin denkschwach, sagt er sich, mein Leben lang war ich schwach im Denken, vielleicht schlafe ich jetzt wieder ein. Er schließt die Augen und gähnt, spürt die Luft als einen stumpfen Keil tief in sich eindringen, kann den Mund nicht schließen, drückt ihn in die Breite, muß ihn sofort wieder aufreißen in einem Gähnkrampf, der ihn in Wellen überflutet, bis er sich schwindelig fühlt und abgesackt in einer flauen Übelkeit liegt mit einem feinen Singen im Ohr. So kann er nicht liegenbleiben, so nicht, in den klammen Sachen, so kommt er nicht zur Ruhe.

Er nimmt eine Kapsel vom Nachttisch, schluckt sie und wartet etwas, bevor er vorsichtig aufsteht. Als er Licht gemacht hat, wundert er sich, wie klein das Zimmer ist, es ist ihm noch nie so aufgefallen, daß es ganz vollgestellt ist mit Möbeln. Er geht um das Fußende des Bettes herum und nimmt einen frischen Schlafanzug aus dem Kleiderschrank. Die Tür schließt wieder nicht, er muß sie anheben, und dabei rutscht ihm der Schlafanzug unterm Arm weg. Das sind Dinge, die nicht sein müssen, denkt er, als er ins Badezimmer geht. Er macht die Heizsonne an und zieht sich aus, steht in schwarzen Lederpantoffeln auf den durchschwitzten Sachen und sieht, wie sein Körper rotfleckig wird, während er sich frottiert. Er ist mager, hat tiefe Näpfe hinter den Schlüsselbeinen, aber das Blut bewegt sich in ihm. Heftig reibt er sich und spürt die Schwäche wie ein Gas in seinen Armen, es schwillt in seine Finger, so daß er das Handtuch nicht mehr deutlich fühlt, aber er reibt weiter, bis der ganze Körper rot flammt; nur die Beine bleiben weiß und kalt. Als er in die Hose des Schlafanzugs steigt, sieht er seine knochigen Knie, die ihm auffallend groß erscheinen. Carla hat die gleichen Knochen, nur ist alles gepolstert bei ihr.

Im Flur bleibt er stehen und lauscht an ihrer Tür. Es ist still, er kann hören, wie sie sich in ihrem Bett bewegt, und während er noch lauscht, sieht er ihren breiten fleischigen Rücken, der sich in tiefen Atemzügen dehnt und zusammenzieht. Ihr Beruf erschöpft sie so, denkt er, er erschöpft sie über Gebühr. Das ist wie bei seiner Frau, die auch oft so erschöpft gewesen ist und mit geschlossenen Augen gejammert hat wie ein Kind, wenn er sie aus dem Schlaf weckte, um sie zu umarmen. Er geht in die Küche und macht Licht. Er hat jetzt überall Licht gemacht, und ihm fällt ein, daß im Badezimmer auch noch die Heizsonne brennt. Daran muß er denken, wenn er gleich wieder ins Bett geht. Im Kühlschrank findet er eine angebrochene Flasche Milch und trinkt sie mit kleinen Schlucken leer, geht zum Spülstein und läßt sie voll Wasser laufen. Das Wasser steigt schnell in der Flasche und kommt mit einem Schwall über seine Hand, er füllt sie vorsichtig etwas nach. Was jetzt noch, denkt er, während er sich die Hand abtrocknet, was will ich noch? Er blickt auf den Küchentisch, der mit weiß-rot gepunktetem Wachstuch bespannt ist. An den Außenkanten ist es ringsum mit weißen Heftzwecken festgesteckt. Wie lange sieht er das nun schon, drei Jahre, vier Jahre? Wie oft hat er schon gedacht, daß man es kleben müsse. Auch die dünne Falte ist da, die man auf der Fläche hin und her streichen kann, die immer woanders ist, aber nie verschwindet. Er versucht mit den Fingernägeln eine Heftzwecke zu lösen, geht dann zum Schrank, sucht ein Küchenmesser und leert eine Streichholzschachtel aus, in die er die Heftzwecken sammeln kann. Mit einer Hand stützt er sich auf den Tisch, während er rundherum geht und mit der Klinge die Heftzwecken aus dem Holz hebt. Das Wachstuch zischt klebrig, als er es von der Platte zieht, und der alte Ölfleck erscheint wieder in der Form eines großen Ohrs, an die er sich sofort erinnert. Er löscht überall das Licht und steigt wieder ins Bett. Ich werde jetzt schlafen, denkt er, aber ich muß mir Zeit lassen.

Er liegt still und blickt zur Zimmerdecke. Zwei-, dreimal

schnuffelt er, weil ihn etwas in der Nase stört. Er hat das Singen im Ohr und weiß, daß er es die ganze Zeit gehört hat, ohne es zu merken. Es ist ein feiner heller Ton, der manchmal verschwindet. Es verschwindet, es ist wieder da. Er merkt, daß er es selbst verschwinden lassen kann, wenn er sich ganz entspannt. Jetzt schlaf ich ein, denkt er, jetzt schlafe ich gleich ein. Eine Weile verändert sich nichts. Das kennt er, es ist die Geduldsprobe. Wie immer fragt er sich, wie spät es sei. Er kennt diesen Gedanken so gut, daß er ihn dunkel vor sich sieht. Dann läßt das nach, und er fühlt sich tiefer sinken. Wenn er jetzt einschläft, ist noch Zeit. Zeit, wozu Zeit, Zeit zum Schlafen, wenn er jetzt einschläft; er wälzt den Kopf herum und ist wieder wach. Es kommt ihm so vor, als sei es heller geworden. Sofort schließt er die Augen und wartet auf die entspannende Dunkelheit, aber es wird heller, durch seine Lider sieht er das Licht, er bildet sich ein, daß das ganze Zimmer in grellem Licht liegt, während er vergeblich die Augen zusammenpreßt, aber davon kommt es ja, von dem Pressen, und er läßt wieder locker, späht sogar kurz in das Zimmer, und während er die Augen sanft wieder schließt, fällt ihm ein, daß im Badezimmer noch die Heizsonne brennt. Er entspannt sich sofort, denn er weiß, daß er nun stundenlang nicht mehr schlafen kann, und mit der gleichen Behutsamkeit wie vorhin steht er auf, sucht im Dunkeln seine Pantoffeln und macht Licht. Es ist zehn Minuten nach drei. Aber es ist vorbei, er wird bis zum Morgen nicht mehr schlafen können. Er beginnt in seinem Zimmer zu hantieren, schiebt den Stuhl beiseite, öffnet den Schrank, sucht eine Hose und die graue Strickjacke, stößt den Schrank zu, zieht Hose und Strickjacke über den Schlafanzug, schlurft ins Badezimmer und macht die Heizsonne aus, läßt, als er in sein Zimmer zurückkehrt, im Flur das Licht an.

Erst als er an seinem kleinen Sekretär unter dem Seestück und den gerahmten Fotografien sitzt, gesteht er sich ein, daß er wartet. Sie hat sich nebenan bewegt, als er über den Flur ging, und jetzt hört er sie wieder, sie scheint aufzustehen. Sofort knipst er die Schreibtischlampe an und öffnet den gelben Aktendeckel, auf den er mit Tusche geschrieben hat »Haus Aue, Lastenausgleich« und liest wieder, daß bei einem Einheitswert von 75 000 RM und einer Schuldenlast von 30 000 RM ein Entschädigungsanspruch von 20 000 DM bestehe, und bei dieser Zahl beginnt er wie immer zu denken, es muß mehr sein, wesentlich mehr sein, wenn ich nachweise, daß die Hypothek im Januar 45 bezahlt wurde, wenn Günther in Schleswig-Holstein Laaths findet, der es bezeugen kann, denn sie sagte mir, er habe sich furchtbar gewundert, als sie das Geld auspackte, beim Mittagessen sprach sie davon, wie er zweimal mit flüsternden Lippen zählte, wie er sie angestarrt hat, als sie die große Tasche voll Geld auspackte, es waren Berge, sagte sie, Berge. Er hört, wie die Tür geht und sie mit nackten Füßen über den Flur kommt, und überstürzt versucht er weiterzudenken, daß es gut war, daß er das Reisegeld verlangt hat, daß er darauf bestanden hat, sich zu wehren und endlich weiterzumachen.

Sie steht im Türrahmen, hat ihren blauweißen Sommerschlafanzug an. Er merkt, daß sie ihn kaum sieht, denn sie bekommt die Augen nicht auf. Er blickt auf den verschlafenen formlosen Mund und denkt, wie bei ihrer Mutter, während sie immer noch verständnislos und leer zu ihm herübersieht und fragt: »Was ist los? Bist du verrückt?«

Sie fragt es verdrossen, ohne Interesse, und er denkt, sie fragt mich, ob ich verrückt bin, und wenn ich ja sage, wird sie wieder schlafen gehen. Er sagt nichts, sieht sie an, wie sie am Türbalken lehnt, einen Fuß auf den anderen stellt und, weil sie mit der Schulter abrutscht, sich umdreht und über den Flur ins Badezimmer tappt. Sie bewegt sich undeutlich, läßt Wasser laufen. Dann fällt ihr etwas hin, und er lehnt sich zurück auf seinem Stuhl. Er stellt sich vor, daß sie gar nicht weiß, was ihr da gefallen ist, und mit hängenden Armen danach sucht. Dann kommt sie wieder und scheint etwas wacher zu sein, sie hat den grünen Morgenmantel angezogen, aus dem unten die Beine des Schlafanzugs hervorschauen. Sie hat Hausschuhe an. Wie vorhin bleibt sie in der Tür stehen, als wollte sie zeigen, daß sie gleich wieder ins Bett muß.

»Sag mal, was machst du eigentlich hier, mitten in der Nacht?«

Er antwortet nicht und sieht sie an.

wenn ich mich neben sie legen dürfte, könnte ich schlafen.
Er wartet. Der Gedanke muß erst ganz verschwinden, dann will er ihn noch einmal denken.
Er sitzt krumm auf der Bettkante mit zusammengedrückter Brust. Das ist so –, er kann es ihr erklären, er hat ein Beispiel, es ist so, es ist natürlich Kläre gewesen, seine Frau.
Natürlich, seine Frau, die tot ist, jetzt kann er nicht weiterdenken.
Obwohl es ganz einfach ist, obwohl –, es hatte sich darum gehandelt, daß er aufgestanden war, um ein Fenster zu schließen, dann war er wieder zu ihr ins Bett gekrochen, und sie hatte mit schläfriger Sachlichkeit die Decke über ihn gezogen und ihren Arm auf ihm liegen lassen.
Wenn sie begreifen könnte, wie einfach das ist.
Es handelt sich darum, zu schlafen. Zu schlafen. Und er sitzt hier, während sie hinter seinem Rücken vorsichtig ihre Lage ändert, als wolle sie ihn nicht wecken. Wunderbar. Sie nimmt Rücksicht auf ihn, sie duldet, daß er hier sitzt. Im Sitzen soll er schlafen, krumm, mit aufeinandergedrückten Rippen.
Vielleicht wachsen sie zusammen, wenn der Atem sie nicht mehr heben kann, und nur der Husten wird sie auseinanderreißen. Schluß, denkt er, Blödsinn. Aber jetzt stellt er sich die Rippen als Ringe vor, die sofort aufeinanderkleben, wenn sie sich berühren, sofort wird die Brust starr, und nur der Husten kann sie auseinanderreißen. Das ist doch dasselbe, denkt er, das ist derselbe Gedanke.
Er dreht sich um in der Erwartung, sie schlafend zu finden, aber sie liegt halb auf der Seite und sieht ihn friedlich und aufmerksam an. »Ich gehe gleich«, sagt er und ärgert sich, daß sie nicht antwortet. Er erwartet nicht viel von ihr, aber er erwartet, daß sie Antwort gibt. Es gibt Formulierungen, die nicht direkt eine Antwort verlangen, aber gerade auf sie muß man antworten aus Höflichkeit.
Immer wenn er auf den Korbsessel vor sich blickt, hat er den Verdacht, daß sie hinter ihm die Augen schließt. Sie will nicht zugeben, daß sie sich ausruht. Aber er wird jetzt so lange sitzen bleiben, bis sie eingeschlafen ist. Dann wird

er leise aus dem Zimmer gehen und das Licht ausmachen. Er sitzt still und fühlt eine matte Lustigkeit in sich aufkommen, weil er sich vorstellt, wie er angezogen und rasiert an seinem Sekretär sitzt und sich im Sitzen vor ihr verbeugt. Es ist aber nur zur Probe, weil niemand da ist, weil sie noch immer schläft. Er versucht an das Fenster zu denken, das Fenster, das er geschlossen hat, um wieder zu schlafen, wieder ins Bett zu gehen; die Decke wurde angehoben, und er schlüpfte hinein. Vor seinen Augen verschwindet er, und jetzt sieht er wieder die gestreifte Wollhose über dem Schlafanzug.

Er dreht sich um. Diesmal liegt ihr Gesicht auf dem Arm.

»Gehst du jetzt?« fragt sie.

Zu seiner Überraschung schüttelt er den Kopf. Aber damit will er nur ausdrücken, daß er im Augenblick nicht sprechen kann. Es geht nicht, es ist keine Stimme da. Währenddessen rutscht sie ans Kopfende, und er macht ihr sogar Platz, damit sie besser ihre Beine anziehen kann. Dauernd blickt sie zu ihm herüber und schiebt sich aus dem Bett. Jetzt steht sie vor ihm, und jetzt ist es auch schon unvermeidlich, daß sie geht. »Da hast du es«, sagt er noch einmal hinter ihr her, als sie aus dem Zimmer geht.

Das ist aber schon alles notwendig, das ist aber schon alles ganz richtig. Er ist auf einmal sehr müde und muß aufpassen, daß er sich nicht in ihr Bett legt. Er sitzt schon so da, mit aufgestützten Armen und verdrehtem Oberkörper hängt er über ihrem Bett und hat die klare Vorstellung, daß er sich nicht hinlegen darf. Er muß vor allem aufpassen, daß er seinen Kopf nicht auf ihr Kissen legt. Er tut es immerhin nur für einen Augenblick. Es ist aber schon richtig so, daß sie wieder vor ihm steht, das ist alles so, wie er es für richtig hält. »Geh bitte in dein Zimmer«, sagt sie, »ich möchte mich anziehen.«

Das ist schon genauso, wie es kommen mußte. Er hat nur Schwierigkeiten, seinen Kopf von diesem Kissen zu heben. Das nimmt ihn in Anspruch. In das Kissen sagt er: »Gut, wenn du dich anziehen willst.«

Jetzt hat er wieder Zeit, sich mit seinem Kopf zu beschäftigen, der tief eingesunken ist in das Kissen.

»Gehst du jetzt bitte?«

Er kommt hoch und lächelt. Dann geht er um sie herum. Das ist vielleicht ein kleiner Umweg, der sie aufregt. Dafür macht er große Schritte, die nur insofern unnatürlich sind, als er dabei in den Knien einknickt. Er muß aber so weitergehen, bis er aus dem Zimmer ist.
Er sitzt wieder an seinem Schreibtisch und hört, wie sie sich nebenan bewegt. Vor ihm hängt das Seestück, im schwarzen Rahmen steht die Brandungswelle mit den zwei Möwen. Zu Hause hat das Bild vor dem Geheimtresor in ihrem Schlafzimmer gehangen, in dem Kläre das Fluchtgeld gesammelt hat. Seit dem Einmarsch in Rußland hatte sie damit angefangen. Es waren genau dreißigtausend Mark, als sie es 45 zur Sparkasse brachte, in den letzten Tagen trug sie es plötzlich hin. Es war unbegreiflich, aber er konnte es verstehen. Sie hatte sich zum Schluß geirrt, weil sie alles schon immer gewußt hatte. Sie hatte alles gewußt, und immer weitergemacht. Als sie anfing, das Geld zurückzulegen, hatte sie im stillen zu zählen begonnen. Vielleicht ging es von da an für sie sehr schnell. Sie war eine tüchtige Geschäftsfrau gewesen, die dafür sorgte, daß sich die Offiziere als Gäste fühlten, sie hatte das Billardzimmer eingerichtet, das Lese- und Schreibzimmer, und abends hatte sie manchmal mit Marketenderwaren eine kleine Bar aufgemacht. Er war zuerst dagegen gewesen, aus dem Hotel ein Erholungsheim für Offiziere zu machen, aber sie hatte sich darum beworben, und eigentlich hatte sie recht behalten, denn die anderen Hotels waren später mit Verwundeten belegt worden und ganz verkommen. Sie war die ganzen Jahre zu spät ins Bett gekommen, und oft war er schon eingeschlafen und wurde wach, wenn sie das Bild abhob und Geld in den Tresor schloß. Er hatte damals das Gefühl gehabt, daß er das Recht verlor, sie zu umarmen, aber wenn er es trotzdem tat, lag sie stumm unter ihm und hielt ihn fest. Das ist sie, da auf dem Foto, leider sehr klein, weil es eine Aufnahme des Hauses ist. Sie steht auf der Eingangstreppe, und man sieht noch ein Stück des Vorgartens mit den Hortensienbüschen. Das war im Sommer 1942, unten rechts steht in Tusche die Jahreszahl. Damals machte er wieder Dienst beim Marine-Standortkommando, bis er im Herbst 44 seine Entlassung bekam. Das hatte

er auf ihren Rat vorbereitet, damit er nicht in Gefangenschaft kam. Abends spielte er mit den jüngeren Herren Schach. Er hatte aber nie Interesse für Billard gehabt. Unter der großen Stehlampe mit dem braunen Seidenschirm war immer sein Platz, und manchmal saß sie ihm gegenüber, wenn er nach den Nachrichten mit den Gästen redete. Sie war die einzige, die alles gewußt hat.
Er hört, daß Carla in der Küche ist, kann aber nicht darüber nachdenken, was sie wohl tut.
Er hebt die Schreibtischlampe und beleuchtet das Foto. Sie ist wirklich zu klein, das Gesicht ist winzig, nur die Haltung erkennt er. Wenn sie fotografiert wurde, stellte sie immer einen Fuß vor, weil sie glaubte, daß das lebendiger sei.
Er hält die Lampe und blickt auf das winzige Gesicht. Dann beugt er sich weiter vor und sagt: Ich hol' das Geld wieder raus. Er sagt es so, weil sie es sonst nicht versteht. Heute oder morgen fährt Günther nach Schleswig-Holstein, um Laaths ausfindig zu machen. Er ist sofort bereit gewesen, als er ihn darum bat, hat ja auch sonst nichts zu tun.
Carla geht von der Küche in ihr Zimmer und wieder zurück.
Er fühlt sich verstört und unruhig, oder was ist das, er fühlt sich nicht wohl. Vielleicht kommt sie nicht mehr und sagt sich, daß er schlafe. Recht hat sie, wenn sie nicht mehr kommt. Sie ist gekommen und hat versucht, ihn ins Bett zu bringen, und hier am Tisch hat er sich festgehalten. Jetzt kann er sich nach Belieben festhalten und nach Belieben ins Bett gehen.
Das ist gut. Er wird im Bett liegen, und sie wird noch fragen, was sie heute zu Mittag essen sollen. Von der Tür aus wird sie fragen: Was sollen wir denn heute zu Mittag essen? Und er wird nicht antworten. Sie wird fragen: Kannst du keine Antwort geben? Und er wird nicht antworten.
Er hört sie in der Küche. Dann zieht er die Schublade seines Schreibtisches auf und sucht zwischen dem Schreibpapier eine Tafel Schokolade, die er dort aufbewahrt. Sie ist aber nicht mehr da, und während er mit der flachen Hand tief in die Schublade tastet, erinnert er sich deutlich, wie er den Rest der Schokolade gegessen hat. Er schließt die

Schublade und starrt wieder auf das Foto mit seiner Frau, die einen Fuß vorschiebt, als wolle sie die Treppe herunterkommen. Er würde ihr gerne sagen, daß alte Leute zwischen den Mahlzeiten etwas essen müssen. Sie steht da, viel zu klein, aber sie hat alles gewußt. Er sagt ihr, daß Carla in der Küche ist und er nicht hineinkann, daß er hier sitzt und wartet, und sie so tut, als sei er nicht da.
Er überlegt wieder, ob er sich ins Bett legen soll, um keine Antwort zu geben, wenn sie kommt.
Immer wenn er dieses Hungergefühl hat, wundert er sich, wie hoch der Magen sitzt. Er spürt es übrigens doppelt, im Magen und an einer anderen Stelle hinten im Hals, und manchmal scheinen sich die Stellen zusammenzuziehen; dann muß er schlucken, und sie sind wieder getrennt.
Sie ist jetzt in ihrem Zimmer, aber er kann im Augenblick nicht aufstehen. Schon seit einer Weile liest er zwischen seinen beiden Händen das Wort »Feststellungsbescheid«. Er bekommt den Kopf nur mühsam herum, als sie in der Tür steht und fragt, ob er einen Schluck Kaffee trinken wolle.
»Ich komme«, sagt er und denkt, daß sie ihm den Kaffee vielleicht bringen will, daß sie gar nicht vorgehabt hat, in ihrem Zimmer mit ihm Kaffee zu trinken. Das mag jetzt sein, wie es will, er kann nichts dazu sagen. Er sitzt still. Es scheint aber richtig zu sein. Sie steht noch einen Augenblick in der Tür und geht dann wieder in ihr Zimmer.
»Kommst du jetzt?« ruft sie von drüben.
Er steht auf und knipst die Lampe aus. Es ist merklich heller geworden, die Dunkelheit ist in ein tiefes Blau übergegangen. Das wird ein heißer Tag.
Als er in ihr Zimmer kommt, sitzt sie in einem der beiden Korbsessel, und jetzt erst sieht er, daß sie angezogen und frisiert ist; und sie ißt etwas, sie ißt ein Rosinenbrot. Er setzt sich. Auch er hat ein dick mit Butter bestrichenes Rosinenbrot vor sich und eine Tasse Kaffee. Sie sitzen sich stumm gegenüber und essen. Sie hält das Brot mit angewinkeltem Arm immer dicht vor den Mund, während sie kaut, und beißt dann mit einer kurzen Bewegung hinein. Er sieht sie die ganze Zeit an in einem ruhigen Staunen, wie sie über ihr Brot vor sich hin blickt, langsam kauend, mit einem

müden, nachdenklichen Gesicht, das auch nicht mehr jung ist, nicht jünger, als er seine Frau in Erinnerung hat, und doch ist es unfaßlicherweise sein Kind, seine Tochter, die er vielfach vor sich sieht, vor allem als ein Kind, das an seiner Hand geht und das ihn mit der Frage überrascht hat: Was bin eigentlich ich, bin ich nur das Gehirn? und die jetzt dort sitzt, zurückgelehnt, mit übereinandergeschlagenen Beinen, als eine fremde Frau, müde und zusammengesunken und gerade deshalb von einer dunklen Mächtigkeit.

Er sitzt gleichmäßig kauend in seinem Sessel und betrachtet sie, während es vor dem Fenster heller wird. Einmal sieht sie ihn an und fragt: »Warum hast du das Wachstuch vom Küchentisch abgemacht?« Und als er antwortet, daß er es endlich kleben wolle, hört sie schon nicht mehr zu. Ihr Sessel knistert, wenn sie sich bewegt; sie dreht den Oberkörper und verlagert ihr Gewicht. Draußen in den Straßenbäumen lärmen seit einigen Minuten die Vögel. Die fahle Helligkeit, in der sie plötzlich alle begonnen haben, füllt das Zimmer aus und hat das Licht der Deckenlampe schon ganz verzehrt. Als er zum Schalter geht, um sie auszumachen, sieht er unten an seinen Hosenbeinen und im Ausschnitt der Wolljacke den Schlafanzug. Er fühlt sich unbehaglich, als er sich umdreht, und merkt, daß sie ihm nachgeblickt hat.

»Ich glaube, ich mach jetzt einen Spaziergang«, sagt sie, »und was machst du? Legst du dich ins Bett?«

»Ich komme mit«, sagt er und steht in einer summenden Schwäche, die alles fern rückt, so daß er nicht hört, was sie noch sagt. Jetzt kommt es näher, und er versteht, daß er sich beeilen müsse mit dem Anziehen, weil sie sonst gehen wolle, jetzt gehen wolle. Aber nein, er freut sich, er muß ein Zeichen geben, indem er rasch in sein Zimmer geht. Hinter ihm kommt sie mit dem Tablett über den Flur und sagt: »Tu mir den Gefallen und mach schnell.«

Sicher, er freut sich, er rafft seine Sachen vom Stuhl und paßt auf, daß nichts zu Boden fällt, denn er will sich jetzt nicht bücken, dann fällt immer noch mehr hin, das kennt er. Vorsichtig trägt er das Bündel über den Flur in das Badezimmer und wundert sich, daß er sie wieder in ihrem Zimmer am Fenster gesehen hat, obwohl sie gerade in die

Küche gegangen war. Dann erschrickt er, weil sie vor der Tür fragt: »Wie weit bist du?«

Er ist nackt und hat sich mit dem Rücken an die Wand gelehnt, weil er dauernd etwas falsch macht, dauernd ein Hemd verdreht; wenn er sich anlehnt, hat er aber die Arme frei.

»Geh schon vor«, sagt er.

Er hört, daß sie noch immer da ist und lauscht und sieht vor sich im Spiegel sein Gesicht, das sich überhaupt nicht verändert, es hängt dort erschöpft und fremd wie ein Bild.

»Was ist denn los?« fragt sie, und er beginnt sofort mit dem Hemd zu arbeiten, und als er es über den Kopf bringt, sagt er: »Gleich.«

»Was ist? Was hast du gesagt?«

Er blickt auf sein Gesicht vor sich, das sich überhaupt nicht verändert hat, das nur jetzt aus dem offenen Hemdkragen hervorsieht und den Mund bewegt, als er sagt: »Ich komme gleich.«

Er wartet und spürt sie vor der Tür. Dann geht sie in die Küche, und er hört ihren Schritten an, daß sie wütend ist. Er lauscht, ob er sie in der Küche hört, und bekommt Angst, daß sie heimlich schon wieder vor der Tür steht. Das vergeht, weil sie sich bewegt, und er ruht sich etwas aus. Das Hemd ist grün mit einem bräunlichen Streifen, und unter ihm stehen seine weißen Beine. Er überlegt, wie es draußen sein wird und ob es noch immer früher Morgen ist. Gleich muß er unbedingt weitermachen. Es beruhigt ihn, daß er immer noch die Vögel hört.

Er muß unbedingt eine Anstrengung machen, weil er versprochen hat, hinter ihr her zu gehen. Er will versuchen, das Hemd zuzuknöpfen, das ist der Anfang, während von irgendwoher aus der Wohnung ihre Schritte kommen, während sie klopft – er stellt fest, daß ihn das gar nicht erschreckt.

»Wie siehst du aus?« sagt sie, als sie vor ihm steht, und er denkt undeutlich, daß sie ihn das nicht fragen dürfe. Aber er wehrt sich nicht, als sie ihn zu Bett bringt und ihm das Hemd über den Kopf zieht. Sie sitzt auf der Bettkante und fragt, wie er sich fühle.

»Gut«, sagt er, »ich mußte nur liegen. Willst du jetzt noch gehen?«
Sie sieht ihn an und schüttelt den Kopf, und es rührt ihn, daß sie so alt aussieht.
»Du hast noch Zeit«, sagt er, »und ich schlafe jetzt.« Er schließt die Augen, um es ihr zu beweisen. Lange Zeit ist sie vollkommen still, aber er fühlt, daß sie da ist. Er kann jetzt alles sagen, alles, was wichtig ist. Vielleicht hat er es nie vorher gekonnt und wird es nie wieder können, nur jetzt. Aber es ist nichts wichtig.
Nur aus Höflichkeit sagt er: »Denk bitte an das Reisegeld, damit Günther fahren kann.«
»Ja«, sagt sie.
Einen Augenblick später hört er, wie sie leise aus dem Zimmer geht.
Es ist noch eine Stunde Zeit, bis sie in den Dienst muß. Wenn er nichts von ihr hört, hat er Sorge, daß sie einschläft und den Dienst versäumt. Aber kurz bevor sie gehen muß, kommt sie noch einmal, und er tut so, als ob er schliefe.

2

Schon von weitem sieht sie, daß der Schulhof leer ist, und sie sagt sich, daß sie das vorausgesehen habe. Sie macht ein paar ungleichmäßige Sprünge, als wolle sie zu laufen beginnen, dann geht sie weiter mit kurzen Schritten, mit stoßenden Knien in dem engen Rock, während sie die Tasche mit dem Geld fest gegen die Seite preßt. Es ist heiß. Die Straße liegt in der Mittagssonne. Vor der Häuserfront ist noch ein schmaler Schattenstreifen, aber sie mag nicht so dicht unter den Fenstern entlanggehen. Sie merkt, wie die Schweißflecken in den Achselhöhlen wachsen, die Kostümjacke wird sie anbehalten müssen während des Unterrichts. Sie ist viel zu warm angezogen, wie gewöhnlich. Dagegen ist nichts zu machen, es passiert ihr immer wieder.

Als sie aus der Bank gekommen ist, hat sie plötzlich die Hitze gespürt, denn in der Schalterhalle ist es angenehm kühl gewesen. Sie ist in das helle Mittagslicht getreten und hat sofort bei den ersten raschen Schritten zu schwitzen begonnen. Sie ist quer über den Parkplatz gegangen, zwischen den Autos durch, deren Lack die Hitze reflektiert, und hat vergeblich nach einem Taxi gesucht. Dann ist sie ein Stück gelaufen, obwohl ihre Uhr erst zehn Minuten nach zwölf zeigte, aber sie ist nicht vorangekommen, der enge Rock hat sie aufgehalten oder die Hitze, sie hat immer mehr Zeit verloren, bis sie den Schulhof sah, leer, wie leergewischt.

Die Klasse ist jetzt ohne Aufsicht und lärmt, aber sie kann nichts hören, es ist still, und in der Stille hört sie dauernd ihre Schritte wie etwas, das sie nicht loswerden kann. Steif sieht sie sich in einem Schaufenster vorbeikommen, mit stampfenden Schritten, wie ihr scheint, oder jedenfalls schwerfällig, und vielleicht sieht man sie jetzt so kommen, vielleicht wird sie von der Direktorin beobachtet aus einem Fenster ihres Zimmers im zweiten Stock oder einem anderen Fenster, aus einem Fenster des Lehrerzimmers, aus den Fenstern der Klassenzimmer, sie sieht, während sie quer über die Straße auf das Gymnasium zugeht, die ganze Fensterfront groß über sich und stellt sich vor, daß ihre Kolleginnen sie beobachten, wie sie sich viel zu langsam nähert, während hinten im Anbau ihre Klasse lärmt. Aber sie hört noch immer nichts, nur jetzt, halb verwischt, auf- und absteigende Tonleitern und die Stimme von Frau Berns, die abwechselnd singt und kommandiert. Sie versteht nichts, hört nur diese Stimme und den kurzen Anschlag, der jetzt auf einzelnen Tönen beharrt, immer wieder, mit Pausen, in denen sie den Gesang der Schülerinnen erwartet, aber niemand scheint dazusein außer dieser Stimme oben unterm Dach oder über dem Schulhof, über den sie jetzt geht, ohne hochzublicken, weil sie spürt, daß die Sonne senkrecht über ihr steht. Sie blickt auf ihre Füße, die sich in dem geschrumpften Schattenfleck unter ihr bewegen, und schwankt oder fühlt sich schwanken, weil um sie der leere Hof ist wie ein nach allen Seiten fliehender Raum, in dem sie die Richtung verliert.

Aber sie braucht nur zu zählen, um wie im Schlaf zu gehen, sechzig Schritte, es ist der Pendelweg quer über den Hof, der Pausenweg, den sie zwischen den schreienden Kindern langsam hin- und hergehen, wenn sie Aufsicht haben, fast so, als bewegten sie sich nicht und würden nur leise von einer Strömung verschoben, langsam gegen den Anbau treibend wie im Schlaf. Und heimlich hat sie zu zählen begonnen, weil die Gretschel neben ihr unentwegt gefragt hat: Aber warum wollen Sie nicht, warum entscheiden Sie sich nicht? Wir fahren in meinem Auto, wir fahren zu zweit in den Süden, ans Meer, wie jetzt über ihr dieser helle Ton ist, den Frau Berns anschlägt und wiederholt, auf den sie einhämmert, den meint sie, den will sie, den, den, während sie läuft, bis sie den Anbau erreicht und spürt, wie ihr am ganzen Leib der Schweiß ausbricht.

Hinter den Türen hört sie den Unterricht. Die Türen sind gelb mit dunklen Flecken und Fingerspuren. Der braunrote Fußboden strömt einen faden Wachsgeruch aus. Sie zittert, fühlt zwischen den Schulterblättern und unter dem Hüftgürtel die nasse Haut und hat Angst, sich zu erkälten. In der

Handtasche, in der sie nach einem Kamm sucht, sieht sie wieder das Geld, das sie lose hineingesteckt hat. Gut, das hat sie. Der Vater kann ihr nichts vorwerfen. Während sie sich kämmt, lächelt sie, weil er nicht ahnen kann, daß sie es beinahe vergessen hätte. Er weiß nichts davon, er wird nicht sagen können, belehr mich nur, daß ich kein Recht habe, belehr nur deinen Vater, daß er von deiner Gnade lebt. Jetzt ist er schon unterwegs, um sie abzuholen, er kommt mit bedächtigen, akkuraten Schritten, den eckigen Kopf unter der Sommermütze, die rechte Hand flach in der Jackentasche. Nie hat er gesagt, daß er von ihrer Gnade lebe, nie im Leben, nicht mal im Traum. Sie wundert sich, sie steckt den Kamm in die Tasche und drückt den Verschluß zu. Was hat sie jetzt nicht begriffen? Sie hätte gleich nachdenken müssen, jetzt ist es schon wieder fort.

Sie geht weiter und hört das Murmeln hinter den Türen. Er ist unterwegs. Er kennt genau ihren Stundenplan.

Etwas hat sie nicht begriffen. Vielleicht ist alles normal. Sie geht leicht, wie aufgezogen und biegt in den Seitengang ein. Wieder steht das Kind da und blickt sie an. Es ist immer dasselbe, denkt sie, immer dieselben Versuche, man darf sich nicht darauf einlassen.

»Ich habe dich gesehen, Anita«, sagt sie, als sie ohne den Kopf zu wenden vorbeigeht. Die Klassentür ist zu, und sie hört nichts. Sie sieht sich um, das Kind steht immer noch an der Wand.

»Nun«, sagt sie, »brauchst du eine Einladung?«

Es kommt ihr dumm vor, und sie erwartet auch keine Antwort, aber das Kind hat starr vor sich hinblickend mit den Schultern gezuckt.

Sie weiß, es ist falsch, daß sie umkehrt, aber jetzt geht sie schon und sieht, wie das Kind seine Stellung ändert; es zieht sich zusammen und stellt einen Fuß mit der Sohle flach gegen die Wand.

»Schau mich an«, sagt sie.

Der Blick kommt zögernd hoch und weicht wieder aus. Sie hat den gesenkten Kopf vor sich und sieht, daß die Haare verschnitten sind. Was denn, was will sie denn? Sie faßt das Kind an der Schulter und zieht es von der Wand fort. Es wundert sie, wie leicht bewegbar es ist, und sie sucht einen

Grund, es wieder loszulassen, aber einen Augenblick muß sie stillstehen, weil sie nichts sehen kann. Das kennt sie. Es kommt von der Sonne oder vielleicht auch vom Laufen. Man muß die Augen schließen, dann geht es vorbei. Gleich, denkt sie, und sie hört sich sagen, geh jetzt, aber sie scheint es doch nicht gesagt zu haben, denn das Kind steht noch immer steif unter ihrer Hand. Mein Gott, denkt sie, wie überflüssig. Es fällt ihr wieder auf, daß es hinter der Klassentür still ist.

Sie geht auf die Tür zu, und als sie eintritt, sieht sie in das streifige Licht, das durch die Sonnenblende in den Raum fällt. Unter dem Lichtgitter drehen sich die Gesichter, und vor der Tafel bewegt sich eine kleine dicke Figur, die zu ihr hinüberlächelt. Sie zögert, darauf zuzugehen. Der Raum ist mit Gesichtern gefleckt, im Hintergrund steigen sie hoch, und über den vorderen Tischen sinken sie ab. Sie steht an der Tür und nickt der Figur vor der Tafel zu. Es ist deutlich Fräulein Gretschel, die lächelnd die Hände am Tafellappen abreibt. Die Tafel ist ganz mit farbiger Kreide beschmiert, senkrechte schwarze Streifen über blaugrünem Grund und dazwischen ein braunes Dreieck. Die Gretschel lächelt dauernd: Ich bin's. Auf diese Entfernung sieht man die Augen nicht, die unter der Brille stillstehen wie in ständigem Schreck. Aber der Mund ist dauernd in Bewegung. Augen, die stillstehen, und der Mund, der sich windet und wälzt: Kommen Sie doch mit, warum entscheiden Sie sich nicht, wir fahren zu zweit in meinem Auto, in den Süden, ans Meer. Jetzt spitzt sie die Lippen, als blase sie etwas fort, während sie mit dem Zeigefinger im Kreidekasten herumfährt.

Von ihr aus kann es so weitergehen, es ist die fünfte Stunde, sie hat Lust, die Tafel auszuwischen, sie hätte die Gretschel gerne erschreckt. Stumm müßte sie zur Tafel gehen und große schwarze Löcher in dieses tintige Grün wischen.

»Weiß jemand schon, was es ist?« fragt die Gretschel. Neben ihr steht das Kind, es ist mit in die Klasse geschlüpft, sie hat es nicht bemerkt.

»Setz dich«, sagt sie leise. Das Kind geht an seinen Platz.

»Also noch niemand? Wirklich nicht?«

Mach weiter, denkt sie. Aber vielleicht bleibt das jetzt so,

vielleicht ändert sich nichts mehr. Sie ist müde, sie hat zu wenig geschlafen in der vergangenen Nacht.
»Also keiner kann sich etwas denken? Keiner weiß etwas?«
Die Stimme steigt immer höher, entzückt sich mehr und mehr. Sie sieht sich stampfend durch die Mittagssonne näherkommen, hört den Ton über sich, sieht sich aus der Schalterhalle treten und über den Platz gehen, steht vor dem Bankschalter und reibt die Knie aneinander wie jetzt, während sie wartet und sich umblickt und den schwarzen Schopf nicht findet, der sich vor ihr gesenkt hatte, strähnig, dick, mit tiefen Lücken im Deckhaar, und jetzt sieht sie auch das Gesicht unter den anderen Gesichtern, die alle nach vorne blicken, weil Fräulein Gretschel auf den Zehenspitzen steht und mit hochgerecktem Arm oben in das Blaugrün eine Mondsichel malt. Alles ist jetzt erkennbar, das Dreieck, die schwarzen Streifen, es ist ein Zelt im Wald.
»Fabelhaft«, sagt sie und geht nach vorne, um Schluß zu machen. Aber die Gretschel malt noch einen Mondreflex an den unteren Tafelrand, und nun ist es ein Zelt an einem Fluß in einem nächtlichen Wald.
Als die Gretschel gegangen ist, läßt sie die Tafel abwaschen und tritt ans Fenster. Der Vater sitzt schon gegenüber in der Anlage auf einer Bank. Er hat die helle Leinenjacke an, und die weiße Sommermütze mit dem kurzen Schirm ist auf die Ohren gerutscht. Sie ist zu weit geworden, aber das will er nicht begreifen. Er sitzt still, ohne sich anzulehnen. Mit zwei Fingern kann sie ihn hochheben und auf die Straße stellen. Alt, denkt sie, mit trockenen Knochen, ganz leicht. Sie hört das Geräusch des Tafellappens und das Scharren der Füße. Der Vater bewegt sich nicht. Hinter ihr sackt die Klasse weg. Ein Kind geht von der Tafel an seinen Platz.
Ein paar Sekunden kann sie schon noch warten. Wenn er sich bewegte, würde sie gehen. Das Kind ist an seinen Platz gegangen. Das ist schon lange vorbei. Sie schläft tatsächlich ein.
Jemand kichert, als sie zur Tafel geht. Aber das hat nichts mit ihr zu tun. Und wenn schon, denkt sie, ich bin ganz aufgebläht vor Müdigkeit, ich brauch sie nur anzustarren, dann sind sie still. Sie blickt feindselig in die Klasse und

schreibt dann in steiler Schönschrift an die Tafel: Wenn das Kind schläft, gehe ich aus. Weil das Kind schläft, gehe ich aus. Sobald das Kind schläft, gehe ich aus. Damit das Kind schläft, gehe ich aus. Sie überlegt, ob das genug sei, aber am unteren Tafelrand ist noch Platz, und sie schreibt in die letzte Zeile: Wenn das Kind schliefe, ginge ich aus.

Sie sieht in die Klasse und fragt: »Wie nennt man diese Sätze?«

Zwei, drei Kinder melden sich. Sie zeigt auf eine Hand, die gerade hochkommt.

»Konjunktionalsätze«, sagt das Kind.

»Ja«, sagt sie, »aber was für Arten? Nehmt eure Hefte raus und bestimmt diese Sätze. Wer fertig ist, macht zu jedem Satz ein zweites Beispiel.«

Sie geht wieder ans Fenster und sieht den Vater unbeweglich in der prallen Sonne sitzen. Neben sich hat er ein kleines Päckchen stehen, etwas grün Eingewickeltes, das ist sicher der Parmesankäse, den er schon gestern besorgen wollte. Sein Leben lang hat er diese kleinen Besorgungen gemacht. Er ist ein Spaziergänger, sonst nichts. Jetzt blickt er herüber. Er weiß, daß das ihre Klasse ist, aber sie steht hier sicher hinter der Sonnenblende. »Wehr dich selbst«, hat Günther zu ihr gesagt. Er war zu ihr in die Küche gekommen, von wo aus sie alles gehört hatte, und eine Weile hatte er sich mit hochgezogenen Schultern an die Wand gelehnt und ihr zugeschaut, wie sie das Geschirr einräumte und den Spülstein auswischte, sie war hin und her gegangen und hatte darauf gewartet, daß er etwas sagen würde, und er hatte wieder seinen Mund schnutig verzogen, als sei das Gesicht an dieser Stelle geschwollen und aufgeplatzt. »Wehr dich selbst«, hatte er gesagt. »Und du«, hatte sie gesagt, »du läßt alles mit dir machen, er kann dich kreuz und quer durch die Gegend schicken, du machst alles mit, obwohl du weißt, daß es Unsinn ist. Aber natürlich, du hast ja auch nichts zu tun.«

Sie hatte eine Pause gemacht, weil sie hoffte, daß er antworten würde, aber er hatte stumm dagestanden mit hämisch verzogenem Gesicht, wie immer, wenn er verletzt war.

»Ich weiß, was du denkst«, hatte sie gesagt, »glaub bloß nicht, daß ich das nicht weiß.«
Dann war der Vater über den Flur gekommen und hatte gefragt: »Nun, was verhandelt ihr hier?« Und sie war stumm aus der Küche in ihr Zimmer gegangen, weil es in ihrem Kopf zu klopfen begann. Sie mußte allein sein, damit es ruhig wurde. Später, als die Männer Schach spielten, hatte sie auf der Couch gesessen und genäht. Sie hatte gedacht, daß es jetzt gut sei, daß sie nichts anderes verlange. Hinter den Köpfen über dem Schachbrett hatte sie im offenen Fenster das Laub der Straßenbäume gesehen. Es war von unten angeleuchtet durch die Laterne vor dem Haus und sah künstlich aus. Eine Zeitlang hatte sie darauf gewartet, daß es sich bewegen würde, aber es war windstill, und ihr fiel auf, daß sie hören konnte, wenn die Straßenbahn um den Hönninger Platz fuhr. Sie hat tief und ruhig geschlafen in den ersten Stunden der Nacht, bis der Vater sie geweckt hat.
Langsam geht sie durch die Klasse und sieht, wie sich alle über ihre Hefte beugen. Sie geht durch den Mittelgang und wieder zurück. Das Lichtmuster wandert über ihr Gesicht. Auf der Tafel wird unter der Schrift wieder die streifig verschmierte bunte Kreide sichtbar. Sie liest die letzte Zeile: Wenn das Kind schliefe, ginge ich aus – und fragt sich, ob der Satz nicht zu schwierig zu bestimmen sei. Sie dreht sich um und sagt: »Schreibt euch zum letzten Satz in Klammern dazu: Das Kind schläft nicht. Ich gehe nicht aus.«
Auf dem Tisch liegt die Handtasche mit dem Geld, und draußen sitzt er, wartet, denkt vielleicht, daß Laaths es noch wissen müsse, daß er es bezeugen müsse, daß sie die Hypothek damals getilgt haben und das Haus schuldenfrei war. Immer, wenn er sich kaum bewegt, sind seine Gedanken eingestellt auf einen kleinen Punkt. Vielleicht denkt er dann gar nicht, sondern der Gedanke steht still. Wenn nichts geschehen würde, bliebe er sitzen mit diesem stillstehenden Gedanken im Kopf: Laaths muß es wissen. Aber als sie aus dem Fenster blickt, sieht sie, daß er jetzt vorgebeugt auf der Bank sitzt und mit einem braun-weiß gefleckten Hund spricht. Der Hund steht geduckt vor ihm und wedelt, während er ruckweise nickt, und sie weiß, daß er jetzt seine

hohe heisere Stimme hat. »Hundchen«, sagt er, »was will das Hundchen, wo ist das Hundchen?« Und während sie noch versucht, sich seine Stimme vorzustellen, die Altweiberstimme, die er hat, wenn er mit Tieren und Kindern spricht, begreift sie, daß sie nichts hört, und sieht ihn plötzlich weit fortgerückt vor dem Hund gestikulieren, der immer schneller wedelt und dann wegläuft. Es hat plötzlich ausgesehen wie Wut oder Panik. Aber er sitzt wieder still in der Sonne, das grün Eingewickelte neben sich auf der Bank. Der Hund läuft jetzt über den grauen Kantstein der Straße, kleiner werdend, mit zottelndem Fell, vielleicht schon vergessen von ihm, der sich nicht rührt, läuft gleichmäßig sich entfernend, läuft allein in der Sonne mit versetzten Hinterläufen, sehr klein.

Sie dreht sich um, sieht, wie die Köpfe auseinanderfahren, übersieht es, geht leise durch den Mittelgang, als wolle sie nicht stören, blickt über die Köpfe hinweg auf die Wechselrahmen mit den beklebten Stoffen, kehrt um, sieht die schwarze Handtasche auf dem Tisch und die Sätze auf der schmierigen Tafel, geht nicht zum Fenster, weil er dort sitzt, unbeweglich neben dem grünen Päckchen, steht still und sieht wieder den gesenkten Kopf, schwarz, strähnig, mit tiefen Schnitten im Deckhaar. Sie steht lange, ohne zu begreifen, daß sich der Kopf unter ihr duckt und das Kichern lauter wird. Sie hat die Hände auf dem Rücken zusammengelegt und vertieft sich in diesen Haarschopf, um nachzudenken und, während das Kichern sie überholt, noch schnell zu einem Schluß zu kommen, sie kann schon nicht mehr fortgehen, sie muß jetzt fragen: Was hast du mit deinem Haar gemacht?, und an dem plötzlichen Gelächter merkt sie, daß sie es gerade gesagt hat. Sie berührt die Schulter, aber das Kind zuckt zusammen, und sie läßt sofort wieder los und greift eins der Kinder, das sich vor Lachen krümmt und an ihrer Hand zappelt, als sie eine Erklärung verlangt, ein fiepsiges Stimmchen, das schreit: »Anita Selzer«, aber nicht weiterkommt, so daß sie ein anderes Kind hochzieht, aber das Stimmchen schreit jetzt: »Anita hat sich in der Pause die Haare geschnitten, sie hat uns allen ihre Haare auf den Tisch gelegt!«

Sie schiebt das Kind auf seinen Platz und geht nach vorne,

während die Klasse hinter ihr lacht. Nach acht Schritten muß sie sich umdrehen. Sie geht bis zu dem Tisch, auf dem die Handtasche liegt, und dreht sich jetzt um. Sie sieht das Zucken der Schultern und die aufgeregten Gesichter, die so aussehen, als schrien sie oder weinten, und sie fühlt, daß es ihr übel wird, nicht schlimm, nicht daß sie rausgehen muß, es ist nur ein Augenblick, in dem sie keine Luft hat, nicht schlucken kann, der Kopf ist abgeschnürt und allein über dem Körper, der gegen den Tisch lehnt, vielleicht sitzt sie auf dem Tisch, und alle lachen, vielleicht ist es das, aber sie steht und sagt: »Bis morgen noch fünf Beispiele zu jedem Satz.«

Es ist wieder still. Das ist also alles.

Sie sieht die wachsamen Gesichter und das eine ganz starr. Vielleicht muß sie noch etwas sagen. Es ist das Kind, das mit seinem Vater allein lebt. Die Mutter ist zu einem anderen Mann gezogen, aber sie lebt hier in der Stadt. Hat auf das Kind verzichtet, oder es ist ihr nicht zugesprochen worden, nein, das nicht, die Eltern sind gar nicht geschieden, weil der Mann nicht einverstanden war, er hat das Kind behalten, damit die Frau zurückkommt. Frau Hilgers wohnt im Haus nebenan, von ihr weiß sie es. Der Mann, hat sie gesagt, ist merkwürdig, er lächelt immer, als sei er nicht da. Sie sagte es genauso, und sie hat sich einen großen Mann vorgestellt, der morgens mit einem dünnen Grinsen aus seiner Wohnung kommt und abends mit genau demselben Gesicht wieder darin verschwindet. Sie sieht immer diese beiden Bewegungen vor sich, wenn sie daran denkt, er kommt aus der Tür, er geht wieder hinein, er kommt und geht, und jedesmal erschrickt sie über sein Gesicht, aber sie kann nicht davon loskommen.

Sie blickt zu dem Kind hinüber und spürt einen Moment die gleich wieder abirrenden Augen übertrieben groß wie eine Berührung auf ihrem Gesicht. Von hier aus kann sie das verstümmelte Haar sehen, und plötzlich denkt sie in einem flauen Schrecken: Was wird der Mann dazu sagen? Und zum erstenmal macht die Gestalt eine andere Bewegung; so lautlos, so dünn, als sei sie nicht da, beugt sie sich über das Kind.

Es ist still. Sie steht vor der Klasse, und alle sehen sie an. Sie

will doch etwas sagen. Sie geht gegen die Gesichter an, sie teilen sich, sie geht mitten hindurch und steht vor den Wechselrahmen.
Sie will sagen: Ich will das nicht wieder erleben. Aber von hier aus kann sie das nicht sagen, und was hat sie auch damit zu tun? Sie blickt auf die Klebebilder in den Rahmen. Es sind Bilder aus Stoffresten, die bekannte Motive der Stadt darstellen. Die Gretschel hat das mit der Klasse gemacht. Sie dreht sich um und sieht den Tisch mit der Handtasche vor der Tafel. Sie beginnt die Sätze zu lesen und blickt schnell auf den braunroten Fußboden, der im Mittelgang stumpf ist, aber in den Ecken des Raumes wie glasiert. Die Innenseite der Tür ist auch braunrot, und die Wände sind hellblau getüncht.
Die Kinder beugen sich über ihre Hefte. Sie sieht, daß einige die Sprachlehre auf den Knien haben und zwischen den aufgestützten Armen hineinblicken. Von ihr aus dürfen sie das Buch benutzen.
Aber sie sagt nichts. Es muß bald klingeln. Sie wird schlafen nach dem Mittagessen. Abends wird Günther kommen und das Geld abholen, oder auch schon mittags. Der Vater will nicht selber fahren, weil er sich nicht wohl fühlt. Doch vielleicht ist das nicht der Grund. Günther ist immer sein Adjutant gewesen. Sie werden wieder Schach spielen, und der Vater wird wieder sagen, daß Laaths wissen müsse, daß die Schulden bezahlt worden sind, Laaths, der zuletzt Kassierer bei der Sparkasse war und an den sie nur eine vage Erinnerung hat als an einen Mann mit gelber Gesichtshaut und einem Bärtchen. Sie blickt wieder auf den Fußboden, während sie versucht, sich ihn vorzustellen, doch sie sieht nur den roten Ziegelbau der Sparkasse, sieht ihn an einem Sonntag, an dem geflaggt war, an dem in der ganzen Stadt geflaggt war, es war ein heller, windiger Tag, und die Stadt war voller Soldaten in Ausgehuniform, und sie denkt, das war vor dem Krieg, das war der Tag, an dem Günther geboren wurde. Sie war mit dem Fahrrad auf der Strandpromenade hin und her gefahren, und als sie müde war, hatte sie im Vorgarten gesessen und die Matrosen und Luftwaffensoldaten betrachtet, die zu zweit oder zu dritt auf der Promenade spazierengingen und gleichzeitig grüßten, wenn ein

Offizier ihnen entgegenkam. Sie hatte da gesessen und die kleinen blonden Haare auf ihrem Arm betrachtet, hatte sie mit Spucke glattgemacht, und dauernd waren dieselben Soldaten vor der Ostsee hin und her gegangen, es war ein wäßrig heller Sonntag, an den sie sich deutlich erinnert, den sie den endlosen Sonntag genannt hatte, weil sich niemand um sie gekümmert hatte. Sie hatte allein mit dem Dienstmädchen in der Küche gegessen, es hatte Milchsuppe und Apfelkuchen gegeben, dann hatte man sie wieder in den Garten geschickt. Sie sieht es vor sich, den Garten, das Haus, die efeubewachsene Rückfront mit der Glasveranda, durch deren bunte Zierscheiben der Garten wie eine blaue Unterwasserlandschaft oder eine Feuerwelt erschien. Am Zementsockel der Veranda hatte ihr Fahrrad gelehnt, aber sie war über den leeren Wäscheplatz gegangen, der mit zerstampfter Heizungsschlacke bestreut war, und dort hatte der Ball gelegen, ein mürber, nach innen gestülpter Gummiball mit abgeplatzter Farbe, den sie mit dem Fuß vor sich hergestoßen hatte über den struppigen Rasen unter den Apfelbäumen, durch die in unregelmäßigen Flecken das wäßrig helle Sonnenlicht fiel, der Ball war flappend vor ihr hergesprungen, und sie hatte im Zickzack gehen müssen, um ihn weiterzutreiben, sie war durch den Strauchgarten gegangen, und der Ball war unter den Stachelbeersträuchern liegengeblieben. Am Ende des Gartens war der Hühnerauslauf, der damals schon leer war. Dort hatte sie auf zwei Ziegelsteinen gesessen, mit kleinen Kieseln ein Muster vor sich hinlegend, sie war nicht aufgestanden, sondern hatte mit einem Stock die Steinchen zu sich herangeholt. Sie hatte sich vorgenommen, nicht hinüberzublicken zum Haus. Dann war der Vater auf die Veranda gekommen und hatte sie gerufen, und sie war aufgesprungen und gerannt, atemlos und fast blind auf den Vater zu, der unter den Bäumen ihr entgegenkam und seine Hände nach ihr ausstreckte. Sie hatte dann nicht mehr weitergehen wollen, sie hatte ihn festgehalten, und einen Augenblick waren sie so stehengeblieben. Dann hatte er sie mit ins Haus genommen und ihr den Bruder gezeigt.

Es ist unruhig in der Klasse, das Geräusch, aus vielen

kleinen Bewegungen, das immer da ist, aber jetzt, kurz vor dem Klingeln, zunimmt. Sie hat die Hände auf dem Rücken gefaltet und blickt an sich herunter, sieht den Kostümrock und die Schuhe, die auf dem braunroten Fußboden stehen, sie bewegen sich jetzt, weil sie nach vorne geht.
»Packt eure Sachen«, sagt sie.
Gleich danach hört sie das Klingeln und das Getrappel im Gang. Sie muß noch ins Lehrerzimmer und steigt gegen den Strom der Schülerinnen die Treppe hinauf. Ein dichter Schwarm drängt am Geländer hinunter, so daß sie an die Außenseite des Treppenlaufs ausweicht. Vor ihr geht mit gebeugtem Oberkörper Frau Dr. Stefany, die in der Klasse nebenan unterrichtet hat. Ihre Bluse ist aus dem Rock gerutscht, eine schwarze Bluse zu einem gelben Kostüm, deren Jacke sie über dem Arm trägt. Frau Dr. Stefany mit dem mageren Rücken, vor der sie Angst hat. Sie sieht vor sich die stockgeraden Beine in auffallend großen Schuhen, die flach und schwer auftreten. Die Stefany ist eine zähe ältere Frau, die sich die Haare seit Jahren schwarz färbt. Vor ihr auf dem Treppenabsatz bleibt sie stehen, gelb und schwarz, mit dünnem geschminktem Mund.
»Ihr Vater wartet draußen auf Sie.«
»Ja, ich weiß.«
Sie sieht das bittere, erschöpfte Gesicht der alten Frau, der es unangenehm ist, daß jemand hinter ihr herkommt, und die deshalb auf sie gewartet hat. Sie gehen nebeneinander, und die Stefany fragt, ob sie mit ihrem Vater zusammen wohne. Sie habe schon oft gesehen, daß er sie abhole. Plötzlich sagt sie:
»Ich habe auch noch eine alte Mutter.«
Sie blicken sich an, und während sie »Ach, wie nett« sagt, sieht sie erschrocken, daß die Frau in dem rutschenden Rock wütend zu ihr herüberblickt.
»Wieso nett? Weder nett noch sonst was.«
Sie gehen nebeneinander und vermeiden, sich anzusehen.
Vor ihnen im Flur geht turmartig aufgerichtet Frau Berns. Sie ist die Größte im Kollegium, sie ist eine Riesin mit einem Bärtchen auf der Oberlippe. Wie jemand, der seine Füße einwärts setzt, geht sie immer etwas unbestimmt in der Richtung, wie in einem dauernden Schwanken.

»Meine Mutter war kein Spaß für mich«, sagt Frau Stefany.

»Ist sie nicht mehr bei Ihnen?«

»Seit acht Jahren nicht mehr.«

Sie wagt nicht zu fragen, wo sie jetzt sei. Vor ihnen schwankt Frau Berns in das Lehrerzimmer, läßt die Tür offen, aber ohne sich umzudrehen. Es sind zehn oder zwölf Frauen da, die fast alle rauchen. Sie geht zu ihrem Fach, um die Hefte einzupacken, die sie zu Hause durchsehen will. Frau Hilgers, die am Tisch sitzt und in einer Zeitung blättert, lehnt sich auf ihrem Stuhl zurück und sagt über die Schulter: »Ihr Vater ist draußen.« Sie nickt und schiebt sich an Frau Berns vorbei, die neben ihr am Regal steht. Als sie geht, sieht sie Frau Stefany, die sich die Kostümjacke über die Schultern gehängt hat und sich mit einer Zigarette über das Feuerzeug von Fräulein Weidmann beugt. Mit eingesogenen Backen zieht sie den Rauch ein und wirft heftig den Kopf zurück, die Zigarette zwischen zwei hochgestellten Fingern.

Das Treppenhaus ist jetzt leer, und der Staub steht ruhig in den Lichtbahnen, dicht vor ihr wirbelt er auseinander. Durch das Fenster sieht sie einen Ausschnitt des Schulhofes, auf dem einige Mädchen aus den Oberklassen beieinanderstehen, die noch die sechste Stunde haben. Aber sie kann jetzt gehen. Sie überlegt, ob sie dem Hausmeister noch Bescheid sagen soll, daß sie neue Kreide braucht. Aber das ist nicht so dringend, und er wird es vielleicht selber sehen.

Die Mittagshitze steht gestaut vor der Tür. Sie taucht darin ein und geht schnell um das Gebäude herum, bis in die Straße an der Anlage, die man von ihrer Klasse aus sehen kann. Es ist nur ein kleines bepflanztes Dreieck zwischen zwei Straßen und einem Gehweg vor einer Backsteinmauer, der sie verbindet. Sie zögert, geht dann über den Weg zwischen Taxushecke und Mauer auf den Vater zu, sieht halb von hinten seine Mütze und seinen vorgeneigten Kopf. Er blickt zum Gymnasium hinüber, und sie hat plötzlich das Gefühl, daß es unerlaubt sei, ihn so zu überraschen.

Sie bleibt stehen. Sie hat Angst, daß er sich erschrecken würde. Dann geht sie rasch weiter und kommt von der anderen Seite sichtbar auf ihn zu. Er hört erst kurz vorher ihren Schritt und blickt zu ihr auf.

»Carla.« Er erhebt sich, um sie zu begrüßen.

»Vergiß nicht dein Päckchen«, sagt sie.

Sie streckt die Hand aus, weil sie es einstecken will, und er versteht nicht sofort und blickt auf ihre Hand. »Ach so.«

Sie lächeln sich an, und gleichzeitig wenden sie sich zum Gehen, immer noch lächelnd und für einen Augenblick in puppenhafter Harmonie. Sie fühlt, wie er ihren Arm faßt mit der vorsichtigen Intimität, die sie nur bei ihm kennt; die Fingerkuppen berühren die Innenseite des Arms, und mit dem Daumen preßt er sanft dagegen. Langsam gehen sie über den flachgewölbten Aschenweg, sie geht dicht an der Rasenkante, um nicht größer zu sein. Auf ihrem Gesicht spürt sie noch immer das Lächeln, und sie denkt, ich bin schläfrig und wach. Sie spürt seine Hand so deutlich, daß sie sie sehen kann, fühlt unter seinen Fingerkuppen die Ader in ihrem Arm.

Er geht den kurzen Weg zur Straßenbahn, ist sicher hungrig, will zu Mittag essen.

Sie torkeln beide ein wenig, schon eine ganze Weile, sie kommen schläfrig durch die Straße im grellen Licht. Eine Zeitlang versuchen sie gerade zu gehen, dann beginnt wieder das Schwanken, dann merkt sie, daß es Einbildung ist.

»Ich war noch mal in der Wäscherei und hab' mich wegen der Hemden beschwert«, sagt er neben ihr, und sie hört sich antworten:

»Glaub bloß nicht, daß es etwas nützt.«

3

Es ist seine Unruhe, die ihn so empfindlich macht gegen den Leimgeruch, den Staub, das wummernde Geräusch, mit dem Froitzheim die Kopfstreifen auf die Ausschnitte klebt. Jedesmal klappern die Schere und der kleine Blechkasten mit dem Schwamm.
Er hat ihm schon oft gesagt, daß es unnötig ist, darauf zu klopfen, und jedesmal entschuldigt er sich, ohne lange daran denken zu können. Noch störender ist das Umblättern der Zeitungen hinter ihm auf dem Schneidetisch, das helle Schnipseln der Papierscheren, der Schlag des Datumstempels, alles keine lauten Geräusche, es ist fast still hier, auch weil selten jemand spricht, eine stumme verdrossene Arbeit, ohne sich umzublicken sieht er die Leute hinter sich in ihren senffarbenen oder grauen Kitteln, über denen die Gesichter blaß erscheinen, farblos in dem Licht, das durch die gehämmerten Scheiben kommt, die Gesichter bewegen sich nicht, behalten diese verdrossene, gleichgültige Aufmerksamkeit bei, und die Hände machen die Geräusche, auf die er nicht achten darf, die ihm deshalb so lästig erscheinen, er hat sie sonst nie gehört, ist nur gereizt.
Die Gummierung der Kopfstreifen ist zu alt und klebt nicht. Er muß die Leimflasche benutzen und, wenn es schnell gehen soll, dasselbe bumsende Geräusch wie Froitzheim machen, der neben ihm den Sport sortiert, langsam und umständlich, als finde er Genuß an dieser Arbeit, genieße vielleicht sich selbst dabei, seine Sorgfalt, seine Ruhe, und auch deshalb möchte er fort. Deshalb und aus anderen Gründen.
Er muß Geld beschaffen, damit es nicht nur Carlas Geld ist, dann kann er sich besser gegen sie wehren. Immer muß er an das Geld denken, das sie ihm gegeben hat für diese sinnlose Reise, an die sie selbst nicht glaubt. Er muß gleich zu Schirk gehen und ihn um einen Vorschuß bitten, dann in

die Stadt fahren und nach den Abfahrtszeiten sehen und sich überlegen, was er tun soll, jetzt, wo er weiß, wie sie über ihn denkt, oder es wieder begriffen hat.
Sie stand dabei, sie hörte zu, wie er log und wußte es, sie stand schweigend dabei und gab das Geld für diese Reise, er war für sie niemand, mit dem sie sprechen konnte, sie hörte zu, wie er log, als der Vater ihn nach dem Studium fragte, er in seiner betulichen Art, gegen die er sich nicht wehren kann, die ihn immer zwingt zu lügen, sie wußte genau, daß es alles Erfindungen waren, was er erzählte, seine Diplomarbeit, das Thema, seine Berufspläne für das nächste Jahr, woran er im Augenblick beinahe selber geglaubt hatte. Sie sagte nichts dazu, sie ging aus dem Zimmer, kam nach einer Weile wieder zurück, als er immer noch redete, und er hatte gedacht, daß er jetzt alles tun könnte, was er erzählte, wenn nicht ihre Skepsis wäre, diese Verachtung, mit der sie ihn reden ließ, ohne sich zu rühren, ohne sich die Mühe zu machen, eine Frage zu stellen. Sie sagte auch nachher nichts, als sie allein waren und sie ihm das Reisegeld gab, vielleicht war es ihr peinlich gewesen, ihn lügen zu hören, und sie hatte erst gar nicht hingehört und es schon vergessen, oder sie verhielt sich so, als habe er einen Buckel und sei für sie bucklig, ohne daß sie es noch zu erwähnen brauchte.
Das war es oder beides zugleich, sie setzte voraus, daß es Lügen, Erfindungen waren, nicht Vorsätze, die er ausführen würde oder könnte, und er hatte gemerkt, wie er absank, sobald sie im Zimmer war, sie deprimierte ihn, ließ ihn nicht hochkommen, während der Vater ihn dauernd ermunterte, Fragen stellte, um selbst in Stimmung zu kommen. So ist es immer, der eine erwartet etwas von ihm, der andere erwartet nichts, manchmal ist es auch umgekehrt, der Vater kritisiert und sie verteidigt ihn, sie wechseln ihre Rollen, aber es hat immer die gleiche Wirkung auf ihn, immer, zuverlässig, auch wenn er es durchschaut und wie jetzt weiß, daß er sich selbst kaputt macht, weil er ihre Erwartungen anerkennt, die auch noch in ihrer Skepsis steckenden Erwartungen, daß er sein Studium fertig mache und einen Beruf ergreife, denn nicht nur die Fragen, die der Vater ihm stellt, hatten ihn dazu gebracht zu lügen, sondern

ebenso ihre Stummheit, ihre Verschlossenheit, die Ablehnung, die er spürte, es hatte ihn aufgeregt, daß sie ihm nicht glaubte, und er war immer eifriger geworden, phantastischer, und damit macht er sich kaputt, er gibt zu, daß sie recht haben, sie und der Vater, sie beide, noch wenn er allein ist und sich fragt, woran es denn liegen mag, daß er, der intelligenter ist als sie beide, es nicht schafft, es nicht fertigbringt, etwas zu lernen oder zu behalten, dann sind das ihre Forderungen, die er anerkennt und vielleicht deshalb nicht erfüllen kann, weil er sie so deutlich sieht, als Bedingungen, die sie stellen, wenn er sich ihnen zu nähern versucht, und schon das ist falsch, es verzerrt ihn, seine Angst, von ihnen getrennt zu sein, in der er sich vor ihnen aufspielt, sich aufspielt und verachtet, wie heute wieder, wie früher.

Er hat oft darüber nachgedacht, aber er kann es genausogut bleibenlassen, es hat überhaupt keinen Zweck, er glaubt nicht an das Denken, weil er es dauernd tut, weil er überhaupt nicht damit aufhören kann, bis er erschöpft ist, aber das ist kein Ergebnis, es hört nur auf, bis es wieder anfängt.

Er muß fort, er will das hier fertigmachen. »Messe der kleinen Fortschritte und ausgebliebenen Sensationen.« Wenn es nach ihm ginge, brauchte nie etwas anderes in der Zeitung zu stehen. Dies und das Gegenteil in rhythmischem Wechsel. Das wird er Froitzheim erklären, nachher, wenn er wieder mitkommt in die Stadt, wenn er wieder mit seinen Bewerbungsbriefen ankommt, die er ihm korrigieren soll. Er wird ihm sagen, es soll ruhig Zeitungen geben, aber es soll immer dasselbe darinstehen, nicht auf diese verschleierte Weise wie jetzt, sondern offen, immer dieselben Worte, dieselben Wetterberichte, damit die Verhältnisse sich vereinfachen. Es ist alles von vornherein Altpapier, es riecht auch so, muffig, staubig. Er klebt es auf die Kopfstreifen, stopft es in die Fächer seiner Dauerkunden. Der Klebstoff trocknet schnell, auch auf der Haut, ganze Lappen zieht er sich vom Handballen und wirft sie in den Papierkorb, sie sind gummiartig und rollen sich etwas ein. Mit der Schere kratzt er die getrockneten Tropfen vom Tisch.

Er kann jetzt aufhören und zu Schirk gehen, in einer halben Stunde ist er in der Stadt, um den Anzug zu kaufen für die Reise, einen hellgrauen vielleicht, zu dem er den roten Strickbinder tragen kann. Er will ganz anders aussehen, als sie sich das vorstellen, wenn sie an ihn denken. Einen teuren Anzug will er kaufen, muß jetzt nur das Geld beschaffen. Geld, manchmal kann er an nichts anderes denken, macht Pläne, wie er welches bekommen kann, macht sich krank mit Plänen, die er jedem erzählt. Er zieht die Plastikstulpen von den Ärmeln, legt sie in die Schublade und geht quer durch den Raum zu dem Ausguß neben dem Besenschrank. Oben steht das Waschpulver, das er sich in die Hand schüttet und unter das Wasser hält.

Langsam reibt er sich mit dem glitschigen Brei die Hände ein, das ist die einzige Art, wie man die Druckerschwärze aus der Haut bekommt, die Hände sind jetzt vermummt in einem festen dicken Schaum, der schmutziggrau wird. Jedesmal genießt er das Waschen, verbraucht mehrere Handvoll Pulver, nur das Handtuch ist immer feucht. Er riecht an den Händen den milden, frischen Seifengeruch. Immer noch sind Klebstoffhäute an seinen Fingern, er zupft sie ab, riecht wieder an den Handrücken und geht durch den schmalen Raum, in dem die Zeitungen gestapelt sind, die Leinensäcke für Altpapier, niemand ist da, auch in dem kleinen Kopierraum nicht.

Die Tür zu den Büroräumen ist geöffnet, wird wie immer aufgehalten durch ein kleines Lederkissen. Die drei Mädchen im Vorraum machen die Post fertig, er kann nie die Namen behalten, obwohl er sie oft sieht. Die eine, die geht, um ihn anzumelden, ist vielleicht die Sekretärin. Durch den Türspalt sieht er Schirk, der im weißen Hemd hinter dem Schreibtisch sitzt und mit ihr spricht oder sie anhört, sie scheinen über etwas anderes zu sprechen, über die aufgeschlagene Mappe, die vor ihm auf dem Tisch liegt. Dann kommt sie zurück und setzt sich, den engen Rock an den Seiten etwas hochziehend.

»Ich kann Ihnen Ihr Geld schon auszahlen«, sagt sie.

Es sind dreiundachtzig Mark. Während er quittiert, spürt er ihre Feindseligkeit, eine stumme Ablehnung, und wagt nicht zu sagen, daß er trotzdem noch zu Schirk hinein muß.

Aber wenn er jetzt hierbleibt, wird es wohl selbstverständlich sein. Er dreht sich um und betrachtet den Kalender über der Sitzecke, ein grellfarbiges Sommerbild, eine Wiese mit dicken Blumenflecken, die schräg durch das Bild steigt. Hinter ihm sind Geräusche und leise die Stimmen der Mädchen.
»Hast du das?« »Ja.« »Das auch?« »Ja.« »Und diese beiden?«
»Ja.«
Sie scheinen irgend etwas zu vergleichen, es macht ihn nervös, sie belästigen ihn, er merkt, daß er wieder an seinen Händen zu riechen beginnt, und als er sich umdreht, sehen sie ihn alle drei an. Junge glatte Gesichter, eine andere Sorte von Lebewesen. Er könnte sich nie mit ihnen verständigen, und sie lehnen ihn ab, sie sind sich einig, jetzt als er sich schräg und locker in den Sessel setzt und sie der Reihe nach anblickt, seine Aufmerksamkeit verschwimmt. Wenn er den Kopf bewegt, sieht er das matte Glänzen des Ölanstrichs, er wird sie alle bestrafen, er wird Carla bestrafen, irgend etwas wird er tun, was sie nicht erwartet haben, er denkt daran und hört, wie er sich räuspert, es ist ein hohes nervöses Geräusch, das er unterdrücken muß, hinten im Hals ist ein Schaben, ein Schleimbelag, den er nicht wegbekommt oder der sich verdickt. Wieder räuspert er sich, ändert die Haltung. Die Hände liegen auf den Oberschenkeln, weißlich, mit stumpf gewordenen Nägeln.
Er bemüht sich, ruhig zu bleiben, weil sie ihn beobachten, und versucht nachzudenken, wozu er den Vorschuß braucht, er will fort, er will fahren, aber er hat ja das Reisegeld.
Ich muß fahren, sagt er sich, als habe er daran gezweifelt, er muß morgen weg sein, weil Carla vielleicht in sein Zimmer kommt, um aufzuräumen, wie früher manchmal, um seine Sachen in Ordnung zu bringen und ihn zu kontrollieren. Das war vielleicht immer der Grund, ohne daß er es begriffen hat. Diesmal wird sie bestimmt kommen, weil sie ihm mißtraut, weil sie weiß, wie er über diese Reise denkt, er denkt wie sie darüber, oder nein, ganz anders, er will ja fort, und es fällt ihm schwer, hier zu sitzen, weil er sich nicht klarmachen kann, wozu er hier sitzt, und auf die Tische blickt, die in der Mitte des Raumes zusammenge-

rückten Schreibtische mit den versenkbaren Schreibmaschinen, den Bürolampen, grüne Lampenschirme vor dem Fenster, an dem eines der Mädchen steht, mit vorhängenden Haaren, vorgebeugt, und die Pflanzen begießt, die kleinen strauchigen Gewächse in Keramiktöpfen, Gewächse an Bambusstäben, steife Lanzenblätter, Kakteen.
Die beiden anderen blicken in Taschenspiegel, ziehen Rollschränke zu, und er weiß nicht, ob er gehen soll oder aufstehen muß, weil Schirk jetzt hereingekommen ist, eine Mappe auf den Tisch legt und wieder in sein Zimmer zurück will, was ihm im Augenblick selbstverständlich erscheint, so daß er schon weiß, er wird auch gehen, wird gleich draußen die Treppe hinuntergehen, in die Stadt fahren zum Bahnhof und sich nach einem Zug erkundigen. Aber Schirk ist stehengeblieben und kommt ein paar Schritte auf ihn zu mit einem unentschiedenen Gesicht, auf das er sich nicht einstellen kann, obwohl er schon spricht oder antwortet, denn Schirk hat gefragt, was er will und weshalb er immer noch hier ist, und er muß ihm sagen, daß er wegfährt, das ist ja wichtig, in den nächsten Tagen ist er nicht da, er muß den Zweck der Reise erklären, er muß es wichtig machen, eine wichtige Reise im Auftrag seines Vaters, eine Lastenausgleichssache, bei der es um viel Geld geht.
»Und damit kommen Sie erst heute abend?« sagt Schirk.
Sofort beginnt er sich zu entschuldigen.
»Es war ein plötzlicher Entschluß«, sagt er, »ich wußte es gestern noch nicht, aber jetzt läßt es sich nicht aufschieben, ich habe es eigentlich erst heute erfahren, heute mittag, daß es unumgänglich ist.
Es wirkt nicht überzeugend, was er sagt, immer weniger, je länger er redet, deshalb kann er nicht aufhören, und die ganze Zeit sieht Schirk ihn abwartend an, als wolle er sich noch mehr anhören, noch mehr von diesen Ausreden, mit einer Geduld, die noch zu wachsen scheint, während er redet, ohne etwas anderes sagen zu können, als daß er es leider zu spät erfahren habe, doch darum geht es ja nicht, er muß auf den Vorschuß kommen, und nur dieses abweisende geduldige Zuhören hindert ihn daran, sofort davon zu sprechen, er muß erst einen neuen Anfang machen, aber Schirk dreht sich um und geht zum Schreibtisch, beginnt in

der Mappe zu blättern, und ohne aufzusehen sagt er: »Erzählen Sie mir doch nichts.« Er ist weiter mit diesem Schriftstück beschäftigt, reicht es einem der Mädchen und geht in sein Zimmer.
Er kann jetzt auch gehen. Die Mädchen haben angefangen ihre Schreibtische aufzuräumen und sehen zu ihm herüber. Vielleicht muß er ihnen etwas sagen. Aber was denn? Es berührt ihn alles nicht. Als er hinausgeht, hat er das Gefühl, daß alles geklärt ist. Er geht die Treppe hinunter, läßt die Hand über das Geländer rutschen. Ich habe keine Ehre, denkt er, kein Mensch kann mich beleidigen, wenn ich nicht will. Es ist gar nichts passiert. Wenn ich nicht will, gebe ich Schirk nicht zu, er ist nicht da für mich, er ist eine ausgelöschte Tatsache, da oben in seinem Zimmer mit seinen Weibern.
Es ist nichts passiert. Das Treppenhaus ist leer, eine vom hellen Licht beleuchtete Steintreppe, er geht langsam hinunter, in den Wendungen des Treppenlaufs schwenkt er sich herum.
Auf der Straße steht Froitzheim, den er vergessen hatte und der wieder mit ihm in die Stadt möchte. Ohne zuzuhören, hört er neben sich die seltsame kollernde Stimme, dieses gurgelnde Sprechen hinten im Hals. Es geht wieder um die Bewerbungen, er hat Antwortbriefe bekommen, soll Arbeitsproben einschicken, nachher will er ihm das zeigen.
»Wenn Sie nachher noch Zeit haben für mich«, sagt er, es klingt so, als ob es eine Frage wäre, aber das ist nur die zähe Höflichkeit, mit der Froitzheim immer auf seine Sachen kommt.
»Erst muß ich einen Anzug kaufen.«
»Jetzt für die Reise?«
»Ja, natürlich, warum nicht?«
Er wundert sich, daß er es so selbstverständlich sagt, weil er das Geld nicht hat, er hat den Vorschuß nicht, er muß sich das klarmachen, aber sobald er daran denkt, merkt er, daß er sich entschieden hat, er will diesen Anzug kaufen und entscheidet sich, indem er geht, indem er nicht aufhört und immer weiter geht in der einmal eingeschlagenen Richtung, obwohl er auch zu Carla fahren könnte, die nachmittags oft im Gymnasium ist, er könnte hinfahren, und

vielleicht wäre sie gar nicht überrascht, wenn er ihr das Geld zurückgäbe. Er könnte sagen, ich laß mich nicht schicken, wie du denkst, und das Geld auf den Tisch legen. Vielleicht würden sie sich dann verständigen. Aber wenn er sie jetzt nicht antrifft und sie morgen oder noch später in sein Zimmer kommt, wird sie ihm nicht mehr glauben, daß er das Geld zurückgeben wollte, sie wird mißtrauisch sein, sie ist schon mißtrauisch, deshalb kommt sie ja, und wahrscheinlich erschrickt sie, wenn sie ihn sieht, und er auch, er wird erschrocken das Geld zurückgeben oder behaupten, daß er noch fahren wolle, ohne daß sie ihm das glauben wird und noch glauben könnte.

Er muß sie jetzt treffen, jetzt muß er hinfahren, während er immer weiter auf das Geschäft zugeht, unbeirrt, als wisse er, was er wolle, es soll weitergehen, weiter. Aber er gibt auch den Gedanken nicht auf, sich mit Carla zu verständigen, das trennt sich nur ab, ist für sich da und hindert ihn nicht, nachher wird er weiter sein und etwas tun müssen, nachher, wenn Sie Zeit haben, Zeit hätten, wenn Sie nachher Zeit haben für mich, hat Froitzheim gesagt, der geduldig neben ihm hergeht, mit seiner Tasche, mit seinem dicken Kopf, er kann nichts anfangen mit diesem Menschen, aber immer ist er da, ein deutliches Vorhandensein, klobig und zimperlich, und undurchschaubar, weil er immer dasselbe sagt, sich wiederholt, so daß man glaubt, das kann doch nicht alles sein, und darunter ist etwas versteckt, etwas, das ihm Kraft gibt, dieses geduldige Vorwärtswollen, ein breites Gesicht, krause Haare, und der kleine volle, vorgestülpte Mund. Er beobachtet ihn, bis Froitzheim seinen Kopf dreht.

»Wissen Sie, was Sie sind?« fragt er.

»Nein«, sagt Froitzheim, »wieso?«

»Mein Gott, glauben Sie, daß ich Sie beleidigen will?«

»Sie wollen es vielleicht nicht, Herr Lorenz.«

»Passen Sie auf, ich wollte sagen, Sie sind ein vernünftiger Mensch. Sie müssen das unter Ihre Briefe schreiben.«

Froitzheims Gesicht hat wieder diesen empfindlichen Ausdruck. Wahrscheinlich sagt er sich, daß er ruhig bleiben muß, oder er verzeiht ihm, er findet Gründe, ihn zu entschuldigen, er hat eine Vorstellung vom Erwachsensein,

der erwachsene Mensch beherrscht sich, jemand hat ihm das beigebracht, und er tut es auch.
»Warum gehen Sie so schnell?« fragt Froitzheim, aber er antwortet nicht, läßt ihn neben sich herlaufen, er hätte auch sagen können, weil ich es eilig habe. Vor den anfahrenden Autos geht er über die Straße, um eine haltende Bahn herum, muß einen Augenblick warten, weil aus der Gegenrichtung eine zweite kommt. Froitzheim ist wieder neben ihm, er will sich nichts merken lassen, deshalb redet er, er würde jetzt auch gerne eine Reise machen, er beneide ihn, jetzt im Sommer müsse man raus aus der Stadt. Sie gehen schräg über den großen Platz, auf dem Gruppen von Menschen ihnen entgegenrennen, die zur Straßenbahn wollen, ein dichter Schwarm kommt von rechts, der sich um sie herum teilt, dahinter ist plötzlich ein leerer Raum, in den sofort von allen Seiten Leute eindringen, die ohne anzustoßen durcheinandergehen und in alle Richtungen verschwinden, während aus allen Richtungen neue kommen.
Drüben ist das Geschäft. Er wird also diesen Anzug kaufen, das hat nichts mit der Reise zu tun, weil er ohnehin einen braucht, schon lange hat er sich keinen neuen gekauft. Über die Köpfe der Menschen hinweg sieht er die Schaufenster, große Glasfronten mit einem Mittelgang, in einem Menschenschwarm gehen sie über die Straße. »Kommen Sie«, sagt er, »was sind das für Anzüge, du lieber Himmel.« Es sind aber nur Jacken, Halbfiguren, mit angewinkelten, angehobenen oder geknickten Armen, die irgend etwas zu zeigen oder zu halten scheinen, das nicht sichtbar ist. Die Schultern kommen ihm breit vor, weil sich die Jacken nach unten verjüngen, glatt und schmal um den Stiel des Kleiderständers stehen, der Stoff ist nach hinten weggesteckt, und unten auf dem ausgeschlagenen Boden des Schaufensters, dem grauen Samt, liegen als lang ausgestreckte Bahnen die Hosen, dazwischen weiße, mit farbigen Krawatten dekorierte Hemden, auch ganze Bündel von Krawatten, die aus einem einzigen Knoten hervorzugehen scheinen, kleine Preisschildchen stehen dabei, stecken an den Revers der Anzüge in Form eines kleinen Medaillons. Es sind Sommeranzüge, Sommerjacketts, fast alle mit der

gleichen steifen Falte in der Armbeuge. Unter der durchsichtigen Sonnenblende, die hinter den Schaufenstern hellbraun und etwas wellig herunterhängt, erscheint alles wie in einem von einer farbigen Flüssigkeit erfüllten Kasten, über die Rückwand hinweg kann er die Leuchtstäbe in dem Verkaufsraum sehen.

Sie treten ein. Es ist ein tiefer Raum mit Glasschränken an den Wänden, flachen Verkaufstheken aus Glas, in denen wieder Hemden, Krawatten und Manschettenknöpfe in kleinen aufgeklappten Schachteln ausgestellt sind oder ein Halstuch und zwei Handschuhe, ein Gürtel. Überall im Raum stehen fahrbare Spiegel, und zwischen den Glasschränken, in denen reihenweise Mäntel und Kleider hängen, sind Umkleidekabinen, vor denen Verkäuferinnen auf ihre Kundinnen warten, die in neuen Kleidern daraus hervortreten, unsicher ein paar Schritte auf die Verkäuferin zu, alles ist beinahe lautlos, auch das Näherkommen des Geschäftsführers, der sie in den ersten Stock schickt, dort ist die Herrenabteilung, lange Reihen von Anzugständern teilen den Raum. Sie setzen sich auf Plüschhocker in einem kleinen Karree und warten auf die Bedienung.

»Wie Sie sehen«, sagt er, »ist dies ein fabelhaftes Geschäft. Ich führe Ihnen gleich unsere Kollektion vor.« Er steht auf, befühlt die Ärmel der Sakkos, hebt sie waagerecht hoch und läßt sie wieder zurückfallen. Der Verkäufer ist zwischen den Garderobenständern hervorgekommen und steht jetzt vor ihm, der mit dem schwarzen Ärmel auf Froitzheim zeigt:

»Dieser Herr wünscht einen festlichen Anzug.«

»Nein, das stimmt nicht«, sagt Froitzheim, und erst danach erscheint auf seinem Gesicht ein Ausdruck der Überraschung.

Der Verkäufer hat sich Froitzheim mit einem sanften Händefalten zugewandt und dreht sich wieder ihm zu, steht zwischen ihnen und lächelt, ein etwa vierzigjähriger Mann, dessen Haarwasser er riechen kann.

»Dann einen für mich«, sagt er und ist erstaunt, daß der Verkäufer in singendem Tonfall wiederholt, »Dann einen für Sie«, und leise, beinahe vertraulich seinen Arm berührt: »Einen Augenblick, jetzt werden wir gleich etwas

überziehen.« Er geht zum Garderobenständer, schiebt schnell ein paar Bügel zur Seite, kommt dann zurück und hält ihm die Ärmellöcher eines dunkelroten Sakkos hin: »Nur für die Größe.«
Das Gewicht des Stoffes ist leicht auf seinen Schultern, er fühlt sich taub und weiß nicht, was er haben möchte, als der Verkäufer ihn fragt, was für einen Anzug, er weiß das nicht, was für eine Preislage, er blickt zu Froitzheim hinüber, der nahe beim Schrank sitzt, mit ihm hat er nicht darüber gesprochen, einen eleganten Anzug vielleicht, oder doch nicht so sportlich wie diese Jacke, hat der Verkäufer gesagt. Er fährt ihm mit beiden Händen unter die Achselhöhlen, um den Sitz der Jacke zu prüfen, während er in einer Art Schrittstellung vor ihm steht. Dicht vor sich sieht er den Scheitel als einen weißen Strich, und das Gefühl der Taubheit wird jetzt stärker, es beginnt an den Haarwurzeln, er kann sich nicht bewegen, bis der Verkäufer den Sakko von seinen Schultern hebt und wieder zum Garderobenständer geht, sucht, sich nach ihm umblickt, offenbar etwas Bestimmtes sucht, es ist ein Gefühl, als ziehe sich die Kopfhaut zusammen oder als sträubten sich die Haare im Nacken, ein Rieseln, das er nicht loswerden kann und das sofort stärker wird, als der Verkäufer mit neuen Sakkos kommt, die er ihm überzieht, glattzupft und zuknöpft, als wäre er ein Kind, das nur dastehen kann mit abgestreckten Armen. Im Spiegel kommt er sich entgegen, dann ist er wieder fort. Lautlos bewegen sie sich auf dem weichen Teppichboden, und nur der hin und her gehende Verkäufer redet.
Froitzheim rührt sich nicht, zwischen den Stoffbarrieren, den dicht hängenden Anzügen klingt die Stimme gedämpft und tonlos, es sind leise, kaum wechselnde Formeln, »wollen Sie das einmal überziehen, lassen Sie mal sehen«, auf die er nur antwortet, indem er sich bewegt, die Arme ausstreckt, vor den Spiegel tritt, sich umdreht, unfähig zu urteilen oder nur wach zu werden, mit diesem Schwimmen im Kopf wie immer, wenn er einen Fehler macht, ohne es ändern zu wollen, ohne es wollen zu können, er spürt, daß der Verkäufer das weiß und nicht nachlassen wird. Dauernd steht er vor ihm mit einer seltsamen Verschiebung der Hüften oder einknickend in den Knien, mit schräg geleg-

tem Kopf, die Hände flüchtig und leicht in seinen Achselhöhlen, dann wieder zurücktretend, ihn betrachtend, wenn er vor ihm ein paar Schritte macht, sich drehen und wieder stehen bleiben muß. Er fühlt ihn dann hinter sich, den Atem, die Stimme, das Knistern und Rauschen von Stoff, Geräusche, die nicht so laut sein können, wie sie ihm erscheinen, oder doch, genauso, sie sind so laut, wie man sie hört, er denkt darüber nach, denkt an Carla, die ihm das Geld gegeben hat, zerstreut, in dem Gefühl, daß er etwas tun wird, an dem sie schuld ist, und läßt sich von dem Verkäufer in eine Kabine schicken, um einen Anzug anzuprobieren.
Im Spiegel sieht er sich auf dem Hocker sitzen, wie er die Hose von den Beinen tritt, sie dreht sich um und bleibt an den Füßen hängen. Dicht vor dem Vorhang hört er die Stimme des Verkäufers, der leise mit Froitzheim spricht, und macht mit den Beinen watende Bewegungen, unerwartet bekommt er sie frei und beginnt sich anzuziehen.
Der Anzug ist viel zu teuer, auch die anderen sind zu teuer, es ist ein teures Geschäft, aber er kann nicht mehr fort. Es ist ihm auch gleichgültig. Er schiebt den Vorhang beiseite und geht auf die Hände des Verkäufers zu, die gefaltet sind und sich öffnen, stillstehend spürt er, wie sie an dem Stoff rücken, dann seinen Arm fassen und ihn vor den Spiegel führen. Er sieht sich, blau, mit hängenden Schultern, dem weißen, sehr spitzen Hemdausschnitt und einem aus dem Spiegel verschwindenden Kopf. Aus der Tiefe kommt das Gesicht des Verkäufers, erscheint neben ihm, und er weiß, daß er jetzt diesen Anzug nehmen muß, diesen oder einen anderen, aber er will gleich diesen anbehalten, um fortzukommen, einen beliebigen Anzug, in dem er seltsam aussieht, fremd, vielleicht sogar lächerlich.
Froitzheim sitzt noch da, zäh, gleichgültig, er muß ihn abschütteln nachher, um allein zu sein und verschwinden zu können. Denn er wird verschwinden, wird etwas anderes tun, als sie von ihm erwarten, immer deutlicher weiß er, daß er schon auf dem Wege ist. Es hat angefangen mit diesem Anzug, der viel zu teuer ist, er muß das Reisegeld anbrechen, um bezahlen zu können, und weiß jetzt nicht, wie er aussieht, als sie auf die Straße kommen.

Irgendwo ist Musik, er sieht eine Menschenmenge und das Blitzen von Instrumenten in der Sonne mitten auf dem Platz, hinter dem die Bahnen fahren. Froitzheim ist neben ihm, fragt, ob er Geld bekommen wird, wenn die Reise Erfolg hat, und warum er wieder so schnell geht, warum er nicht antwortet, das sind berechtigte Fragen, er dreht sich um und sagt: »Das sind berechtigte Fragen«, geht auf den Lärm der Baustelle zu, Arbeiter mit Preßlufthämmern brechen den Asphalt auf, er kommt dicht daran vorbei, durch den Lärm und Staub, an ihren vorgebeugten Köpfen mit den gelben Helmen und zwischen zwei Seilen hindurch, an denen rot-weiße Markierungen hängen. Hinter sich hört er das Rattern, das Rufen, zwei Männerstimmen, die sich anschreien, während die Menschen sich gleichmütig weiterbewegen, Frauen, die Eiswaffeln in der Hand halten, vor den Geschäftseingängen stehen Automaten für Softeis, von Frauen in weißen Kitteln und Hauben bedient. Er kann die vorderen Verkaufstische sehen, weil die Türen wegen der Hitze geöffnet sind, überall sind Menschen, die etwas aussuchen oder die Schaufenster betrachten, mit Paketen und Tragtaschen aus den Geschäften kommen oder sich um Vorführtische sammeln und vor den Karren der Obstverkäufer.

Er bleibt stehen und blickt auf Badeanzüge an Puppen mit schwarzen und gelben Basthaaren und Stapel bunter Frottiertücher, ein Netz mit roten und blauen Bällen, das an einem Paddel hängt, und als er sich umdreht, sieht er den Menschenstrom zwischen den Häuserfronten, die Köpfe, die Gesichter, langsam und dicht. Aber Froitzheim ist fort, hat ihn verloren oder ist ihm nicht gefolgt, vielleicht ist er in der Nähe und sucht ihn.

Er blickt wieder in das Fenster, auf die grauen glatten Puppenarme und erkennt unklar sich selbst, nur den Umriß, blaß, wie vernebelt, und das Vorbeifließen ebenso blasser Umrisse hinter sich. Die Tragtasche mit dem alten Anzug wird ihm bewußt, jetzt bin ich unsichtbar, denkt er, jetzt beginnt es. Sich umblickend geht er schräg über die Straße auf einen Kaffeeausschank zu, um dort in Ruhe nachzudenken, was er jetzt tun wird. Er setzt sich an die Theke mit dem Rücken zum Fenster, so erkennt ihn niemand, der von draußen hereinblickt, sein Rücken sieht aus wie die Rücken der Männer, die rechts und links neben ihm sitzen. Froitzheim läuft sicher draußen herum und sucht ihn. Wenn er daran denkt, spürt er die Erregung, als sei er auf der Flucht, und um ihn herum sind die Stimmen, das Licht, Lichtbrechungen auf Glas, Nickel, auf den mit Feuchtigkeit beschlagenen Metallteilen, das stumpfe Schwarz der Theke, auf die er sich stützt, der Kaffeegeruch, das Zischen heißen Wassers und die Anwesenheit fremder Körper, die neben ihm auf den Hockern sitzen.

Er rührt in der kleinen Tasse, versucht nachzudenken, was er mit dem Geld tun wird, das er noch hat, und blickt auf das blitzende kupferfarbene Schwungrad, das sich lautlos vor ihm an der Wand dreht, immer wieder hört er das scharfe prasselnde Geräusch, wenn der Kaffee durch die elektrische Mühle läuft. Er hat Herzklopfen, gleichzeitig auch das Gefühl von Leichtigkeit, ohne Widerstand bewegt sich sein Denken, ohne daß er es festhält oder dabeibleiben kann, es ist leicht und glatt wie diese Lichtflecken, das Blitzen. Dann sieht er seine Hände auf der Theke, dann entdeckt er, daß er mit den Fingern seine Lippen preßt, er vergißt alles, kann nicht darauf achten, hat auch vergessen, wie er gezahlt hat, als er sich in der Tür des Ausschanks sieht, wie er mit gespielter Vorsicht, sich dauernd umblikkend, auf die Straße tritt. Er wird gesucht, er spielt, daß er gesucht wird, und geht dicht an den Schaufenstern vorbei, um sich umdrehen zu können, wenn jemand kommt. In der Tragtasche klumpt sich unten sein alter Anzug, das stört ihn beim Beobachten der Straße, er sieht Menschen, die ihn nicht bemerken, Gesichter, die ohne Neugier leer und fremd an ihm vorbeikommen, er möchte jetzt wissen, wie er aussieht.

Schräg gegenüber im Schaufenster eines Warenhauses steht ein mit Spiegelglas verkleideter Pfeiler, er geht darauf zu, sieht sich blau, mit weißem Hemdausschnitt näher kommen und biegt wieder ab. Aber die Erscheinung hat nicht schlecht ausgesehen, keineswegs schlecht.

Jetzt hat er Lust zu rauchen, weil er sich anders fühlt, noch fremd, aber als müsse er sich noch mehr verändern. Es fängt außen an, er macht Bewegungen, die er gesehen hat, will

4

Das sind Motive, die er kennt, eine Serie gerahmter Fotos, Backsteinkirchen, Marktplätze, Rathäuser, zum Teil Orte, an denen er gewesen ist, er kann jetzt nicht auf die Namen kommen. Auf diesem Platz hat er gestanden und den Turm der Kirche mit den kleinen Nebentürmen und den Blendnischen betrachtet, diesen schweren Eckturm mit dem Aufsatz, dem Glockenhelm, der ihm jetzt wie ein Vogelhaus erscheint. Es ist schön, denkt er, ich weiß nicht, was es ist, es sieht schön aus. Aber wie haben sie es fertiggebracht, daß der Platz leer ist, niemand ist auf dem Bild, nur die Häuser, die Kirche, die fünf Bäume, die wie junge Linden aussehen und kurze Schatten werfen, es muß also Mittag sein.
»Warum essen Sie nicht?« fragt sein Nachbar, der Siems heißt, den er auf dem Friedhof getroffen hat, nach Jahren, nach zwanzig Jahren, aber er hat sofort wieder den Namen gewußt.
»Was ist das für ein Platz?« fragt er.
»Das da? Stargard.«
Siems blickt eine Weile mit halb zur Seite gedrehtem Kopf auf das Foto und sagt noch einmal Stargard, dann beißt er in das Weißbrot. Und das andere, daneben, das ist der Kolberger Dom. Der Name kommt sofort, als er den anderen weiß, jetzt ist er befriedigt und kann die Suppe löffeln, gelbe Hühnersuppe mit einem Eidotter, den er zerstößt und verquirlt. Es ist auf einmal still, auch nebenan sind sie still. Er schluckt langsam die Brühe mit dem zerstoßenen Dotter, kann spüren, daß er Farbe bekommt und tiefer atmet. Stargard? Wann war ich in Stargard? Dieser kleine menschenleere Platz. Wenn sich etwas darauf bewegte, würde er es wissen, aber so nicht.
Ich muß gehen, denkt er, ich muß nach Hause. Aber er kann Carla erzählen, daß er Siems getroffen hat, den alten Siems. Heute morgen, auf dem Weg von der Straßenbahn zum

Melatenfriedhof, ist er hinter ihm hergegangen, durch das Haupttor und auf dem Seitenweg zur Kapelle, ohne daß er schon wußte, daß es Siems war, und nachher hatten sie ziemlich dicht beieinandergestanden, eingekeilt in die Menge, die sich in einem Halbkreis um das Grab aufgestellt hatte. Zwischen den Köpfen war das weiße Beffchen des Pfarrers zu sehen gewesen und sein Gesicht, das er gesenkt hielt, als spräche er in das Grab hinein, spräche den Toten an, nur wenn er sich drehte, hob er es und sah dann wahrscheinlich die Witwe an, die dort vorne in der Mitte des Halbkreises stand, tiefer, auf dem Kiesweg, einer der beiden schwarzgelackten verschleierten Hüte, er hatte da schon gewußt, daß es der Molkereidirektor Siems war, der wenig entfernt von ihm zwischen den Leuten stand und alt geworden war, sehr alt, und lange Zeit hatte er nicht hingeblickt in einem Gefühl, das er selbst nicht verstand, das vielleicht Ängstlichkeit war oder Scham oder einfach das Gefühl, nichts mehr davon wissen zu wollen.
Das war wieder verschwunden, weil er angefangen hatte, der Predigt des Pfarrers zuzuhören, der auch ein Pommer war wie viele, vielleicht die meisten in dem Trauergefolge. Der Pfarrer hatte von der Heimat gesprochen, der kleineren, aus der der Verstorbene vertrieben worden war, und der größeren, in die er jetzt einging, in die sie allein eingehen würden, in der es keine Trennung, keine Verbannung mehr gab, sondern nur Brüderlichkeit und Liebe, alles hatte er nicht verstehen können, weil die Stimme leiser wurde, wenn sich der Pfarrer abwandte, zum Grab drehte und zu dem Toten sprach, ihn jetzt anredete, du zu ihm sagte, du, dein Leben, der du für andere gekämpft hast, er verstand nicht alles, aber die Stimme blieb immer da, während er über die Köpfe hinweg auf eine Gruppe von Friedhofsbäumen blickte, Weymouthkiefern, Blautannen, Bäume, die er nicht mochte, dichte dunkle ineinandergeschobene Umrisse, die sich nicht bewegten, er hatte dann wieder Worte gehört, die zu ihm durchdrangen, weil sie deutlicher gesprochen wurden, und hatte gedacht, daß der Tod nicht schlimm sei. Er hatte dafür keinen Grund, denn er glaubte das alles nicht, was der Pfarrer sagte, aber es war ihm gut erschienen, daß es dieses Ende gab, den Tod, die

Beerdigung, dieses enge, stumme Beieinanderstehen, während einer sprach, würdig, Worte über den Toten, Worte an ihn gerichtet, als läge der in seinem Grab und hörte zu, gerade das hatte ihm gefallen, er hatte sich gewünscht, daß es länger dauere. Später, als alles auseinanderging und sich in den Nebenwegen verlief, vielleicht weil viele noch andere Grabstätten aufsuchten, hatte er es so eingerichtet, daß Siems ihn ansprach. Sie waren in ihren dunklen Anzügen auf dem Friedhof spazierengegangen, und Siems hatte ihn nach seiner Frau gefragt.

Er mußte sich das erst klarmachen, es kam unerwartet für ihn. Kläre. Jemand, der nicht wußte, daß sie tot war. Er hatte es Siems dann erzählt. Nicht erzählt, nur eben mitgeteilt: Sie ist seit zwanzig Jahren tot. Am Nebentisch reden sie wieder, und er versucht zuzuhören. Die Wirtin kommt an ihren Tisch, bringt zwei Flaschen Bier. Siems spricht mit ihr, während sie eingießt, erklärt sie ihm, sie und ihr Mann kämen aus Köslin.

Er muß wieder an Kläre denken, das gedunsene Gesicht unter dem Haarnetz, das sich ihm zugedreht hatte, als er aus der Diele heraufgekommen war, um nachzusehen, weshalb sie stöhnte. Er hatte den säuerlichen Geruch des Erbrochenen gerochen. Ihr Gesicht war ungleichmäßig mit Fettcreme beschmiert, es glänzte, als wären es große Schweißflekken, aber es war fast weiß. Sie konnte ihm nur durch die Richtung der Augen zeigen, daß sie ihn sah. Sie krümmte sich. Mit einer Hand hielt sie sich an der Metallstange fest, über der das Badetuch hing.

Wo war Carla an dem Tag? Er hatte sie rufen wollen. Kläre war eingecremt gewesen wie zur Nacht, obwohl es früher Nachmittag war, Sonntagnachmittag, und einen Augenblick hatte er gezögert wegen der Uniform, dem dunkelblauen Tuch, das alle Flecken zeigte. Sie hatte den langen wattierten Morgenmantel an. Er trat neben sie, legte einen Arm um ihren Rücken und suchte mit der freien Hand ihren Unterarm, aber sie gab ihm die Hand. So hatte er sie ins Schlafzimmer geführt, langsam, mit kleinen Schritten, einmal mußte sie stehenbleiben und an ihren Fingern, die sie zwischen seine geschoben hatte, spürte er ihre krampfartigen Schmerzen.

Das war nicht ihre erste Gallenkolik, aber die erste, die er miterlebte, weil er zu Hause war. Es war der zweite Advent im letzten Kriegswinter, Carla war wieder mit dem Schulchor ins Marinelazarett gegangen, und Günther war auch nicht da, war vielleicht bei Nachbarn, und das Mädchen hatte bis zum Abendessen Ausgang. Abends wollte Friedel aus Stettin kommen, um über Weihnachten zu bleiben, und er erinnerte sich jetzt, daß Kläre beim Mittagessen gesagt hatte, sie müsse sich ein paar Stunden hinlegen, um für den Abend frisch zu sein. Damals waren die Russen nur noch dreihundert Kilometer entfernt, seit dem Sommer, dem Herbst war alles wieder schlechter geworden, und sie hatten das Gefühl gehabt, möglichst oft zusammensein zu müssen, obwohl sie wenig über die Zukunft sprachen, sie sprachen oft von früher, der Zeit vor dem Krieg, von den beiden großen Reisen an den Bodensee und nach Innsbruck oder von ihren Wochenendausflügen nach Berlin, wo sie abends in den Wintergarten gegangen waren oder ins Haus Vaterland am Potsdamer Platz, oder einmal, zusammen mit einem Verlobten von Friedel, einem der beiden, die sie gehabt hatte, ins Ballhaus Resi in der Hasenheide, wo sie die Wasserorgel bewunderten, Sekt tranken und mit der Rohrpost Briefe an andere Tische schickten, die sie gemeinsam verfaßt hatten.

Als Friedel am Abend aus dem Zug stieg, hatte sie davon gesprochen, daß es in Berlin furchtbar aussehen müsse, daß es überhaupt schlimmer sei in den Städten, aber hier bei ihnen sei es so unglaublich friedlich, daß sie Angst bekäme. Er erzählte von Kläres Koliken, und sie sagte, das war immer so bei ihr, sie frißt alles in sich hinein, bis sie krank wird, und wenn es nicht bald besser würde, müsse sie hier weg. Er hatte nichts davon wissen wollen, es sei hier noch immer am besten für sie. Arm in Arm waren sie durch die Dunkelheit gegangen, durch den langsamen senkrechten Schneefall, der sehr dicht war, aber schon mittags begonnen hatte, er erinnerte sich daran, daß die ersten vereinzelten Flocken fielen, als Carla gegangen war, und die Luft hatte nach viel Schnee gerochen, er hatte gedacht, es hört nicht mehr auf in diesem Winter, aber das ist gut so, der Schnee beschützt uns, der Vorgartenweg zwischen den

hochbeschneiten Rasenflächen war eine schmale, mit Asche bestreute Kerbe und wurde langsam wieder weiß.
Es war still gewesen im Haus, er hatte auf seiner Karte die Stecknadeln mit den roten und blauen Glasköpfen betrachtet, die den Frontverlauf markierten, augenblicklich gab es im Osten wenig Veränderung. Er hatte geraucht und war dann in die Diele gegangen, um eine Zeitung zu holen, die er auf dem Handschuhbrett liegengelassen hatte, und als er wieder ins Wohnzimmer gehen wollte, hatte er das Stöhnen gehört.
Es ist merkwürdig, daß er so weit zurückgehen kann und sich hier sitzen sieht, neben Siems, in diesem Café, das ihm dämmrig erscheint, durch die gelben und bräunlichen Scheiben an der Decke kommt ein abgedunkeltes Licht, der Dunsthimmel über der Stadt wie an Winternachmittagen, schon beleuchtet durch die Lichtreklamen, die Bürohäuser, aber zugezogen, rußig und neblig, dieses trübe Licht, das durch die schachbrettartig angeordneten Scheiben der Dekke kommt, macht es ihm schwer, sich vorzustellen, daß draußen Sommer ist, ein Sommernachmittag, dessen Hitze er noch spüren kann.
Die Tischplatte klebt unter seinen Händen, hier sitzt er, hat früher nie mit Siems gesprochen, damals war er jemand, den er im Vorbeigehen grüßte oder der ihn gegrüßt hat, wenn sie sich begegneten. Er weiß das nicht mehr, jetzt ist alles anders, als sei alles noch nicht wahr. Er kann sich das Stöhnen vorstellen, hier in diesem Raum, losgelöst von ihr, die lange tot ist, ein tiefes erschreckendes Knurren, wenn die Schmerzen kamen, es ist hier, ein selbständig gewordener Laut, gleichzeitig mit der Stimme von Siems, der von dem Café in Köslin erzählt, in dem er einige Male gewesen ist. »Es war ähnlich wie hier«, sagt er, »es sind noch dieselben Fotos.« Fotos oder Ansichtskarten, von denen man den weißen Rand abgeschnitten hat und die auf einem Albumblatt kleben, wie gerahmt durch ein Passepartout. Ich bin hier, ich denke an sie. Wo war Carla damals? Sie hätte mir beinahe die Uniform schmutzig gemacht, deshalb habe ich Carla gerufen, aber sie war nicht dagewesen, und er mußte wieder hinaufgehen und ihr mit dem Handtuch den Mund abwischen, sie lag auf dem Bett, und er wischte

mit dem Handtuch über den Mund, dessen Lippen geschwollen waren, und das Gesicht verzog sich, als er darüberrieb. Er war dann in die Küche gegangen, um warmes Wasser zu machen für Kamillentee und eine Wärmflasche, und als er wieder hochkam, lag sie unter der Decke, und neben dem Bett lagen der Morgenrock und die Strümpfe. Er mußte sie stützen, als sie langsam ihren Tee trank, und mit leisem Widerwillen sah er ihren gespitzten Mund. Er hielt sie einen Augenblick so, nahm die Tasse wieder fort, sie fragte, wo Günther sei, und als er eine beruhigende Auskunft gab, legte sie sich wieder zurück. Immer, wenn etwas mit ihr war, fragte sie zuerst nach dem Jungen, und später, als Friedel im Haus war und sie sich oft hinlegen mußte, weil die Anfälle immer häufiger wurden, ließ sie ihn an ihr Bett kommen, setzte sich auf und hielt ihn mit gestrecktem Arm von sich fort, um ihn zu begutachten.
»Bist du auch richtig angezogen, hast du auch saubere Schuhe?«
Aber das waren nur Fragen, die sie vorschob, um ihn länger betrachten zu können. Einmal, als er im Badezimmer etwas suchte, hatte er sie nebenan gehört, ihre leisen Fragen und seine ebenso leisen kurzen Antworten. Günther hatte damals einen Sprachfehler, und sie verbesserte ihn jedesmal, wenn er etwas falsch aussprach, ließ ihn das Wort wiederholen, einmal, zweimal, in dem ruhigen gleichbleibenden Tonfall sagten sie abwechselnd beide das Wort, das gehörte zu ihrem leisen Zwiegespräch, das für ihn etwas Geheimnisvolles an sich hatte, weil es sachlich war, fast streng und er doch ihre Sucht spürte, es immer weiterzuführen, und die Bereitschaft des Jungen, darauf einzugehen. Er versteht sie jetzt genau, die Angst, ihr Absinken in die Angst, ihre Stimme, die von nebenan rief, weil er sie nicht gehört hatte, und dann sofort erschöpft wieder leiser wurde, als sie ihm beschrieb, wo im Apothekenschrank die Tropfen waren, er sieht sich hin und her gehen mit der kleinen braunen Flasche, dem Teelöffel, einem halbgefüllten Wasserglas, während Siems ihm zunickt, während sie nebenan reden, und jetzt ist sie fort, er sieht sie nicht, er trinkt mit Siems, der ihm ein Glas entgegenhält.
»Meine Frau ist auf der Flucht gestorben«, sagt er, »an einer

Gallenoperation, sie ist mit dem letzten Zug gefahren, hatte den Jungen mit, und unterwegs in Mecklenburg mußte sie aussteigen wegen der Schmerzen, sie hat auch noch anrufen lassen, damit ich wußte, wo sie war.«
»Sind Sie noch hingekommen?« fragt Siems.
»Nein, wir sind auf dem Seeweg fort, meine Tochter und ich. Es kam auch nur eine Nachricht durch, daß sie jetzt dort sei in Demmin. Den Jungen habe ich erst ein Jahr später wiedergesehen, er war in einem Heim. Man wußte meine Adresse nicht.«
»Waren Sie noch in Gefangenschaft?« fragt Siems, und er sagt: »Nein, das nicht.« Aber vielleicht kann er doch erzählen, daß er einen vordatierten Entlassungsschein besessen hatte und sich nur umzuziehen brauchte, als der Krieg zu Ende war. Er bestellt Kognak, und während sie trinken, merkt er schon wieder, daß er unklar im Kopf ist und sich nicht gut erinnern kann, vielleicht, weil er damals gehungert hat, das sagt man doch, daß in Hungerzeiten das Gedächtnis leidet und große Lücken bleiben oder vernebelte Stellen, denen man noch etwas anmerkt von der Benommenheit, der dauernden Übelkeit, oder es ist jetzt nur, weil er getrunken hat, er verträgt nicht mehr viel, plötzlich ist dieses wattige Gefühl da, die steifen Lippen, er ist froh, daß Siems wieder spricht und er zuhören und sich ein wenig erholen kann. Soldaten waren in die Molkerei gekommen, hatten sie ausgeräumt und sich die Kochgeschirre mit Weißkäse gefüllt, hatten große Brotbrocken mit gefrorenem Weißkäse gegessen, zum Teil ganz junge Gesichter, die er nur undeutlich gesehen hatte, weil es schon dunkel wurde und schneite. Im Ort war niemand mehr, nur die französischen Kriegsgefangenen im Nebenbau, die sich seit Stunden eingeschlossen hatten und sich still verhielten. Siems hatte die Soldaten gebeten, ihn mitzunehmen, und war ins Haus gelaufen, um sein Gepäck zu holen, zwei Koffer, die er bis in den Flur schleppte, als er sie draußen abfahren hörte. Dann sei er eine Zeitlang im Flur sitzen geblieben. Und dann, was hatte er dann gemacht? Er erzählt nicht weiter. Das scheint für ihn das natürliche Ende zu sein, das Ende des Krieges, wie er im Hausflur bei seinen Koffern saß. Er würde Siems gerne fragen, wo er da

gesessen hat, auf der Treppe, auf einem Koffer, auf dem Boden, er hätte es gerne gewußt, um es Carla erzählen zu können, aber vielleicht war es nichts Besonderes, nicht einmal lächerlich.
Ich muß gehen, denkt er, sie wartet. Er sieht nach vorne in den Verkaufsraum, wo die Wirtin mit leicht vorgebeugtem Oberkörper steht und auf die Glastür blickt, hinter der die Straßenpassanten vorbeigehen, in Spiegelschrift liest er die Worte Café, Konditorei, goldene Buchstaben, die sich zu verjüngen scheinen und auslaufen in eine dünne zurückschwingende Linie, die unter dem Wort herläuft und sich zum Schluß wieder verdickt. Die Wirtin hat die steife Haltung einer festgeschnürten Frau. Er sieht gerne hin, es ist vielleicht nicht schön, aber es erinnert ihn an früher. Nur die fünfzigjährigen Frauen haben noch etwas von früher, danach werden sie anders, schneller, praktischer, feindlicher.
Er hätte vielleicht noch einmal heiraten sollen nach dem Krieg, anstatt mit Carla zusammen zu leben, hat auch vorübergehend daran gedacht, weil es damals so viele Frauen gab, die ihre Männer verloren hatten, wahrscheinlich hat Friedel sich auch Hoffnungen gemacht, aber sie ist bald nach dem Krieg gestorben. Er ist nicht bei ihr gewesen, aber Carla hat sie besucht, erzählte, daß sie ihr geschrumpft vorgekommen sei und daß sie ganz gelb im Gesicht war. Dazu das blondierte Haar und immer noch die Ponyfrisur, steife, auf der Stirn klebende Fransen. Sie hat ihm einen Gruß bestellen lassen, länger als eine Stunde hat Carla nicht bleiben dürfen, und Friedel sei abwechselnd lustig und deprimiert gewesen. Er ist nicht sicher, ob Carla ihm das erzählt hat, um ihm einen Vorwurf zu machen. Friedel war ihre Patentante, aber auch eine ältere Freundin, älter, romantischer und verspielter. Zu seinem Geburtstag hatten sie zusammen etwas aufgeführt, sie hatten sich als Mann und Frau verkleidet und ein Duett gesungen, natürlich eine Idee von Friedel.
Das ältliche Schauspielerinnengesicht, das Frätzchen. Sie war in Stettin am Theater zuerst eine heitere Naive gewesen, dann eine Salondame und sollte zum Schluß in den Souffleurkasten als Flüstergeist. Ich als Flüstergeist, sagte

sie und hatte ihm etwas ins Ohr gesprochen, einen Vers. Ihre kleine, etwas bröckelige, sehr nahe Stimme, Lippen, die einmal sehr schnell sein Ohr berührten. Er wußte nicht mehr genau, was es war, ein Vers, der sagte, daß sie nur heimlich, nur verborgen sprechen dürfe, daß sie ein Gespenst sei. Das war an dem Abend, als er sie vom Bahnhof abgeholt hatte und sie durch den Schnee nach Hause gingen, sie in dem haarigen schwarz-weiß gewürfelten Mantel, den er bewundert hatte, als sie durch die Sperre in die Notbeleuchtung der Vorhalle kamen, Friedel immer großstädtisch, immer apart, und er war stolz auf sie, als die Soldaten, die vor den Anschlagtafeln standen, ihn grüßten. Sie hatten das Gepäck am Bahnhof gelassen und waren beide in einer gelösten Stimmung gewesen, einmal war er stehengeblieben und hatte sie am Mantelaufschlag näher an sich herangezogen, als wollte er ihre Leuchtplakette betrachten, die eine besondere Form hatte, eine Spinne oder ein Käfer, dieses kleine Phosphorlicht, das damals alle trugen in den verdunkelten Städten, und etwas später, kurz vor dem Haus, hatte sie ihm den Vers ins Ohr gesprochen, und durch den Mantel hatte er sie gespürt, wie eine Überraschung. Was sonst als Unruhe, als Zappeln an ihr erschien, war in diesem Augenblick eine kurze Zärtlichkeit, in der sie sich ihm zeigte, so daß er begriff, wie sie hätte sein können, mit ihm, als seine Frau, und jetzt wußte er auch, daß sie sich deshalb plötzlich verständigt hatten, weil Kläre krank war, obwohl keiner von ihnen das dachte.

Sie hatten nicht gewünscht, daß sie starb. Sie hatten nett über sie gesprochen und sich Sorgen gemacht. Und abends hatten sie zu dritt zusammen gesessen, Kläre war wieder aufgestanden, sie hatten Halma gespielt, was die beiden schon als Mädchen getan hatten, im ersten Krieg, als er sie kennengelernt hatte als Marineleutnant, zwei Schwestern, in hellen Musselinkleidern, mit langen doppelten Perlenketten, die sie beide im Gespräch spielerisch anfaßten und bewegten, und hochgesteckte Haare hatten sie, Türme, die wahrscheinlich über den ganzen Rücken fielen, wenn man sie löste, beide hatten sie ihm ihr Bild geschenkt, kleine ovale Medaillons, die er noch besaß. Friedel war damals sechzehn und Kläre achtzehn, es war der Beförderungsurlaub, den er mit ihnen verbrachte. Von ihm gab es aus dieser Zeit ein Bild, wie er mit dem Einspänner vorgefahren war, um sie abzuholen zu einer Strandfahrt, die weiße Sommeruniform hatte er angehabt, weiße Handschuhe, mit denen er die kleine Kutschpeitsche hielt, so stand er neben dem Pferd, während die beiden ihm wahrscheinlich mit ihren Sonnenschirmen lachend gegenüberstanden, hinter dem Strandfotografen, den sie beauftragt hatten, von ihm ein Bild zu machen, »zur Erinnerung an Deinen Paul« hatte er für jede auf die Rückseite geschrieben, daran mußte er denken an dem Abend, fast dreißig Jahre später, als er sie über das Halmabrett gebeugt sah und sich selbst bei ihnen, in einer etwas veränderten Uniform, aber sie sehr viel anders, erschreckend, als hätte jemand etwas Unbegreifliches mit ihnen gemacht, zwei Fratzen, die sich gegenübersaßen, während ihre Hände jedesmal, wenn sie eine Halmafigur gesetzt hatten, wieder an ihren Hals fuhren, als suchten sie dort ihre Ketten.

Sie sind jetzt allein im Café. Siems' stilles, rotes Gesicht mit den trüben Augen ist vielleicht ein Trinkergesicht, es dreht sich ihm zu und sagt etwas über den Zufall, daß man sich getroffen habe, eine überflüssige Bemerkung, der nichts folgt, obwohl sie wie eine Ankündigung klingt, daß er bald gehen möchte. Sie sitzen nebeneinander, er hört das ununterbrochene Rauschen des Verkehrs in der Innenstadt, das überdeckt wird, wenn draußen vor den Fenstern ein Auto vorbeifährt. Es ist eine Schwingung darin, ein mahlendes Geräusch, das dunkler und heller wird, aber nur da ist, weil er daran denkt, er hat es schon vergessen und hört es wieder, unverändert und beruhigend, und sieht auf die beleuchtete Wandnische, in der übereinander drei Konfektschachteln stehen, rotgolden, braun und weiß.

Ich hätte Friedel heiraten müssen, denkt er, mit ihr wäre ich anders geworden, notgedrungen, weil sie sich einem einfach anvertraute: Du bist doch lieb, du kümmerst dich darum. Sie war wohl eher eine Frau für die guten Tage, und damals in den Jahren nach dem ersten Krieg hatte er Sicherheit gesucht, er hatte es satt gehabt, mit Lexikons und Lesemappen über Land zu reisen, in einem Kaufhausanzug, der langsam verschliß, und abends herumzuhängen in billigen Pensionen, in den kleinen Kreisstädten, in denen man nichts anderes tun konnte als trinken oder mit einem Roman ins Bett gehen. Er hatte immer zu wenig Geld gehabt und einen langen vergeblichen Kampf gegen das Schäbigwerden geführt. Das einzige, was beständig blieb, sogar unabhängig von seinem Äußeren, war sein Glück, sein Erfolg bei Frauen, der ihn immer etwas überraschte, er hatte damals immer beide heiraten können, Kläre und Friedel, und das kann er vielleicht erzählen, das war ja in Stargard, in einem Café am Marktplatz, in dem er am Nachmittag allein herumsaß und rauchte, weil er keine Lust mehr hatte, weiterzufahren mit seinem Musterkoffer, er saß da und hatte mit Streichhölzern eine Figur auf die Tischplatte gelegt, irgendeines dieser Trickspiele, bei denen man mit zwei Veränderungen aus einem Quadrat ein Haus macht, die Serviererin war an den Tisch gekommen, um ihm zuzuschauen und es auch zu versuchen, und dabei hatte er ihr erzählt, daß er gerne sein Zigeunerleben aufgeben und heiraten wolle, sich aber nicht entscheiden könne zwischen zwei Frauen, er hatte ihr auch die Gründe aufgezählt, die für Kläre oder für Friedel sprachen, und ihr dann zwei verschieden lange Streichhölzer in die Hand gegeben, er nahm sie aus der Figur auf dem Tisch heraus und gab sie ihr, aber dann hatte er nicht gezogen, sondern nach ihrem Namen gefragt und ihr ein drittes Streichholz gegeben, das sei sie, und das Seltsame war, daß er sich in diesem Augenblick entschieden hatte, Kläre zu heiraten, aber weiter wie blind und abwesend mit der Serviererin geflirtet hatte, die vor ihm saß mit einem erregten lachenden Gesicht, weil er ihr Handgelenk festhielt, die Hand mit den drei Hölzern, die sie zurückziehen wollte, und er hatte auch diese Frau haben wollen, er war sogar später noch einmal dorthingefahren.

So kann er es nicht erzählen. Siems nicht und niemandem. Besonders vorsichtig muß er mit Carla sein, in der letzten Zeit ist sie streitsüchtig und reizbar, sie streitet eigentlich nicht mit ihm, aber sie kann ihm das Wort abschneiden, indem sie irgend etwas Abschließendes, Abruptes sagt, irgendeinen Kommentar, nach dem er sich entweder verteidigen oder still sein muß, das kommt immer häufiger vor, es ist schon fast eine Gewohnheit bei ihr, er merkt es auch daran, daß sie sich manchmal Mühe gibt, anders zu sein und auf ihn einzugehen. Dann bekommt er wieder etwas Luft.

Aber es hat bestimmt keinen Zweck, darüber zu reden, solange sie nicht in einer anderen Verfassung ist. Vielleicht hat er ihr zu viel zugemutet, jetzt mit dem Geld für Günthers Reise. Beide Kinder sind nicht auf seiner Seite in dieser Sache, auch Günther nicht, obwohl er ohne Widerspruch gefahren ist. Vielleicht hätte er selbst fahren sollen, aber er hat Angst vor langen Reisen, und vor allem schläft er nicht gerne in einem Hotelzimmer, wo er nach fremden Leuten rufen muß, wenn etwas mit ihm ist, oder er sich überhaupt nicht zurechtfindet, wenn er nachts wach wird und nach dem Lichtschalter sucht. Er muß das Carla einmal klarmachen können, das ist wichtig, es sind die paar Dinge, die man voneinander wissen muß, vor allem seine Vorstellung, daß ihm einmal in einem fremden Raum etwas zustoßen würde.

Er sieht Siems an, der in den Verkaufsraum starrt, wo wieder Leute vor der Kuchentheke stehen und bei den Kekskästen in der Nähe der Tür, es kommt ihm weit weg vor, eigentlich wie in einem Lokal, das nicht zu dem Raum gehört, in dem sie sitzen, aber jetzt kommen von drüben Leute herein, die alle zu ihnen herüberblicken, während sie einen Platz suchen.

Wahrscheinlich sehen sie merkwürdig aus, zwei glotzende alte Männer in dunklen Anzügen vor leeren Kognakgläsern, vor allem weil sie zu zweit hier sitzen, jeder für sich, genauso, wie er es oft gesehen hat, dieses hartnäckige Sitzen alter Leute, die noch da sind, aber nichts mehr tun oder denken oder erwarten. Er ist froh, daß ihm einfällt, Siems nach Laaths zu fragen, vielleicht weiß er etwas über ihn, doch Siems kann sich nicht an ihn erinnern, nicht einmal, als er ihn beschreibt. Sie sitzen beide vorgebeugt am Tisch, als sprächen sie noch miteinander, Siems nahegerückt wie ein Schwerhöriger mit etwas geneigtem Kopf, und wieder beginnt er Laaths zu beschreiben, ausführlicher, aber, ohne daß er es ändern kann, fast mit den gleichen Worten, und diesmal scheint Siems sich erinnern zu können, nickt, sagt ja, wiederholt einzelne Worte, bis ihm auffällt, daß er nicht zuhört, sondern mit einer dreisten kindischen Aufmerksamkeit beobachtet, wie die Gäste ihre Bestellungen machen.

Er spricht nicht weiter und blickt auf seine Manschetten, die schon graue Schmutzkanten haben. Wie immer, wenn er das sieht, fühlt er sich verbraucht und widerlich und hat das Bedürfnis, sich zu waschen, auch das Gesicht zu waschen, denn dieser Schmutz ist ja überall. Es ist unbehaglich jetzt, er will fort, sitzt aber steif am Tisch, weil Siems eine Hand auf seinen Unterarm gelegt hat und auf ihn einredet, noch einen Kognak zu trinken, er spürt die Hand als einen unruhigen, fester werdenden Druck und will sie schon fortschieben und aufstehen, als ihm die Leute einfallen, die neben ihnen an den Tischen sitzen und sie wahrscheinlich immer noch beobachten. »Gut«, sagt er, »noch ein Glas zum Abschied«, und ist etwas überrascht, daß Siems sofort mit zwei Fingern der Wirtin ein Zeichen macht und ihn gleich darauf nach Laaths zu fragen beginnt, was denn mit ihm los sei, weshalb er sich nach ihm erkundigt habe.

Er hat keine Lust, wieder davon anzufangen und versucht nur kurz zu erklären, daß ihm Unterlagen über die Tilgung einer Hypothek fehlen, weil seine Frau sie mitgenommen habe, damals, als sie losfuhr mit dem Jungen, er hatte sie zum Bahnhof gebracht, wo sie in der Kälte stundenlang auf den Zug warteten, der ganze Bahnsteig war voller Menschen, die zwischen ihrem Fluchtgepäck saßen, Menschen, die durch die Fenster in den Zug kletterten und Gepäckstücke hineinschoben, und andere kamen mit schweren Koffern vom Ende des Zuges gelaufen, schreiend, der letzte Wagen wird abgehängt, an einem Fenster war einen Augenblick ihr Gesicht erschienen, aber sie war sofort wieder weggedrängt worden, sie konnte sich wahrscheinlich nicht festhalten, weil sie mit den Händen noch das Gepäck hielt oder den Kopf des Jungen schützte. Er will nicht daran denken und ist froh, daß Siems sagt, er habe es noch nicht begriffen, ja, das ist unbegreiflich, sie brachte alles gesparte Geld zur Kasse, um die Hypothek zu löschen, die sie aufnehmen mußte, als es schlecht ging, in den Jahren der

Wirtschaftskrise 30 bis 32, das Haus war schwer verschuldet, danach hatte sie angefangen, gut zu verdienen, es war immer schneller gegangen, es war immer mehr Geld da, besonders im Krieg, als sie damit begonnen hatte, überschüssiges Geld zurückzulegen, heimliches Bargeld für die Flucht. Sie hatte es gesammelt, um später irgendwo neu anzufangen. Aber dann kam es anders, sie konnte sich nur entscheiden zu gehen, als sie wußte, daß das Haus jetzt ganz ihr gehörte.

»Verstehen Sie das?« fragt er und erschrickt über seine Stimme, die ziemlich laut ist, herausfordernd, und auch die Bewegung ist zu rasch, mit der er der Wirtin ein Glas vom Brett nimmt und trinkt. Siems will gleich wieder bestellen, aber er wehrt ab. Es ärgert ihn, daß er angefangen hat, davon zu erzählen. Niemand interessiert sich dafür. Er sieht wieder auf die Wandbilder und hört, wie Siems sich entschuldigt und hinter dem Ledervorhang verschwindet. In seinem Glas ist noch ein Rest, den er jetzt allein auf Kläre trinken will. Mit zurückgelegtem Kopf wartet er, bis der letzte Tropfen in seinen Mund läuft. Er weiß, daß er sich auffällig benimmt, aber das stört ihn nicht, er ist gerührt, weil er Kläre verstanden hat, er allein, die Kinder nicht, und schon gar nicht mit dem Gefühl, wie er sie versteht. Sie hat die Hypothek bezahlt, weil sie zurückkommen wollte und so besser daran denken konnte, dort steht mein Haus, das ich bezahlt habe, das mir gehört, es war eine Sicherheit, die sie brauchte, um sich wehren zu können gegen die Angst, die in ihr war, wochen-, monatelang und vielleicht schon viel länger, die sie aber niedergehalten hatte vielleicht bis zu diesem Augenblick, als sie in dem Zug war und zum Fenster wollte, von dem sie sofort wieder weggestoßen wurde. Ihr betäubtes aufgerissenes Gesicht, das ihn gar nicht gesehen hatte, als es schon wieder verschwand, hatte die Angst auf ihn übertragen, und er war hastig am Zug entlanggegangen, um zu sehen, ob irgendwo ein Sanitätsabteil war oder ein Arzt, den er bitten konnte, sich um sie zu kümmern, obwohl er wußte, daß das keinen Zweck hatte, niemand würde durchkommen durch den Zug und sie finden.

Er war stehengeblieben, weil er gesehen hatte, wie Feldgen-

darmen aus dem ersten Wagen des Zuges einen Mann herauszogen, der taumelnd stolpernde Bewegungen machte, sie knöpften, während er mit abgespreizten Armen zwischen ihnen stand, seinen Mantel auf, und darunter hatte er eine Uniform. Er war umgekehrt und hatte versucht, darüber nachzudenken, was passieren würde, wenn Kläre jetzt ihre Koliken bekäme, und hinter sich hatte er das Geschrei einer Frau gehört, laut, gellend, aber unverständlich, weil überall vor den Zugfenstern gerufen und geschrien wurde, Lärm, Eisengeruch und Frostluft hatte er in Erinnerung und zwei Bahnbeamte in langen Mänteln, die über die verschneiten Schienen kamen, als der Zug abgefahren war, beides alte Männer, die zu einem Schuppen neben dem Stationsgebäude gingen, er sah die schwarzen Ohrenklappen, die verfrorenen Gesichter und wunderte sich, daß sie noch hier waren, weil das der letzte Zug gewesen war, der auf dieser Strecke fuhr.
Danach war einige Tage Ruhe gewesen. Er hatte das Haus alleine bewohnt. Carla war nur einmal zum Schlafen gekommen, weil sie freiwillig Dienst tat im Lazarett. An diesem Abend hatte er mit ihr besprochen, wie er sie benachrichtigen konnte, wenn es soweit war und das Minensuchboot auslief, das sie mitnehmen sollte. Das Fluchtgepäck hatte er schon in der Nacht vorher auf das Schiff bringen lassen, zum Schlafen zog man sich nicht mehr richtig aus. Carla war siebzehn Jahre damals, aber sie wirkte erwachsener, ernster, hatte auch überhaupt keine Angst. Jedesmal denkt er mit Zärtlichkeit an sie, wenn er sich vorstellt, wie sie damals war, als sie beide in dem leeren verdunkelten Haus saßen, im Wohnzimmer, wo noch geheizt war, und sie sich in ruhigem Eifer mit ihm besprach, als sei sie seit langem darauf vorbereitet, zusammen mit ihm dieses Abenteuer zu bestehen, das nun begann und ihm gar nicht schrecklich vorkam, weil er sie bei sich hatte, seine große Tochter, die geblieben war, weil sie einfach vorausgesetzt hatte, daß sie beide zusammengehörten, schon immer und besonders jetzt, und er hatte sie von da an anders gesehen, nicht mehr als sein Kind, sondern neben sich als den vertrautesten Menschen, an dieser freigewordenen oder vielleicht nie vorher besetzten Stelle, die sie so

leicht gefunden hatte, und als sie in der nächsten Nacht dick vermummt und vor Kälte unfähig zu sprechen über den vereisten Landesteg auf das Boot gingen, hatte er gewußt, daß er neu angefangen hatte zu leben.

Er will zahlen und winkt der Wirtin, um jetzt endlich nach Hause zu kommen, Carla zu sehen, er will ihr sagen, daß alles großzügiger und bequemer für sie wird, wenn erst Geld da ist, und er muß ihr erzählen, was ihm alles wieder eingefallen ist von früher, es ist ja immer noch Carla, so sehr sie sich verändert hat, und er freut sich, daß sie da ist, es ist ein Gedanke, mit dem er sich oft beschäftigt, wenn er nach Hause geht oder sie von Gymnasium abholt, immer denkt er, daß er sich gar nicht bewegen könnte, wenn sie nicht irgendwo wäre.

Siems kommt zurück, sicher will er ihn festhalten, am besten steht er gleich auf.

Die Wirtin fragt, ob er für beide bezahle. »Nur für mich«, sagt er leise und sieht zu Siems hin, der sich über einen Tisch gebeugt hat und etwas auf einen Zettel schreibt, seine Jacke ist aufgeknöpft und hängt faltig an ihm herab, er sieht gebrechlich aus, auch jetzt, als er aufblickt und kommt. Alles ist peinlich, sein schnelles verstecktes Zahlen, das sachliche Gesicht der Wirtin und das schlurfende Näherkommen von Siems, der ihm den Zettel gibt.

»Meine Adresse, ich hoffe, Sie besuchen mich mal.«

Etwas ist an ihm, von dem man sich fernhalten muß. Er blickt auf die unsichere Schrift, die so weich ist wie der Händedruck, wie die großen schlaffen Hände, die ihn jetzt anfassen, als er mit ihm durch den Verkaufsraum geht. »Ich bringe Sie noch zur Bahn«, sagt Siems und redet wieder von dem Besuch, sein Zimmer ist in einem Heim, wo er versorgt wird, aber er scheint oft fortzugehen, sooft er kann, geht er in das Café. »Man sitzt dort anders«, sagt er, ohne zu erklären, was er damit meint, als setze er eine gemeinsame Erfahrung voraus, ein Einverständnis, in dem er jetzt stumm neben ihm hergeht, mit kleinen schiebenden Schritten, ganz anders als am Vormittag auf dem Friedhof, plötzlich viel älter geworden, ein tapsiger alter Mann, der leer vor sich hinblickt, es ist derselbe Blick, den er im Café beobachtet hat, dasselbe Starren, das sich auch, als er wieder

spricht, nicht gleich auflöst. Die Wirtin, sagt er, wolle vielleicht einen Musikautomaten aufstellen, das sei schlimm, dann könne er nicht mehr hingehen.
»Aber wenn ich ihr das sage, wird sie es gerade tun. Ich muß mich da still verhalten.«
Die Stimme ist gleichmäßig und leise, aber sie drängt sich ihm auf wie eine Belästigung, so daß er immer fortblicken muß, um höflich zu bleiben, und er ist froh, als er sich verabschieden und in die Bahn steigen kann. Siems klopft draußen mit seiner großen Hand gegen die Scheibe und macht irgendein Zeichen, das er nicht versteht. Er nickt. Die Hände zeigen etwas Kleines, das Gesicht kommt dicht an die Scheibe heran. Der Zettel, er soll ihm den Zettel zeigen. Wieder nickt er und sucht, macht dasselbe Zeichen, als die Bahn zu fahren beginnt und das Gesicht draußen stehenbleibt und kleiner wird. Erleichtert spürt er das schneller werdende Fahren und lehnt sich zurück.
Er wird Siems nicht besuchen, auch nicht mehr in das Café gehen. Der Gedanke tut ihm gut, vielleicht kann er sich jetzt erholen, um für Carla frischer zu sein. Die seltsame Redewendung fällt ihm ein, die Siems gebraucht hat, »man sitzt ganz anders da«. Das hat er nicht verstanden, vielleicht bedeutet es nichts. Wahrscheinlich spricht er wieder Leute an, bleibt noch den Nachmittag in dem Café. Er wird Carla davon erzählen, auch als Entschuldigung, gleich wenn er nach Hause kommt, er ist noch nie ohne Nachricht so lange fortgeblieben. Seine Beine beginnen einzuschlafen und er muß sie massieren, noch als er aussteigt, fühlt er sich unsicher und blickt vor seine Füße, um nicht zu stolpern. Er geht vorbei an der Steinmetzwerkstatt und dem tiefergelegenen Gelände der Gärtnerei, aus dem der Geruch der Komposthaufen kommt. Um diese Zeit sind hier draußen kaum Leute, die meisten kehren erst zwei Bahnen später aus der Stadt zurück. Auch das Haus ist nachmittags wie ausgestorben, hellbraun lackierte Wohnungstüren mit aufgeschraubten Namenschildern, hinter denen niemand ist.
Er schließt auf, der Flur ist dunkel, die Tür zu ihrem Zimmer steht einen Spalt breit auf. Über dem Stuhl hängt ihre Leinenjacke. Er weiß schon, daß sie nicht da ist, geht in

sein Zimmer und setzt sich in seinen Sessel. Anscheinend ist er darauf gefaßt gewesen, sie nicht anzutreffen, denn er ist nur müde. Vorsichtig schiebt er sich gegen die Lehne und streckt sich aus. Sich jetzt umziehen und waschen, sich die Fingernägel saubermachen, vor allem will er aus dem schwarzen Anzug heraus. Er bückt sich und knüpft die Schuhe auf, lehnt sich aufatmend wieder zurück. Im Sitzen bindet er die Krawatte ab und öffnet den Hemdkragen, bleibt so eine Weile, die Arme neben sich auf den Sessellehnen, mit gespreizten Fingern fühlt er die Polsternägel vorne am Wulst. Nacheinander hebt er die Finger und setzt sie wieder auf. Er blickt auf seine aufgeknüpften Schuhe und legt den Kopf zurück.
Die Ruhe tut ihm gut, und obwohl er sich sagt, daß er sich besser erholen könnte, wenn er sich vorher wäscht und umzieht, bleibt er sitzen, die Lehne des Sessels unter dem zurückgelegten Kopf. Er atmet durch den Mund und spürt, wie die Lippen von der Atemluft trocken werden, aber er bewegt sich nicht, versucht nur einmal den Mund zu schließen, öffnet ihn wieder, um besser Luft zu bekommen, unter den Lidern ist ein träniges Brennen, ein Gefühl von Wärme, treibende Flecken auf dem verschwindenden Kopf, in dem er das Klacken hört, das muß draußen sein auf dem Hof, Tonrohre, die gestapelt werden, gleichmäßig, ein helles trockenes Geräusch, das beruhigende Wachsen eines Stapels an der Mauer, braunglasierte, in der Sonne glänzende Rohre, eine Wand, die tonlos wächst und sich über ihn neigt, vor der er heruntersinkt, schräg und schneller, die nach allen Seiten auseinanderfließt und in der Mitte neu entsteht, ein pumpender Strudel, stoßartig, tonlos, braune, braunschwarze Stöße, eine Tür geht auf, und jemand betrachtet ihn, aber er kann den Kopf nicht wenden, und die Lippen sind steif. Das hätte ich nicht tun dürfen, denkt er, das hätte ich nicht tun dürfen, er gibt alles zu, weil es verlangt wird, irgend jemand zwingt ihn, steht neben ihm, aber er versteht nicht richtig. Aus dem schnellen Fließen taucht das Bild auf, die Brandungswelle, das weiße Schäumen, ein weißer, flach gespannter Bogen, undeutlich, er hört das Klacken der Tonrohre wieder unten im Hof, dann verschwindet alles, und die Finger suchen die Nagelköpfe,

er atmet, um es anzuhalten, atmet langsam alles an seinen Platz zurück.
Etwas ist mit ihm passiert, er hätte nichts trinken dürfen, und er fühlt sich schlechter, im Augenblick ist alles zu schwer, zu nah, der Schrank, auf dem oben der Karton mit der Heizsonne steht, der Sekretär, die Zettel in den Fächern, er hat einen dünnen schnellen Herzschlag, seine Hände sind kalt. Anscheinend hat er nur einen Augenblick geschlafen, und Carla ist noch nicht da, er kann niemanden zu Hilfe rufen, jetzt muß er ruhig bleiben, sonst kommt die Angst, der Schweiß im Gesicht, er kennt das, wenn sich alles untereinander ein wenig verschiebt, näher und ferner rückt und er im Mittelpunkt sitzt, wo sich alles spannt und zuerst unter den Rippen die Schmerzen beginnen, dann im Arm, über dem Scheitel und im Hals. Er muß ruhig sein, nachher wird er aufstehen und eine seiner Kapseln nehmen, die auf dem Nachttisch stehen, er weiß, daß er ganz bleich ist, dieses bleiche, gipserne starre Gesicht, das sie sofort erkennen würde, wenn sie jetzt käme. Ruhig, er darf sich nicht aufregen, es ist ein leichter Anfall, der schon verschwindet, nur die Hände sind noch kalt.
Im Hof wird ein Auto angelassen, der Motor läuft leise im Leerlauf, dann hört er eine Männerstimme, die etwas ruft, eine Tür wird zugeschlagen, und das Auto fährt ab. Es ist immer noch Nachmittag. Er blickt auf die heranrollende grüne, glasige Welle, oben weiß, das Weiß der Schaumkrone ist stellenweise dick und krustig, darüber ist niedrig und grau ein Streifen Himmel mit den beiden Möwen. Wenn er die Augen zukneift, bewegt sich etwas in dem Weiß und das Ganze, Wasser und Himmelsstreifen, kommt näher. Wo bleibt Carla, warum läßt sie ihn so lange warten? Wenn man so alt ist wie er, will man nicht mehr warten, aber man muß es immer öfter. Warten, das sind die Geräusche, das Herumstehen, das Herumhängen der Gegenstände überall an den Wänden, aber nicht das Älterwerden, das geht in Sprüngen vor sich, plötzlich, weil man nachgegeben hat, so wie eben, als er einen Augenblick abgesackt war, da ist etwas mit ihm vorgegangen, eine kleine Veränderung zum Schlechten hin. Man kann es danach noch kurze Zeit erkennen, weil die Welt einen anderen Ton hat, einen

Überzug, etwas Stumpfes, Rauhes, bis man sich daran gewöhnt hat, dann ist man wieder darin.
Er kann jetzt vorsichtig aufstehen, eine Kapsel einnehmen und seine Jacke in den Schrank hängen, aber er hat Angst, sich zu bücken, um seine Hausschuhe anzuziehen, langsam läßt er die Kapsel im Mund zergehen und denkt an Siems, der sich seinetwegen ruinieren kann, versucht sich das Gesicht vorzustellen, die trüben Augen, es befriedigt ihn, daran zu denken, Siems, der sich aufgegeben hat und im Café herumsitzt, um unter Menschen zu sein, der nicht in seinem Zimmer bleiben will, in seinem Zimmerchen, wie er gesagt hat, der zu Beerdigungen geht, fremde Leute anspricht und ihn zur Bahn gebracht hat, obwohl er kaum gehen konnte auf seinen kraftlosen Beinen, was für eine trübselige verfallene Gestalt, auch als er draußen stand und an die Scheibe klopfte und vorher, als er den Zettel schrieb und davon anfing, daß er ihn besuchen solle. Der Zettel, wo ist er jetzt, er muß noch in der Jacke stecken, die er in den Schrank gehängt hat, aber er will nicht aufstehen, lutscht an der aufgelösten Kapsel, zufrieden, etwas benommen, mit Siems steht es schlecht, Siems ist älter als er, das sind unzulässige Gedanken, er will sich auch nicht täuschen, aber der Abstand ist riesig, schon der Unterschied in der Haltung, Siems, der sich aufgibt, er, der sich wehrt. Er muß noch einmal an das Gesicht denken, ganz talgig, ganz ausdruckslos, das Leben erscheint nicht mehr darin, wird überwachsen von diesem grauen herunterhängenden Fleisch, er will sich nicht damit beschäftigen, er spürt die Wirkung der Kapsel, die ihn ruhig macht und entspannt, beinahe friedlich, ohne daß er sich müde fühlt.
Er streift die Schuhe ab, sucht mit den Füßen die Hausschuhe, gleich wird er etwas essen müssen, obwohl er keinen Hunger hat, aber er muß darauf achten, daß der Magen beschäftigt bleibt. Essen ist auch nur eine Gewohnheit, die man in Gang halten muß, der Magen kann sich zusammenziehen oder träge werden, vielleicht auch durch die Medikamente. Gleich wird er in die Küche gehen und sich ein Brot mit Apfelgelee machen, wieder ist diese Zufriedenheit da, eine milde Zustimmung, mit der er sein Zimmer betrachtet, die alten Sachen, ganz nett, ganz angenehm,

aber das Bild ist wahrscheinlich dumm. Ja wirklich, das sieht er jetzt, die beiden Möwen, die ewige Welle, was für ein Aufwand, er muß wirklich lächeln und den Kopf schütteln, ein dummes Bild, es steigert seine Zufriedenheit, daß er das so deutlich sieht, und jetzt erscheint ihm auch der Sekretär mit den Zetteln dumm oder das Wasserglas mit den Bleistiften, warum so viele Bleistifte und fast alle von der gleichen Länge, wirklich, das fragt er sich, oder der Schrank mit der Quaste am Schlüssel, warum das, wozu diese Seltsamkeiten. Er sieht alles mit diesem neuen Blick, und um sich zu kontrollieren, blickt er wieder auf das Bild, ja ja, es ist dumm, das beruhigt ihn, und das Gefühl von Überlegenheit kommt wieder, lächelnd steht er auf, als er Carla kommen hört, und geht in den Flur, um sie zu begrüßen. Sie sieht abgespannt aus, oder es kommt ihm bloß so vor, denn sie blickt ihn nur flüchtig an, will gerade in ihr Zimmer.

»Da bist du ja wieder«, sagt er.

»Ja, ich war in der Schule.«

Er weiß nicht, wie sie das gesagt hat, als sie gegangen ist, beiläufig wohl, nicht gereizt, es hat nichts mit seinem Zuspätkommen zu tun, sie hat ihn gar nicht richtig bemerkt. Er überlegt, was er machen soll, sie jetzt in Ruhe lassen, oder kann er mit ihr sprechen, dann geht er hinter ihr her in ihr Zimmer. Sie steht an ihrem Schreibtisch und dreht sich nicht um, ist dort mit etwas beschäftigt, mit Büchern, die sie vor sich liegen hat, aufschlägt und beiseite legt. Er würde gerne zu ihr hingehen, aber sie hört nicht auf damit, das ist überhaupt keine richtige Beschäftigung, sie tut das nur, um ihn abzuweisen.

»Was hast du?« fragt sie, wieder in dem beiläufigen Ton, auf den er nicht antworten muß.

Wie er sie drüben stehen sieht, still, mit etwas vorgebeugtem Kopf, kommt sie ihm schön vor, und er möchte wieder auf sie zugehen, aber es hält ihn etwas davon ab, was er gerade gesehen hat, eine nervöse Bewegung ihrer Schultern, die Stoffalten, die einen Augenblick senkrecht auf ihrem Rücken standen, weil sie die Schultern zusammenpreßte, sich zusammenzog oder schüttelte, und ruhig, immer noch in dieser freundlichen Überlegenheit, sagt er:

»Gar nichts hab' ich, gar nichts, aber du benimmst dich merkwürdig, finde ich.« Wieder ist dieses Zusammenziehen der Schultern da, plötzlich dreht sie sich um und steht jetzt an den Schreibtisch gelehnt, gespannt, wütend, was er mehr spüren als sehen kann. »Mußt du denn immer in mein Zimmer rennen?« sagt sie, und er steht immer noch an der Tür, könnte sich umdrehen und gehen oder muß von hier aus zu sprechen beginnen, es ist schwieriger, aber sie will nicht, daß er näherkommt, und er beginnt ihr zu erklären, daß er nicht in ihr Zimmer gerannt, sondern ihr gefolgt sei, unmittelbar, fast so, als seien sie zusammen hineingegangen, also in der sicheren Erwartung, sie nicht zu stören oder zu überraschen, und weil sie sich wieder umdreht und ein Buch in die Hand nimmt, spricht er lauter über diesen Unterschied, der ihm recht gibt, auf dem er bestehen muß, wenn sie in einer Wohnung zusammen leben, die kein Gefängnis sein soll, nicht für sie, nicht für ihn, es ist empörend, daß sie wieder so tut, als höre sie nicht zu, aber zugleich beglückt ihn der Scharfsinn, mit dem er argumentiert und sich immer besser Recht verschafft, bis ihm einfällt, daß das alles unwichtig ist und es für ihn gar nicht darauf ankommt, recht zu behalten, denn sie will allein sein, sie will nicht, daß er da ist.
Dagegen kann er nicht anreden, sie will, daß er geht, oder er soll gar nicht dasein. Er blickt zu ihr hinüber, um besser denken zu können, um zu begreifen, dann dreht er sich um und geht in sein Zimmer, setzt sich an seinen Sekretär. Wie denn, wenn sie darauf wartet, daß ich sterbe, was bedeutet das für mich, was mache ich dann?
Er sitzt still und blickt auf seine Hände, dann merkt er, daß er nicht nachdenkt oder nicht nachdenken kann, nichts bewegt sich in ihm, und um sich zu beschäftigen, beginnt er Briefe zu lochen, die im Ablagekorb liegen, er überfliegt sie, schiebt sie einzeln in den Locher, und jedesmal wenn er den Hebel drückt, hat er das Gefühl, etwas für seine Sicherheit zu tun, mit diesem kurzen Knacken verteidigt er sich gegen sie, die drüben still ist, er hört es mit Befriedigung, er ist immer da, er arbeitet immer weiter, ja, jedesmal denkt er, ja, wenn er den Hebel drückt und das Blatt herauszieht, er macht Ordnung, locht auch die alten Rech-

nungen. Wenn er könnte, würde er sich hinlegen, so müde fühlt er sich plötzlich, aber sie würde glauben, das sei immer noch der Streit, er muß aufbleiben bis zum Abendessen, sie erwartet das, er wird mit ihr dasitzen und sich unterhalten, vielleicht muß er sagen, entschuldige bitte, ich hab mich unnötig aufgeregt. Es wird alles wie immer sein.

Nebenan steht sie auf und geht über den Flur in die Küche, er hört, wie sie Wasser in den Kessel laufen läßt und hat eine genaue Vorstellung von ihren Bewegungen, Griffen, dem unbewegten Gesicht. Es ist gleich soweit, sie deckt den Tisch. Jetzt kommt sie über den Flur, er blättert in den Papieren, hört aber wieder auf und sieht zur Tür. Es geht auf einmal alles viel zu schnell, nebenan deckt sie den Tisch, und er ist nicht vorbereitet, mit ihr zu sprechen. Dann hört er sie nicht mehr, und er weiß nicht, in welchem Raum sie ist. Wieder überlegt er, was er sagen soll, aber es fällt ihm nichts ein. Er spürt seine Müdigkeit. Wozu sich betrügen, denkt er, es ist so, es ist ganz natürlich, sie möchte mich loswerden. Jetzt kommt ihm das wie ein alter Gedanke vor, er weiß das alles, hat nur nicht immer daran gedacht.

5

»Ich bin nicht für länger hier.«
Er hat sagen wollen: Ich bin nicht krank. Das ist ihm, während er es dachte und schon zu sprechen begann, heikel erschienen, und er hat den Satz schnell geändert, ohne genau zu wissen, was er jetzt sagen würde. Nicht für länger hier. Jetzt fühlt er sich beruhigt, als hätte ihm jemand gesagt, daß nicht alles unübersehbar sei.
Sie sitzen im Dunkel der Veranda, und der Mann neben ihm redet wieder, er spricht von seinem Kurplan, täglich nimmt er ein Kohlensäurebad mit Massage, aber er spüre keine Besserung, oder manchmal doch, dann wieder nicht. Er scheint nachzudenken und sagt: »Seien Sie froh.« Es ist nicht nötig, darauf zu antworten, und der Mann scheint es auch nicht zu erwarten. In der Dunkelheit bekommt er keinen Eindruck von seinem Gesicht, das grau ist, formlos, man vergißt ihn, wenn er nicht spricht.
Es ist windstill, die dunklen Umrisse der Sträucher und Bäume verschwimmen in der weichen Luft. Der Mann ist zu abwesend, als daß er ihm von sich erzählen könnte. Was soll er ihm auch sagen? Er steht auf und geht ins Haus und die Treppe hoch in sein Zimmer. Die Luft ist hier schwüler als draußen, und er ist schon wieder müde. Es ist halb zehn. Den ganzen Tag hat er geschlafen, nur zu den Mahlzeiten ist er aufgestanden, und nach dem Mittagessen hat er einen kleinen Spaziergang gemacht zwischen den Vorgärten der Privatpensionen und ein Stück über die Brunnenallee, wo er einen Obstsaft getrunken hat. Er hat draußen in einem Straßencafé gesessen und gedacht, daß er sich wundern müsse, hier in Bad Wildungen zu sein, er hat versucht, sich zu wundern, es aber nicht einmal richtig denken können. Hinter einer Baumreihe sind Menschen vorbeigegangen, nicht viele, auch das Café ist noch fast leer gewesen, manchmal kam ein Auto mit gedrosseltem Motor vorbei.

Mit staubigen Schuhen ist er zurückgekommen und hat sich wieder hingelegt, im Nebenzimmer hat jemand lange Wasser laufen lassen, darüber ist er eingeschlafen. Er zieht seine Schuhe aus und geht zum Fenster, um es zu öffnen, außen an der Scheibe laufen kleine hellgrüne Mücken oder Fliegen, sie stechen nicht, aber er hat schon genug davon im Zimmer und läßt das Fenster lieber zu, solange das Licht brennt.

Er zieht sich aus, nimmt die Brieftasche aus dem Anzug und zählt das Geld. Es sind noch neunzig Mark in Zwanzig- und Zehnmarkscheinen, die glattgestrichen aufeinanderliegen, in mehreren Taschen muß noch Kleingeld sein. Ungefähr kann er abschätzen, wie lange das Geld reicht. Noch hat er Geld, und wenn er weiterdenkt, hat er noch immer Geld, weniger, aber noch immer etwas, immer viel, verglichen mit der Möglichkeit, noch weniger, nichts mehr zu haben, die er voraussieht, die aber immer etwas Entferntes bleibt. Er geht zum Waschtisch und läßt Wasser laufen, bis es kalt wird, hält die Arme darunter, dreht die Handgelenke, er wäscht sein Gesicht und blickt noch einen Augenblick in den Spiegel, bevor er das Licht ausmacht.

Im Dunkeln geht er durch das Zimmer, öffnet das Fenster und setzt sich auf sein Bett, die Decke schiebt er fort, weil es zu heiß ist, er faßt hinter sich, macht einen Wulst aus dem Kopfkissen und setzt sich zurück. Wieder versucht er an die Zukunft zu denken, aber es gelingt ihm nicht. Alles hat sich zurückgezogen, seit er hier ist oder seit er in den Kurswagen gestiegen ist, seit die Bewegung begann, das Fahren, die kleinen Stationen mit den weiß und grün gestrichenen Holzbänken, den Abfahrtstafeln, den angeschraubten Reklameschildern aus Blech, Wolle oder Pfefferminz, Stationsnamen wie Brilon-Wald, die sich ihm eingeprägt haben, nicht weil er sie las, sondern weil die Stimme des Zugschaffners sie ausrief und er das Gefühl hatte, unsichtbar zu werden, je weiter er fuhr. Es hatte etwas begonnen, das er nicht überschaut und sich nur vorstellen kann bis zu dem Augenblick, in dem er beschließt, mit seinem letzten Geld irgendwo essen zu gehen. Es ist merkwürdig, er freut sich darauf, denkt daran, wie an ein besonderes, lange vorbereitetes Ereignis. Sorgfältig wird er den Aushang der

Lokale studieren, ehe er sich entscheidet. Und nachher? Das ist das, was er nicht weiß. Vielleicht wird er noch Geld haben für eine Tasse Kaffee und auf demselben Platz sitzen wie heute nachmittag draußen an der Promenade, über die er davongehen wird, im Baumschatten, in den Lichtsprenkeln, an den Bänken vorbei, den Blumenrabatten, vielleicht wird er sich hinsetzen bei dem Brunnen, er wird um das Becken herumgehen und sich wieder auf eine der Bänke setzen. Er ist müde, vielleicht weil er sich vorstellt, daß er da sitzt, oder es ist Müdigkeit, daß er sich in einem dauernden hellen Nachmittag sieht.
Er legt sich zurück. Das Gleiten beginnt wieder, er liegt mit den Füßen voran. Es ist ein hohes altmodisches Bett, in dem er auf dem Rücken liegt und das Wort Kurswagen denkt, es vor sich sieht als eine Kreideschrift auf einer schwarzen Tafel und sich erinnert an die langsam wandernde Ferne im Zugfenster, die Veränderungen, Störungen, oder es sind Stämme, Ginsterhänge und der ölige braune Schotter, auf den er blickt, als stünde der Zug.
Er wird wach und hört das laute Rauschen des Regens, der in das Laub der Gartenbäume fällt. Ein weiches graues Licht ist im Zimmer, und durch das offene Fenster dringt frische Luft herein, er atmet tief, in Wellen kommt ein immer stärker werdender Erd- und Pflanzengeruch. Ohne auf die Uhr zu sehen, weiß er, daß es noch früh ist. Er liegt auf dem Rücken, und gegenüber vor der weißen Schranktür, einer Schleiflacktür, hängt sein Anzug, eine plumpe, in die Breite gedrückte Form, er fühlt sich gestört, kann sich aber nicht entschließen aufzustehen. Wieder hört er das Regengeräusch dicht vor dem Fenster. Im Haus rührt sich nichts, niemand ist jetzt schon wach. Alles im Zimmer ist überzogen von dem grauen Frühlicht, es dringt ein in die Gegenstände oder scheint aus ihnen hervorzugehen. Was wird er mit diesem Tag machen? Es muß anders sein als gestern. Der Regen hat alles verändert, und er fühlt sich entspannt, während er auf das Geräusch hört. Etwas später steht er auf, um zur Toilette zu gehen, und als er in den Flur tritt, sieht er vor den Zimmertüren die Schuhe. Durch ein schmales Fenster am Ende des Ganges kommt das gleiche graue Licht, es ist still, das Regengeräusch ist weggedrückt. Mit

nackten Füßen geht er über den Sisalläufer und spürt, wie sich das Gewebe in seine Sohlen drückt. Es ist schön, wach zu sein, während die ganze Pension noch schläft. An der Treppe bleibt er stehen und blickt über das Geländer gebeugt ins Parterre hinunter, unten ist es dämmrig, die Tür zum Speiseraum steht auf, und er kann einen Tisch sehen, auf dem schon das weiße Frühstücksgeschirr steht. Sie müssen es schon gestern abend hingestellt haben, um morgens länger schlafen zu können, die ganze Nacht über waren unten die Tische gedeckt in der Dunkelheit hinter den verschlossenen Fenstern, weißes Tee- und Kaffeegeschirr, das er jetzt als ein schwaches helles Schimmern sieht, undeutlich sich abhebend von der Tischdecke. Der Raum ist noch dunkel, aber nachher wird das Küchenmädchen die Rolläden hochziehen, die ersten Gäste werden kommen, selbstverständlich, ohne daß einer darüber nachdenkt, es sind eingeübte Gewohnheiten, die ihnen diese Sicherheit geben, dieses Einverständnis, das sie immer im Gesicht haben.

Er horcht, ob irgendwo im Haus schon jemand wach ist, geht schnell die Treppe hinunter und beginnt den ersten Tisch abzuräumen, er stellt die Teller aufeinander und trägt den Stoß zur Anrichte, auch die Tassen, die Kanne nicht, überall will er die Kannen stehenlassen, vielleicht sie mit Wasser füllen, wenn er noch Zeit hat. Er horcht wieder, beginnt mit dem nächsten Tisch. Nur die Kaffee- und Teekannen werden auf den Tischen stehen, wenn das Mädchen kommt, und zuerst wird sie nicht merken, daß sie mit Wasser gefüllt sind, sondern nur das Geschirr von der Anrichte wieder auf die Tische tragen. Er muß leise sein, das Geschirr klappert, wenn er zuviel auf einmal trägt, vielleicht schläft das Mädchen im Haus, wird jetzt wach und hört ihn. Er geht zur Tür und blickt in die Diele. Alles ist still, unverändert, der Telefontisch zwischen den beiden runden Ledersesseln, der graue Mantel an der Garderobe, den er gestern schon dort gesehen hat, der Mantel einer älteren Frau, der anscheinend dort vergessen worden ist, denn die anderen Haken sind leer.

Niemand kommt. Er ist unentschieden, ob er weitermachen soll, und geht wieder zurück in das Speisezimmer.

Die beiden abgeräumten Tische sehen albern aus, die Kannen sehen albern aus, und er weiß nicht, was er damit erreichen wollte, was er sich vorgestellt hat, hier herumzulaufen im Schlafanzug, es ist lächerlich, sie werden einfach alles wieder hinstellen, und er kann es auch selber machen, schnell jetzt, ehe jemand kommt, diese Dummheit in Ordnung bringen. Aber während er die Teller zum ersten Tisch zurückträgt, bildet er sich ein, daß jemand unterwegs ist und ihn noch entdecken wird, und ohne fertig zu sein, geht er leise in die Diele und die Treppe hoch, vorbei an dem Fenster am Ende des Flurs, an dem der Regen in Strömen herunterläuft, und links durch den dunkleren Flur, wo die Toilette ist.

Auf den kalten Fliesen spürt er, daß seine Füße feucht sind, und tritt auf die Bastmatte, klappt den schwarzen Deckel und den Sitzring hoch. Mit der freien Hand zieht er das kleine Fenster nach innen und sieht vor sich eine efeubewachsene Hauswand mit harten, vor Nässe glänzenden Blättern und erst einen Augenblick später den Regen, der zwischen den Häusern niederfällt. Er lehnt mit dem Rücken an der Wand und friert. Der Regen ist ein fast unsichtbares glitzerndes Vorbeifallen, läuft dicht über die Efeublätter, wäscht sie ab, drängt sie zusammen zu einer triefenden schuppigen Masse, dunkelgrün oder fast schwarz, die Kälte ausströmt. Er geht in sein Zimmer zurück und kriecht in sein Bett.

Er weiß nicht, was werden soll, wenn er so weitermacht, worauf er sich zubewegt, auf eine Veränderung wartend, die nicht kommt oder die längst im Gang ist, eine langsame Verschlechterung seiner Lage. Als die Geräusche im Haus beginnen, wird er ruhig. Er liegt wach, unbeteiligt horchend, ohne seine Lage zu ändern. Einmal wird an seine Tür geklopft, und er sieht unter der Decke auf seiner Armbanduhr, daß es kurz nach elf ist. Sie scheinen nichts bemerkt zu haben und wundern sich nur, daß er nicht zum Frühstück kommt. Es ist heiß im Zimmer, mit dem Handrücken befühlt er seine Stirn, ob er Fieber hat, und einen Augenblick hofft er, krank zu sein. Mittags hört er Stimmen auf dem Flur, die sich zur Treppe hin entfernen. Er will aufstehen und spürt, wie er sich zusammenzieht. Mit angezogenen Knien liegt er auf der Seite, dann streckt er die Beine, läßt sich einfach wegrutschen und dreht sich auf den Bauch. Er sagt sich, daß er gleich aufstehen wird, gleich, wenn immer noch Zeit dazu ist und er sich etwas ruhiger fühlt. Sein Gesicht hat er zum Fenster gedreht, dicht vor ihm ist eine Ecke des Nachttischs mit einer Messingklammer, die die Glasplatte hält. Leute kommen und schließen ihre Zimmer auf. Er dreht sich weg von den Geräuschen und liegt still, auf den Innenflächen seiner Hände steht Schweiß, ein dünner kalter Belag, den er nicht abwischen kann, der immer wiederkommt, auch zwischen den Fingern ist er naß.

Nebenan redet jemand, oder es sind zwei Stimmen, es ist ein Gespräch. Er streift mit der Hand über den Bauch, die Schamhaare, berührt das Geschlecht, bewegt es, den sich spannenden, steif werdenden Körper und legt sich auf den Rücken. Ich will es nicht, denkt er, es deprimiert mich nur, ich muß an eine Frau denken, nicht auf die Stimmen hören, irgendeine Frau, die ich kenne, es deprimiert mich, wenn ich nicht aufhöre, wenn ich es nicht kann und immer nur denke, ich soll aufhören und weitermache, bloß weil ich nicht Schluß machen und aufstehen kann, Schluß jetzt, oder ich muß mir eine Frau vorstellen, es macht mich nervös, jetzt aufzuhören. Er ist still, er blickt auf den Schrank, an dem sein Anzug hängt, und muß wieder anfangen, sich eine Frau vorzustellen, weiche volle Schenkel, weich, voll, der Hintern, der Bauch, weich und weiß und schwer und nachgebend, der Bauch, die Schenkel, sich um ihn schließend, ihn festhaltend, er bekommt es nicht, es verschwindet immer, und er versucht an Frauen zu denken, die er kennt, die er gesehen hat, das magere Zimmermädchen mit den blondierten Haaren, die drei Mädchen aus Schirks Büro, die sich vor ihm ausziehen, ja, alle drei, sie ziehen die Blusen aus, die Röcke, sie stehen ohne Röcke da, aber es sind nur matte verschwindende Flecken, er bekommt es nicht, auch nicht die Stimmen nebenan, die Frauenstimme, sie ist zu leise, weit weg, sie entzieht sich ihm, unter dem Laken ist die schnelle Bewegung seiner Hand, und er denkt jetzt an nichts. Das Zimmer ist hell, die Hitze der Mittagssonne ist auf seinem Gesicht. Vielleicht hören sie ihn nebenan, denn sie sprechen nicht mehr, sie hören ihn, wie er sich selbst hört, aber das ist Einbildung, sie reden schon wieder. Er schließt die Augen, um an eine Frau zu denken, jetzt flüchtig, weil er schon weit ist, flüchtig, die Schenkel, der Bauch, er sieht nichts, nur den grauen Mantel an der Garderobe, den er fortschieben will, der aber deutlicher wird, schlaff und haarig, während er heftiger reibt, um zu Ende zu kommen, und sich in langen krampfartigen Stößen ergießt.

Fast im gleichen Augenblick setzt er sich auf, die Hände flach aufgestützt, und riecht den frischen Laugengeruch auf seinem Bauch. Vorsichtig schiebt er sich über die Bettkante und geht zum Waschtisch. Seine Hand ist noch unsicher, als er sie in den Waschlappen steckt und sich den Bauch wäscht. Er läßt Wasser über die Arme laufen, um frisch zu werden, reibt Rücken, Hals und Brust ab und schöpft mit beiden Händen Wasser in sein Gesicht. Während er sich rasiert, geht er nah an den Spiegel heran und sieht sich in die Augen. Früher hat er geglaubt, man könne es in den Augen sehen, wenn er es getan hatte, aber das ist Unsinn, alles Unsinn, man darf nicht zulassen, sich bedrückt zu fühlen. Er war nur nervös, und es geht ihm jetzt besser. Er nimmt ein frisches weißes Hemd aus dem Koffer, frische Socken und ein weißes Tuch, das er in die Brusttasche seines Anzugs steckt. Lange putzt er seine Zähne. Jetzt will er zu Mittag essen und dann wie gestern einen Spaziergang machen, nur weiter und länger, den ganzen Nachmittag.

Das Mädchen im Speiseraum sammelt schon die Servietten ein, legt seine wieder auf seinen Platz, die anderen auf die Anrichte und geht, ohne ein Wort zu sagen hinaus, während im hinteren Teil des Raumes ein Mann und eine Frau aufblicken, die ein Kind zwischen sich sitzen haben, dem sie sich gleich wieder zuwenden. Er hat gegrüßt und geht an seinen Platz.

Es ist immer etwas dunkel hier im Raum. Die weinrote Seidentapete ist dunkel verschmutzt, und an der Längswand steht der große schwarze Gläserschrank mit dem eingelassenen Spiegel, vor dem Biergläser verschiedener Größen aufgestellt sind, Geschenkgläser einer Brauerei mit einem blau-roten Wappen, aber vor allem das schwärzliche

Weinrot der Tapete macht den Raum dunkel, die eingewebten Rosen sind matt schimmernde, schwärzliche Flekken, sehr dicht beieinander, verschiedene Rosen, große kohlartige Blüten und Knospen, fünf verschiedene Formen, die sich wiederholen und durch Ranken verbunden sind, alles matt und schwer erkennbar in dem weinroten Grund, dem stellenweise schon zerschlissenen Seidenstoff, auf dem Jagdbilder hängen, Reiterstiche, drei Gehörne von Rehböcken, die gelbweißen Stirnknochen sind auf schwarzlackierten Brettchen befestigt und kommen ihm alt vor, wie alles hier, wie die schweren Bestecke, die Messerbänke aus Kristall, die bestickten Serviettentaschen, der angelaufene silberne Becher mit den Strohblumen auf der Anrichte.
Drüben, wo das Ehepaar mit dem Kind sitzt, ist es heller, das sind bevorzugte Plätze in dem angebauten Teil, an den der Wintergarten und die Veranda anschließen, während er in der Nähe der Dielentür sitzt, die meistens auf steht wie heute früh, als er herunterkam. Sie haben nichts gemerkt, oder sie lassen sich nichts merken. Er beobachtet das Mädchen, das ihm die Suppe aus einer silbernen Terrine in den Teller gießt, Rindfleischsuppe mit zerriebener Petersilie, schon etwas kalt. Sie sagt nichts, das ist ein Zeichen, daß sie ihn in Verdacht hat, vielleicht hat er sich verdächtig gemacht, weil er nicht zum Frühstück gekommen ist. Gegenüber hat sich eine Frau an den Tisch gesetzt und schreibt Postkarten, sie schreibt schnell, mit einer fließenden Bewegung. Ihr Gesicht ist breit, sommersprossig, sie trägt ein helles Kostüm, das ihr zu eng zu sein scheint. »Ich bekomme ein Bier«, sagt er zu dem Mädchen, und die Frau hebt kurz den Kopf, als nähme sie ihn jetzt erst wahr, schreibt aber gleich weiter, unbeirrt dadurch, daß er sie beobachtet, bis sie mit der gleichen schnellen, fließenden Bewegung die Karten zusammenstreicht und aufsteht. Sie ist gröber und breiter, als er dachte, geht etwas unsicher, im Gehen zieht sie den Reißverschluß ihrer Handtasche auf und steckt die Karten hinein.
Er hat keine Lust zu essen, als ihm das Mädchen das Gulasch bringt, rote Soße, gepfeffert, mit Paprikaschnitzeln, Soße, die rot an den Kartoffeln klebt, er ißt langsam, sich zum

Essen zwingend, trinkt große Schlucke Bier. Er möchte raus hier, fort, es ist nicht gut, allein zu essen, ohne ein Wort sagen zu können, sich immer nur vollzustopfen, er will fort. Drüben reden die Eltern auf das Kind ein, die Frau folgt mit dem gehäuften Löffel seinem Mund, der sich immer wegdreht, dann stehenbleibt, ohne sich zu öffnen. Vor dem Gläserschrank steht das Mädchen, legt frische Servietten in die Taschen und schiebt sie unten ins Fach. Er scheint der letzte zu sein, der hier ißt, er und die Familie, die längst fertig wäre ohne das Kind.
Ich kann hier nicht bleiben, denkt er, während er mühsam schluckend weiterißt, es wird immer schlechter, weil ich nicht nachdenke und keinen Entschluß fassen kann, auf was warte ich denn, was soll passieren? Immer wenn die Angst kommt oder nur die Unruhe, löst sich etwas auf in seinem Kopf. Er kann nicht denken, sitzt vor dem nicht leergegessenen Teller, die Familie geht grüßend an ihm vorbei, das Mädchen blickt durch die Tür, fragt, ob sie abräumen darf. Ja, er will aufstehen, ein paar Schritte in den Garten machen, aber er bleibt an der Verandatür stehen, weil er Leute im Garten sieht. Durch die Diele und den Vorgarten geht er nach draußen auf die Straße. Es ist heiß, die Leute haben ihre Autos in die Garagen gefahren. Kleine Bäume stehen hier, für die die Abstände zu weit erscheinen, kleine Bäume mit kugeligen Kronen. Er blickt auf die Füße, die schwarzen Schuhkappen, tritt immer in die Mitte der grauen Steinplatten, ohne daß er aufpassen muß, es ist genau seine Schrittlänge, die Fugen sind dunkle Striche in dem helleren Grau, in regelmäßigen Abständen kommen die klumpigen Schatten der Bäume. Um seine Füße ist ein kleiner grauer Raum, der immer mitgeht. Das bin ich noch, denkt er, dies da, und er fühlt sich darin verborgen und geschützt, ungreifbar darin eingeschlossen.
Jetzt ist er schon seit zwei Tagen hier. Es ist heiß, in großer Höhe sieht er eine faserige Wolke, reglos, mit verschwimmenden Rändern im hellen Dunst. Über der Stadt ist vielleicht Aufwind, ein Kamin aus warmer steigender Luft.
Er geht durch eine Straße mit kleinen vergitterten Vorgärten, in denen die Hortensien blühen, dicke Blütenballen

unter den zugezogenen Fenstern der Häuser, den Erkerfenstern mit den halb heruntergelassenen Jalousien, die innen vollgestellt sind mit Zimmerpflanzen, Vasen, Krügen, kleinen Gießkannen und Porzellanfiguren, dahinter ist die Dunkelheit der Zimmer, in denen vielleicht Menschen sind, ein Mann, der auf einer Ledercouch liegt und schläft, er liegt auf dem Rücken, seine Weste ist aufgeknöpft, seine Jacke hat er neben sich auf die Lehne des Stuhls gehängt, der Stuhl steht mit anderen Stühlen um einen Eßtisch, auf dem eine Decke mit langen Fransen liegt. Das hat er einmal gesehen, als Kind, kann aber jetzt nicht darauf kommen, wo es war, zu Hause oder in einer anderen Wohnung, in der sie zu Besuch waren, er mit seiner Mutter, er hatte den schlafenden Mann gesehen, als er in das Zimmer kam, und sich in der Nähe versteckt, um ihn zu beobachten. Der Vater war es nicht, ein anderer, im Schlaf seufzender, sich manchmal bewegender Mann, der ihm Angst machte, weil im Schlafen manchmal der Atem stockte, dann wieder einsetzte mit einem tiefen Seufzer, ein halb ausgezogener Mann, der in der Mittagshitze schlief, es war Sommer, ein abgeblendetes Zimmer, stickig, denn draußen war es heiß, heiß wie jetzt. Vielleicht kommt er deshalb darauf. Oder weil er sich versteckt hatte damals, in dem Bewußtsein, etwas Verbotenes zu tun. Er muß noch sehr klein gewesen sein und hat doch wieder ein deutliches Gefühl davon, daß ihm der Mann als etwas Fremdes, Erschreckendes erschienen war, aber er kann nicht dahinterkommen, wo das war. Eine dunkle, erschreckende Gestalt, die mit der Hitze zusammenhing, mit dem Sterben, er hatte ihn eine Weile beobachten müssen. Vielleicht war es doch zu Hause, ein Besuch. Es ist die Dumpfheit hier in den Häusern, an denen er vorbeigeht, sie erinnern ihn daran, die heruntergelassenen Jalousien, die Fassaden und Vorgärten, die Hortensien, der Kies.

Vor sich auf der Straße kann er die Wärmestrahlung sehen, helle flutende Lichtwellen, die aufsteigen und ein Stück über der Straße unsichtbar werden, die Hitze ist dicht um ihn herum, manchmal glaubt er sie zu spüren wie eine Barriere, die ihn aufhält, dann ist es wieder leichter, und er kann deutlicher die Luftbewegung über der Straße sehen.

Jungen auf Fahrrädern überholen ihn. Der letzte schreit etwas und fährt freihändig hinter den anderen her mit immer größer werdendem Abstand, er schreit und fuchtelt, es sieht aus, als vertreibe er die anderen, die über die Lenkstangen gebeugt sind, während er schlingernd hinter ihnen herfährt und seine Stimme heller und dünner wird, bis er um die Ecke verschwindet.

Das ferne Brausen ist wieder da, auf das er zugeht, jetzt merkt er, daß es der Lärm einer Badeanstalt ist, ein ununterbrochenes Schreien und Kreischen, und als er näher kommt, kann er auch einzelne Stimmen hören, Jungen, die vom Sprungturm herunterrufen und dann abspringen, während andere die Treppe hochsteigen. Er bleibt vor dem Eingang stehen. Von hier aus kann er einen kleinen Ausschnitt beobachten, Leute, die aus den Kabinen kommen und ihre Kleiderbügel zur Garderobe bringen, oder kleine Kinder mit Lutschstangen, die es hier vorne irgendwo zu kaufen gibt, himbeerrote Bonbons an kleinen Holzstäben. Vom Bassin her kommt eine Frau, langsam, mit kleinen, vorsichtigen Schritten, als seien die Steinplatten heiß oder als habe sie schwache Füße, vielleicht ist es das, denn jetzt sieht er, daß sie ziemlich schwer ist oder breit, über Beinen, die nicht dazu passen, es ist die Frau aus der Pension, die ihm gegenübergesessen hat. Sie geht zur Garderobe, er kann nicht sehen, was sie dort macht, weil sich jemand davorstellt, ein Mann in einem Bademantel, der sie verdeckt, und von den Kabinen kommen Leute mit Kleiderbügeln. Jetzt tritt sie aus dem Menschenknäuel mit hochgehobenen Armen und setzt sich eine weiße Badehaube auf, sie knickt etwas in den Knien ein und geht schon so weiter, während sie noch Haare unter die Haube steckt, eine etwas zu dicke Frau in einem dunkelgrünen Badeanzug, die nicht auffällt.

Am Bassin bleibt sie stehen, andere schieben sich davor, er überlegt, ob er hineingehen soll, und sieht sie wieder, vielleicht kann er an der Kasse eine Badehose leihen. Als er danach fragt und eine schwarze Wollhose bekommt, erscheint es ihm lächerlich, in die Badeanstalt zu gehen wegen dieser Frau. Aber es wird ihm guttun zu schwimmen, er ist lange nicht mehr im Wasser gewesen, und danach wird er sich klarer fühlen. Er geht zu den Kabinen und sieht die Frau auf dem Beckenrand stehen. Sie hat sportliche, fast männliche Beine. Auf keinen Fall ist sie schön, aber das ist gut so, das ist ihm viel lieber. Er schließt ab und beginnt sich hastig auszuziehen. Vielleicht ist sie verheiratet, er hat es nicht sehen können, hier im Schwimmbad und auch in der Pension ist sie offenbar allein. Er ist jetzt nackt und steigt mit einem Gefühl des Widerwillens in die schwarze Wollhose, sieht sich, seinen weißen Körper, die langen Beine auf dem Rost, in den Nebenkabinen sind junge Männer, die sich etwas zurufen, Türen werden geschlagen, es riecht nach Chlor und Desinfektionsmitteln. Unbedingt muß er sich einölen, wenn er gleich in der Sonne ist. Er faßt in seine Jackentaschen und geht mit dem Bügel nach draußen in die Helligkeit.

Die Steinplatten sind heiß, er ist froh, daß er nicht lange an der Garderobe warten muß, und versucht immer in den noch feuchten Fußspuren von Leuten zu gehen, die gerade vom Becken kommen. Er geht hinter dem Sprungturm vorbei und am Bassin entlang durch das lauwarme Wasser der Fußrinne. Eine Frau kommt ihm entgegen, das ist sie, sie ist ganz naß, er weiß nicht, was er jetzt sagen soll, sie geht dicht an ihm vorbei und blickt auf ihre Füße, die sie durch das flache Wasser schiebt. Er tritt aus der Fußrinne und setzt sich auf eine Bank. Es ist alles gutgegangen, weil sie ihn nicht erkannt hat, sie weiß wahrscheinlich gar nicht, wer er ist, und im Augenblick ist das ein Vorteil. Drüben steht sie an der Einstiegleiter und sieht ins Bassin. Was will er denn, es ist eine schwere Frau mit häßlichen Beinen und einem Bauch. Sie dreht sich um und sieht ungefähr in seine Richtung, und dabei steigt sie langsam rückwärts die Leiter hinab, ihr Gesicht ist breit und leer und verschwindet hinter dem Beckenrand, dann erscheint sie rückwärts schwimmend, die Arme angelegt, mit Beinstößen, ruhig wie eine Frau, die baden geht, um abzunehmen. Er steht auf und stellt sich auf den Beckenrand, damit sie ihn sehen kann. Sehr groß und dünn muß er ihr so erscheinen, falls sie ihn sieht. Er hat die Arme auf dem Rücken und kreuzt sie jetzt über der Brust. Genau gegenüber sitzt eine Gruppe von jungen Mädchen, die ihre Beine ins Wasser hängen lassen,

eine streckt beide Beine über das Wasser und schaukelt auf der Kante, als wollte sie gleich vornüberkippen, dabei spricht sie weiter zu den anderen neben sich, es sind sicher Schülerinnen, die jeden Nachmittag hier im Schwimmbad sind. Und das sind Jungen aus ihrer Schule, die spritzend durch die Fußrinne laufen und sie ins Becken stoßen. Er sieht, wie die Mädchen schreien, kann nicht viel hören, weil um ihn herum Geschrei ist und der Lärm des Nichtschwimmerbeckens, der grell ist, dicht, der nicht abreißt, nur manchmal etwas abschwillt und gleich wieder stärker wird, es sind sehr viele Geräusche, aber die Jungen drüben springen jetzt lautlos ins Wasser, obwohl sie sicher grölen und die Mädchen unter ihnen schreien, aber das hört er nicht, er sieht nur das Aufspritzen des Wassers, die Köpfe in den Schaumkreisen und die Arme, die spritzen, und die Frau schwimmt von dort weg, sie hat sich auf die Seite gedreht und schwimmt auf den Sprungturm zu, muß ihre Richtung wieder ändern, weil vor ihr jemand auftaucht, und kommt jetzt auf ihn zu mit kurzen Stößen, den Kopf hält sie immer über Wasser, sie kann nicht gut schwimmen, aber sie hat Kraft. Von drüben wird sie auf ihn zugetrieben, ein wolkiger, rudernder Körper mit einer weißen Haube darüber, der Gummihaube, unter der das breite angestrengte Gesicht ist, jetzt ganz nah, er sieht ihre Schultern und den Arm, der unter ihm nach der Mauer greift. Einen Augenblick bleibt sie so, dann stellt sie sich auf den Mauervorsprung und kommt höher aus dem Wasser, sie schnaubt Wasser aus der Nase, beugt sich vor, und er sieht ihren nassen Nacken, an dem kurze rotbraune Haarsträhnen kleben, die unter der Haube hervorgerutscht sind.
Er sieht, wie sie atmet. Plötzlich stößt sie sich ab und schwimmt weg. Er dreht sich um und läuft um das Becken herum durch das Geschrei der Kinder, ein Stück läuft er durch die Fußrinne, dann, um schneller voranzukommen, auf dem Plattenweg, auf der anderen Seite des Bassins läuft er über den Beckenrand und sucht sie, er muß aufpassen, daß er nicht ausrutscht, aber da ist sie, in der Mitte des Beckens, er bleibt unter der nächsten Brause stehen und beobachtet, wie sie weiterschwimmt, dann läuft er zu der Leiter, die ihr am nächsten ist, und steigt ins Wasser. Ein

paar Stöße schwimmt er auf sie zu, atmet aus und taucht. Der Lärm reißt ab, in den Ohren ist ein Rauschen und ein Gefühl von Druck. Als er die Augen aufmacht, schwimmt er durch helles blasiges Wasser, ohne sie zu sehen. Er läßt die letzte Atemluft raus, um tiefer zu kommen, blaugrün mit schwankenden Schatten und Lichtflecken hebt sich der Boden des Bassins, Steine gleiten unter ihm durch, die er nicht greifen kann. Er kommt wieder höher, sieht das helle Flackern der Oberfläche und senkrecht im Wasser hängend die Beine der Frau, sie bewegen sich langsam und sanft, während er darauf zuschwimmt, es ist ein Gehen auf der Stelle oder ein blindes ruhiges Tasten, die Füße treiben an seinem Kopf vorbei, große helle Fleischgewächse, die zur Seite ausweichen, er schwimmt zwischen ihnen, durch die geöffneten Beine. Drüben ist ein Teerstrich, eine undeutlich zerlaufene Linie oder ein Band, das vor ihm im Wasser weht, das ist die Beckenwand, zu der er hin will, er sieht es nicht gut. Ein Stoß trifft ihn an der Schulter und drückt ihn tiefer. Über ihm schwimmt ein schwerer Körper mit schlagenden Beinen, er ist tief im blaugrünen Wasser ohne Luft. Sein Kopf wird schwer und dunkel, ohne Kraft berührt er die Beckenwand. Er weiß nicht, wo oben ist, strampelt und schlägt um sich. Plötzlich ist Lärm um ihn, dann ist er wieder fort. Er hat etwas, woran er zieht. Wieder ist der Lärm da, Helligkeit, er hängt am Beckenrand und hustet, hat Wasser eingeatmet, auch durch die Nase, es sitzt zwischen den Augen in der Stirn, und sein Mund steht weit auf, das kommt von den Stichen in der Brust. Kopfschmerzen ziehen über den ganzen Schädel bis zu den Ohren, er hält den Kopf schief, schüttelt ihn, damit das Wasser aus den Ohren läuft, und legt die Stirn gegen den nassen Beton.

Zwischen seiner Brust und der Beckenwand schwappt das Wasser. Er hat nicht die Kraft, hier aus dem Becken zu steigen, und will sich auf dem Mauervorsprung bis zur nächsten Leiter hangeln, aber neben ihm steht die Frau. Sie muß gerade gekommen sein und steht wie er auf dem Mauervorsprung, um sich auszuruhen. Schultern und Oberarme und der Nacken sind dicht besetzt mit Wassertropfen, auch ihr Kinn und der Mund sind naß, aber das

kann er nicht richtig sehen. Sie klappt die Badehaube über den Ohren hoch, er sieht, daß sie kleine Perlen in den Ohrläppchen hat. Die Hand ist älter, fast mager, erst über den Ellbogen werden die Arme voll, die Hand ist auch klein, wie von einer anderen Frau. Sie ist so nah, daß er nur den Arm auszustrecken braucht, um sie zu berühren. Gleich wird sie wegschwimmen, es wird immer schwieriger, sie anzusprechen. Wenn er um sie herum zur Leiter kletterte, würde sie sich einen Augenblick gegen die Wand pressen, um ihn vorbeizulassen, unter Wasser kann er sie dann berühren. Er stellt sich vor, daß er sich anklammert an ihren breiten nassen Rücken, daß er sie umschlungen hat und an ihr hängt. Sie steht immer noch neben ihm, aber er kann nichts sagen, hat Schmerzen, die von den Ohren in die Kiefer ziehen, ein Krampf, als wären die Kiefer ausgerenkt. Er steckt den Kopf zwischen die Arme, sein Gesicht unter ihm im Wasser ist ein heller, nach allen Seiten zuckender Fleck. Die Frau ist jetzt fort, das weiß er. Jemand springt über seinen Kopf hinweg ins Wasser, dann noch jemand, er sieht die Schatten und hört hinter sich das dumpfe Geräusch steil ins Wasser einschlagender Körper. Dann nähern sich schnelle klatschende Füße, die auf dem Beckenrand an ihm vorbeilaufen. Der Krampf in den Backenmuskeln läßt nach, in der Nase spürt er das Chlorwasser, und vorsichtig versucht er es auszuschneuzen. Er merkt, daß er friert und immer noch Kopfschmerzen hat, schon die ganze Zeit friert und zittert er, obwohl er die Schultern in der Sonne hat, vielleicht wird er jetzt doch krank.
Langsam zieht er sich bis zur Leiter und steigt aus dem Wasser. Auf dem flachen Hang hinter der Kabinenreihe ist ein Teil der Stadt, der helle Putz der Häuser, graue und braunrote Dächer, das Dunkelgrün der Baumkronen, schwarze Masten, ein Baukran, es liegt still und ungeordnet in der glasigen Luft. In der anderen Richtung, in die er jetzt geht, sind die Liegewiesen, voll mit Badetüchern und Menschen. Er geht auf dem Plattenweg an den besetzten Bänken vorbei, immer ausweichend, wenn ihm jemand entgegenkommt. Die Kopfschmerzen sitzen über dem Scheitel und in der Stirn, er friert immer noch und beißt die Zähne zusammen, um nicht zu zittern. Vorne auf der Wiese

steht die Frau, hat einen Träger ihres Badeanzugs von der Schulter gestreift und cremt sich ein. Sie hebt den Arm, so daß er die braunen Haarzotteln in ihrer Achselhöhle sehen kann, an der Innenseite des Arms wischt sie ihre Finger ab. Sie sieht ihn an und knetet das weiche Armfleisch, ihr breites Gesicht mit der kleinen Nase darin dreht sich hinter ihm her. Er geht weiter in der Sonne, zwischen den liegenden Menschen hindurch, bis ans Ende der Wiese und legt sich hin.

Es ist stiller hier. Das harte trockene Gras drückt sich in seine Haut, aber er bleibt lange so, wie er gerade liegt. Manchmal läuft eine Ameise über seinen Arm, und er sieht zu, wie sich der kleine rotbraune Körper bewegt, er bläst ihn an, bis er sich aufbäumt und seine Richtung ändert. Er wird müde, legt sein Gesicht auf den Arm. Als er wach wird, merkt er, daß ihm der Speichel in langen Fäden aus dem Mund läuft. Um ihn herum ist viel freier Raum, nur in der Nähe des Beckens sind noch Menschen, es ist wohl schon Abend. Benommen steht er auf, schwindlig, sein Rücken ist steif und verbrannt, auch der Nacken, die Oberarme, alles ist entzündet und heiß. Die ersten Schritte geht er im Zickzack, er sieht das Becken und den Sprungturm hin und her schwanken, während er darauf zugeht. Jemand springt drüben mit ausgebreiteten Armen, dann ein anderer, der sich zusammenrollt, überschlägt und wieder öffnet, dann wieder einer, der sich wie eine Schraube dreht, es ist eine halbe Drehung, dann stürzt er fast senkrecht ins Wasser, das hinter ihm hochspritzt, ohne daß etwas zu hören ist. Er geht weiter, vorsichtig auftretend wegen der Kopfschmerzen. Jetzt hört er nichts oder nur sehr schlecht, in der Stille ist alles gleich weit entfernt. Er drückt die Daumen in die Ohren und zieht sie mit einem Ruck heraus. Das rechte Ohr ist feucht, es läuft etwas Flüssigkeit ab, als er den Kopf zur Seite neigt. Wieder springt einer vom Brett, der Körper streckt sich und fliegt weit hinaus. Er denkt, daß alles gut sein könnte und daß es nicht seine Schuld ist, wenn er jetzt krank wird.

Bevor er sich anzieht, geht er zur Toilette. Lange steht er vor der geteerten Wand und läßt sein Wasser laufen, er wundert sich, daß es nicht aufhört, es läuft endlos aus ihm

hinaus. Er ist müde, als er nach Hause geht, im ganzen Kopf hat er Schmerzen, aber nicht schlimm.
Er will nicht im Speiseraum zu Abend essen und fragt in der Küche, ob er eine Scheibe Brot haben könne, nur eine Schnitte, mit Butter bestrichen. Er bekommt einen Teller mit Brot und Radieschen und nimmt ihn mit hoch auf sein Zimmer. Schultern und Oberarme schmerzen, als er sich auszieht, er muß das Unterhemd langsam über den Kopf ziehen, überall ist er verbrannt, am schlimmsten auf Schultern, Oberarmen und im Nacken, auch das Gesicht ist geschwollen und fleckig, und er braucht lange Zeit, um sich vorsichtig einzucremen. Dann steigt er ins Bett, zieht das Laken zum Hals hoch und fängt an zu essen, den Teller mit der Brotschnitte auf der Brust und den Kopf gegen das Kissen gestützt. Als er fertig ist, macht er das Licht aus und versucht zu schlafen. Die Creme mildert etwas den Brand, aber er fühlt sich fiebrig mit einem heißen vernebelten Kopf, unter dem das Kissen schnell warm wird, so daß er ihn mehrmals verschiebt, um eine kühle Stelle zu finden, oder sich aufrichtet, um das Kissen umzudrehen, und sich wieder hinlegt, die Falten spürt, mit zunehmenden Kopfschmerzen, einem dichten stumpfen Druck, jetzt muß er still liegenbleiben, obwohl er am ganzen Körper zu glühen beginnt, zwingt er sich still zu sein und ruhig zu atmen, er fühlt, wie ihn das beruhigt.
Draußen im Garten unterhalten sich Leute, und er kann sich den Sommerabend vorstellen, den dunklen Garten, die milder gewordene, immer noch warme Luft. Etwas läuft ihm über die Oberlippe in den Mundwinkel, etwas Feuchtes, er schmeckt, daß es Blut ist, die Nase ist voll Blut, aber er bleibt liegen und wischt nur die Tropfen weg, die ihm in den Mundwinkel laufen. Manchmal muß er schlucken, wenn er dickwerdendes Blut im Hals hat. Er liegt still und atmet durch den Mund. Mitten in der Nacht wird er wach, weil jemand gesagt hat: »Da bist du ja.« Er hat Angst, weil er nichts hört und er sich doch deutlich erinnert an die Stimme. In der Nase sitzt der Blutpfropfen, den er nicht zu entfernen wagt. Als Kind ist er einmal sehr krank gewesen, hat lange Tampons in der Nase gehabt, der Arzt hatte verboten, daran zu rühren. Im Einschlafen denkt er an seine

Mutter, die nachts gekommen ist und sein Kopfkissen befühlt hat, ob es blutig war, das Bild bleibt einen Augenblick, ihre dunkle Annäherung und das Verschwinden, es wundert ihn, daß sie jetzt tot ist und nicht er.

6

Das langsame Sinken des Fruchtfleisches beruhigt sie. Es ist jetzt die einzige Bewegung in dem Glas, das Kreisen hat aufgehört, und den flacher werdenden schaumigen Strudel hat sie weggeschlürft. Zitronensaft, hat sie immer gedacht, sei gelb, aber er kommt ihr weißlich vor. Sie hält das Glas dicht vor die Augen und sieht das taumelnde Fallen darin und einen langsam durch die trübe Flüssigkeit hochsteigenden weißen Kern. Halb auf dem Küchentisch sitzend, trinkt sie und sieht zwischendurch auf ihre Füße, der Nagellack ist noch immer feucht, sie hat die Nägel viel zu dick damit angestrichen, erdbeerrote Zehennägel, nicht ganz die Farbe, die sie gesucht hat. Sie betrachtet das Kleid. Rote Blumen, große grüne lanzenförmige Blätter. Es ist zu auffallend, um damit auf die Straße zu gehen, es ist ein Strandkleid, oben ganz offen, oben, das weiß sie, sehen ihre verschwitzten weißlichen Schultern unpassend aus. Aber sie liebt dieses Kleid, es gibt ihr ein anderes Gefühl.

Sie trinkt den Zitronensaft aus und geht in ihr Zimmer zum Schreibtisch, auf dem die Hefte liegen, die sie noch durchsehen muß. Sie blättert darin, in der einen Hand hält sie noch das Glas mit dem unaufgelösten Zucker. Fehler fallen ihr auf, die sie vorhin übersehen hat und die sie wieder nicht anstreicht, weil sie immer weiterblättert, nutzlos, gereizt, überall am Körper spürt sie die Gereiztheit als einen Ausschlag roter Hitzeflecken. Sie setzt sich, hält das Glas gegen die Stirn und dreht den Kopf hin und her. Ohne hinzusehen zieht sie ein Heft an sich heran, und als sie die Stelle gefunden hat, wo das Löschpapier liegt, beginnt sie zu lesen. Im Kopf geht das Gemurmel weiter, auf das sie nicht mehr achtet, das selbständig in ihr ist und immer sagt, ich will nicht mehr, eine nörgelige Stimme, ich halte es nicht mehr aus. Gleich kommt Frau Stefany, denkt sie, bis dahin muß ich fertig sein und umgezogen. Ruhig, mit ausdauernder Gleichmäßigkeit arbeitet sie jetzt, sie kommt gut voran, weil sie immer auf dieselben Fehler stößt und sich immer schon voraus ist, wenn sie etwas anstreicht. Was sie jedesmal reizt, sind die Handschriften der Schülerinnen, diese Anmaßung, eine Handschrift zu haben, jede eine eigene.

Sie hört, wie der Vater zurückkommt und die Tür aufschließt, umständlich, mit dem leisen Scharrgeräusch, das er immer macht, wenn er glaubt, daß sie arbeitet, und nicht stören will. Er macht ein paar Schritte und nah bei ihrer Tür bleibt er stehen, wahrscheinlich, um sie zu belauschen, dann geht er in die Küche und zieht mit einem klatschenden Schlag das Oberlicht zu. Immer hat er Angst vor Durchzug in seiner dauernden Sorge um sich selbst. Er bewegt sich in der Küche, es macht sie unruhig, und als er wieder durch den Flur kommt, wird sie überflogen von dem Gefühl, sie sei fleckig am ganzen Körper.

Aber er geht vorbei, seit vorgestern, seit ihrem Streit ist er nicht mehr in ihrem Zimmer gewesen, es sind seine kleinen Demonstrationen, mit denen er sie zu belehren versucht.

Sie geht in die Küche, um nachzusehen, ob er alles fortgeräumt hat, nur aus Gewohnheit, wie er gewohnheitsmäßig den Einkaufszettel, die Rabattmarken und das Wechselgeld für sie auf den Tisch gelegt hat. Sie liest den Einkaufszettel durch und legt ihn wieder hin. Wahrscheinlich muß sie ihm jetzt Kaffee kochen, obwohl er sich gleich zurückgezogen hat und sich nicht rührt, vielleicht um sie zu prüfen und sich bestätigt zu fühlen, wenn sie es vergessen wird. Sie geht zurück und setzt das Wasser auf. Es ist stickig, auch hier in der Küche, aber sie zögert, das Oberlicht aufzumachen, weil er es sicher hört. So oder so ist es Unsinn, die Luft draußen steht still, es ist diese schwammige Tiefebenenluft, diesiges Wetter und Hitze, der Himmel hellgrau, man kann nicht hineinsehen, weil es in die Augen sticht. Niemand ist auf dem Hof, er sieht aufgeräumt aus, nur in dem Verschlag neben dem Schwemmsteinschuppen liegen Kistenbretter und Holzwolle. Es ist eine Sucht von ihr, in den Hof zu blicken, wenn sie hier in der Küche ist, in den Hof und in den schmalen, nie benutzten Gartenstreifen nebenan, wo seit dem Frühjahr die verrostete Schubkarre auf dem Weg liegt. Was ist das, dieses Gaffen, Dummheit, Trägheit, Gleichgültigkeit? Manchmal glaubt sie, es ist eine Stimmung, in der sie gegen sich recht behalten will, eine verdrehte Form von Trotz. Sie gießt den Kaffee auf, und während sie das Geschirr auf das Tablett stellt, sieht sie Einkaufszettel, Rabattmarken und Wechselgeld auf dem Tisch liegen, zieht die Tischschublade auf und schiebt alles hinein.

Wie sie es erwartet hat, sitzt er an seinem Sekretär, als arbeite er, sie weiß nie, ob er sich wirklich beschäftigt oder ihr etwas vormacht, ihr und sich selbst. Sie stellt den Kaffee hin und geht zur Tür.

»Danke«, sagt er hinter ihr, »danke sehr. Hör mal, was ist das für ein hübsches Kleid?«

Sie bleibt stehen, es ist ihr nie angenehm, wenn er etwas über ihre Kleider sagt, er kann es nie nebenbei sagen, wahrscheinlich nimmt er sich vorher vor, etwas an ihr zu loben, aus Gründen, die nichts damit zu tun haben.

»Nichts Besonderes, ein Hauskleid«, sagt sie, »du kennst es doch.«

»Nein, ich kenne es nicht. Es steht dir gut.«

»Sicher kennst du es, ich habe es oft angehabt.«

Sie zieht die Tür zu und geht in ihr Zimmer. Es ist gut, daß sie ihm abgewöhnt hat, hinter ihr herzugehen, hier jedenfalls ist sie allein.

Auf dem Schreibtisch liegt das aufgeschlagene Heft, sie liest es zu Ende, steckt die Hefte in ihre Tasche und schlägt die Grammatik auf. Morgen muß sie noch einmal von vorne anfangen mit den Adverbien, weil die Hälfte der Klasse nichts begriffen hat. Sie will mit den Adverbien des Ortes beginnen. Die Adverbien des Ortes bezeichnen den Ort des Verweilens (die Lage) auf die Frage wo, den Ausgangspunkt einer Bewegung auf die Frage woher, das Ziel einer Bewegung (die Richtung) auf die Frage wohin. Sie kann nie etwas erklären, sie liest diese Erklärungen und kann nichts weiter dazu sagen, es ist so, wie es da steht. Jetzt kommen Wortlisten und dann Beispiele. Sie liest alles durch, es ist der Paragraph 129 ihrer Grammatik. Sie sieht sich noch den nächsten Paragraphen an, die Adverbien der Zeit, die auf

die Fragen wann, wie lange und wie oft antworten. Sie begreift alles, wie sie es liest, ohne daß ihr etwas dazu einfällt. Vielleicht fehlt auch nichts, vielleicht ist alles komplett. In zwei Tagen beginnen die Ferien, sie wird die Hefte zurückgeben und sich sechs Wochen nicht mehr darum kümmern, aber sie freut sich nicht, denn es wird nur schlimmer für sie sein, sie wird nicht mehr täglich fortgehen können. Er erwartet, daß sie mit ihm in die Ferien fährt oder sich um ihn kümmert, mit ihm spazierengeht. Alles das wird unvermeidlich wiederkommen, aber sie kann es nicht mehr, sie kann seine Erwartungen nicht mehr erfüllen, und schon deshalb muß sie eine Lösung finden.
Sie muß sich jetzt umziehen und geht ins Badezimmer, wo das blaue Leinenkleid hängt. Während sie mit beiden Händen auf dem Rücken den Reißverschluß sucht, sieht sie im Spiegel ihr strähniges fettiges Haar, sie muß zum Friseur, dazu wird sie Zeit haben in den Ferien. Sich eine neue Frisur machen lassen, sich verändern, das ist alles nur Ersatz. Im Spiegel sieht sie manchmal noch jung aus, manchmal alt, obwohl ihre Haut noch frisch ist, es sind die Augen und der Mund. Sie sprüht das Trockenshampoo auf die Haare und bürstet sie aus. Morgen oder übermorgen geht sie zum Friseur, die Haare müssen geschnitten und gelegt werden, nachher wird sie wieder von ihm hören: Wie hübsch du aussiehst, eine neue Frisur, sie steht dir gut. Immer mischt er sich hinein, muß es zu seiner Sache machen. Sie betrachtet sich, sieht lange ihr Gesicht an, sie mag es nicht.
Vielleicht kann sie nach unten gehen und draußen auf die Stefany warten. Aber sie muß Bescheid sagen, fragen, ob er etwas braucht. Vielleicht kann sie ihn daran gewöhnen, daß sie es nicht mehr tut, aber das ist zu mühsam. Sie klopft, macht die Tür einen Spalt auf und sagt, daß sie noch weggehe, daß sie gleich abgeholt werde von einer Kollegin. Er nickt, als hätte er es aufgegeben, noch etwas dazu sagen zu wollen.
»Ja«, sagt sie, »du hast doch deinen Kaffee.«
»Danke, vorzüglich.«
Er trinkt einen Schluck, hebt den Deckel von der Kanne und sieht hinein.

»Was ist eigentlich mit Günther«, sagt er, »warum schreibt er nicht?«
»Er ist sicher morgen zurück«, sagt sie und nimmt die Kanne an sich, in der noch ein kleiner Rest ist. Er spricht wieder von Günther, von seiner Sorge, dem Geld, den Zinsen, die sie bekommen müssen, in einer flüchtigen, hastigen Art, als wolle er von etwas anderem sprechen und sie nur festhalten. »Willst du noch Kaffee trinken?« fragt sie, wieder an der Tür.
Nein, das nicht, er bedankt sich, er hat genug gehabt, aber er muß noch etwas erzählen, er hat beim Spaziergang gestern ein Haus entdeckt, das ihm sehr gefallen hat, ein älteres Haus, etwas versteckt hinter einer Buchenhecke, alles dicht zugewachsen, aber von einem Seitenweg aus hat er es betrachtet, ein weißes Haus mit blauen Schlagläden, blaugrün, ob sie sich das vorstellen könne, mit einer Pergola rund um die Terrasse, alles sehr schön, auch der Rasen und das Spalierobst, am besten haben ihm die Gladiolen gefallen, weiße und blaue, wie zu Hause.
»Wir hatten doch keine Gladiolen«, sagt sie.
»Doch, im Vorgarten. Auf dem Beet hinter der Bank standen die schönen roten Primelgladiolen.«
»Ich denke, die meinst du nicht.«
»Wie?«
»Ich denke, das sind keine Gladiolen. Ich habe an die weißen gedacht.«
»Wir haben auch weiße gehabt, weiße und die großen blauen.«
»Daran kann ich mich nicht erinnern.«
»Doch, doch, jetzt um die Zeit immer.«
»Große blaue«, sagt sie, »das sind keine Gladiolen, das waren die Schwertlilien.«
Er scheint an etwas anderes zu denken und steckt sich ein Stück Würfelzucker in den Mund. Sie nimmt Tasse und Untertasse und will gehen.
»Warte mal«, sagt er hinter ihr.
Sie geht mit dem Geschirr wieder auf ihn zu. In seiner Backe ist eine Ausbeulung, das Zuckerstück, das seinen Mund verzieht. Er scheint es bemerkt zu haben und läßt es verschwinden.

»Was ist denn?«
»Auf der Garderobe liegt etwas für dich zum Anprobieren.«
Sie bringt das Geschirr in die Küche und geht in den Flur zurück, wo ein flaches, hellbraunes Päckchen auf der Ablage liegt. Das muß sie jetzt wohl aufmachen. Durch die Verpackung fühlt sie, daß es Handschuhe sind.
Die Tür seines Zimmers öffnet sich, und er geht an ihr vorbei ins Badezimmer.
»Schön«, sagt sie.
Es sind weiße durchbrochene Handschuhe, die er ihr immer empfohlen hat, weil sie im Sommer nie Handschuhe trägt und sie für ihn dazugehören, zu seiner Vorstellung von Würde und von ihrem Beruf. Während sie beide Handschuhe anprobiert, hört sie ihn im Badezimmer, er dreht das Wasser auf und hustet, läßt ihr Zeit, sein Geschenk zu betrachten, gleich wird er kommen, und sie wird etwas sagen müssen. Sie schiebt die Finger ineinander, zupft an den Stulpen, bewegt eine Hand und hält sie gegen ihr Kleid.
»Die Handschuhe sind sehr schön«, ruft sie.
Kurz darauf kommt er und sagt: »Zeig mal, passen sie?«
Er nimmt ihre Hand und erzählt, was ihm die Verkäuferin über die Handschuhe gesagt hat. Sie steht vor ihm, ohne zuzuhören, er hält ihre Hand gefaßt und spricht zu ihr in dem freundlichen, etwas einfältigen Ton, mit dem er ihre Kleider lobt oder manchmal das Essen und früher ihre Zeugnisse, so als wäre sie noch ein Kind und als glaube er, in einer künstlichen Heiterkeit mit Kindern sprechen zu müssen, in einer dauernden Begeisterung, mit hoher, freudig erregter Stimme, es ist ein hoher Singsang, während er vor ihr in dem engen Flur steht und noch immer ihre Hand gefaßt hat, vielleicht ohne es zu wissen oder ohne zu wissen, wie er sie loslassen soll. Sie ist froh, als es zweimal klingelt.
»Meine Kollegin«, sagt sie.
Sie kann ihm ansehen, daß er etwas fragen möchte, sich aber zurückhält, er bleibt im Flur stehen und sieht zu, wie sie ihre Tasche sucht, einen Handschuh wieder ausgezogen hat und damit winkt. Sie ist erstaunt über diesen Einfall und

den beruhigenden Ton, mit dem sie sagt: »Zum Abendessen bin ich wieder da.«

Sie geht die Treppe hinunter, die Handschuhe unten an ihren Händen machen ihr die Bewegungen ihrer Arme bewußt. Ich habe kein schlechtes Gewissen, denkt sie, aber warum benehme ich mich so auffällig, beinahe hätte ich ihm einen Kuß gegeben, als er mich ansah mit diesem mißtrauischen Blick, es war ein Reflex, mit den Handschuhen zu winken, und er hat das auch gemerkt. Man durchschaut sich immer gegenseitig, gerade wenn man sich verstellt. Vielleicht tut man es nur, um Vorwürfe abzuwehren, kann sich dann darauf berufen, daß man freundlich war. Das Bild bleibt in Ordnung, sie stellen ein lebendiges Bild, Vater und Tochter, nun schon jahrelang, das sich selbständig gemacht hat, es ist ein Muster, nach dem sie sich richten. Weshalb hat er ihr die Handschuhe gekauft? Es ist wirklich eine ausgefallene, vielleicht symbolische Idee von ihm, als ob er damit etwas habe sagen wollen, was er sich aber vielleicht nicht klargemacht hat, sonst hätte er es angedeutet mit seinen verschraubten Komplimenten.

Sicher steht er jetzt oben am Fenster und beobachtet, wie sie in das Auto steigt, hat die Stefany beobachtet, die er nicht kennt und ihn beunruhigen muß, sie sieht auffallend aus, die dunkle Sonnenbrille, das gelbe Kostüm mit der schwarzen Bluse, das schwarze seidene Kopftuch, das sie unter dem Kinn geknotet hat. Er hat sich bestimmt gewundert über diese Frau und das schnelle plötzliche Abfahren des Autos, es sah eifrig aus, so verabredet und komplicenhaft, obwohl das nur ihre Vorstellungen sein können, er hat das übliche Mißtrauen, weiter nichts.

Die Stefany fährt ruckartig, mit laut preschendem Motor, die Hand dauernd auf dem Schalthebel, bremsend, anfahrend, für ihn war es die Abfahrt zu einem Besuch oder zu einer Einladung. Was hat sie ihm gesagt? Er merkt es sich meistens, und sie vergißt, was sie gesagt hat, wenn sie sich entschuldigt. Es ist unwürdig, etwas erfinden zu müssen, aber sie will klug sein, jetzt, es ist eine Erleichterung, wenn er nichts weiß, solange das möglich ist, auf Umwegen muß sie später darauf kommen. Aber jetzt wenigstens beginnt es, und es fällt ihr wieder der Eifer auf, mit dem die Stefany fährt, sie muß sich festhalten vorne am Haltegriff, als sie in einer Schleife auf die Autobahn biegen und auf die Rheinbrücke zufahren mitten in dem dichten, schnell fließenden Nachmittagsverkehr. Sie möchte mit der Stefany reden, möchte wissen, wie sie lebt, was sie in den Ferien macht. Durch sie ist alles in Gang gekommen, durch eine zufällige, vielleicht nicht ganz zufällige Bemerkung über ihre Mutter, vielleicht war es doch Absicht, sie darauf zu bringen, ein Bedürfnis, nicht allein zu sein, irgendein Antrieb, den sie nicht ganz versteht.

»Sie fahren wohl gerne Auto?« sagt sie.

»Ich bin ein Automonstrum«, sagt die Stefany. »Ich fahre sogar noch im Schlaf, ich träume davon. Aber im Traum fahre ich auch nicht besser.«

Sie lacht. »Ich versteh nichts von den Verkehrsregeln, ich bin zweimal durch die Prüfung gefallen. Für mich ist das Auto die Unabhängigkeit, ich habe mir mein erstes Auto gekauft, als ich meine Mutter in das Heim gebracht hatte, ich bin gleich damit in Ferien gefahren. Sie werden sicher auch noch darauf kommen.«

»Auf was?«

»Wenn Sie erst unabhängig sind, kommen Sie auf alles mögliche. Ich habe angefangen herumzufahren, eigentlich mache ich das immer noch, ich möchte alles sehen, was mir gerade einfällt, ich lese immer die Reiseberichte. Manchmal möchte ich den Dienst schwänzen, um schnell irgendwo hinzufahren. Sie müssen sich auch ein Auto kaufen. Ich war genauso wie Sie. Hemmungen, Komplexe, Pflichtgefühl, das ganze Elend. Wissen Sie, was ich jedem sagen möchte, jedem, der noch jung ist: Jedes Jahr ist kostbar, jedes Jahr, das man für sich haben kann. Keiner kann einem das wiedergeben. Ich habe es natürlich immer gewußt und Sie auch. Sie wissen das auch schon lange.«

Sie hört auf zu sprechen, weil sie von der Autobahn abbiegen, oder vielleicht ist sie auch zu Ende damit. Das hat sie sich alles selbst schon so oder ähnlich gesagt, und es ist richtig, aber es scheint an Glaubhaftigkeit zu verlieren, wenn man darüber redet. Sie fahren in Richtung Rösrath durch den Königsforst auf der schnurgeraden neuen Autostraße mit langsamer werdendem Tempo.

»Ich möchte ein paar Zweige abschneiden«, sagt die Stefany. »Es ist zwar verboten, aber ich bin noch nie erwischt worden. Ich mache das immer, wenn ich hier vorbeikomme, jedesmal. Ich bin der größte Waldfrevler weit und breit.«
Sie fahren auf einen Parkplatz seitlich der Straße und steigen aus. Es stehen noch andere Autos hier, wenige für den großen langgezogenen Platz, er ist von der Straße abgetrennt durch eine Buschreihe, an der entlang grüngestrichene Papierkörbe aufgestellt sind.
»Kommen Sie«, sagt die Stefany neben ihr und hakt sich ein, sie spürt den festen Arm, die Hand, die ihre Hand faßt und sie mit sanftem Druck auf den Waldweg führt, der durch drei in die Erde gerammte Eisenpfähle für den Autoverkehr gesperrt ist. Sie gehen aneinandergelehnt in einem wiegenden Gleichschritt, und sie wehrt sich nicht gegen die Hand, die versucht, die Finger freundschaftlich oder vertraulich ineinanderzuschieben. Es ist ein breiter, bequemer Weg durch den Niederwald, kleine, in den Buchenwald eingesprengte Erlengehölze, die sich auflokkern und wieder mit dem Buchenwald mischen, hinter dem das Dunkelgrün halbhoher Fichten wie eine Barriere oder eine Dekoration erscheint. Am Wegrand und wo der Baumbestand wechselt, wächst Farnkraut, hochgeschossenes Gras mit Rispen und Dolden und buschartiges Unterholz, im Buchenwald kommen stellenweise armlange Schößlinge durch das vorjährige Laub. Es ist still bis auf vereinzelte Vogelstimmen in den Bäumen weiter abseits vom Weg. Zwischen den Stämmen kann sie manchmal das helle Grau des Himmels sehen.
»Ich gehe hier immer spazieren«, sagt die Stefany, »obwohl es gar nicht ungefährlich ist für eine Frau, hier allein herumzulaufen. Wenn man die Zeitung liest, kann man als Frau ja kaum noch aus dem Haus gehen. Auch als ältere Frau sind Sie heute nicht mehr sicher. Sie ja ohnehin nicht, aber es gibt tatsächlich keine Grenzen mehr. Alles hat sich verschoben in den letzten Jahren. Aber nicht nur deshalb bin ich froh, daß Sie jetzt bei mir sind, ich finde es einfach schöner, zu zweit spazierenzugehen. Eigentlich bin ich ein geselliger Mensch, das haben Sie mir bestimmt nicht

angesehen, ich wirke immer etwas einschüchternd, wenn man mich nicht kennt. Es ist komisch, man arbeitet jahrelang zusammen, grüßt sich, geht aneinander vorbei und kommt nie darauf, sich einzugestehen, daß man sich sympathisch ist. Wir haben viel gemeinsam. Ich habe Sie immer mit Ihrem Vater gesehen, und das hat mich so an meine eigenen Erfahrungen erinnert. Ich wußte, was mit Ihnen los war. Sie versäumen Ihr Leben, wie ich es versäumt habe.«

»Aber Sie genießen es doch, es macht Ihnen doch Spaß.«

»Ich genieße es, ja, wie ein altes Pferd auf der Weide.« Sie drückt ihr mehrmals aufgeregt die Hand, und stumm gehen sie weiter, eingehakt, in einer bedrückenden Stille, die peinlich wird, bis die Stefany sich losmacht.

»Ich muß jetzt Zweige abschneiden. Sie stehen Wache und pfeifen, wenn jemand kommt.«

Etwas merkwürdig sieht sie aus, wie sie mit ihren dünnen steifen Beinen durch das trockene Gras stapft und mit wieder herausrutschender Bluse zwischen den Sträuchern steht, deren Laub zittert, während sie mit ihrem kleinen Taschenmesser an den Zweigen herumschneidet, gerötet im Gesicht von der Anstrengung, die sie nicht zugeben will. Der Saum eines grünen Unterrocks wird sichtbar, wenn sie sich reckt und an den Zweigen reißt. Sie kommt zum Weg zurück mit einem Arm voll Grün, von dem ihr Gesicht halb verdeckt ist, sie lächelt aufmunternd und hakt sich ein, aber ohne weiterzugehen, zieht sie nur näher an sich heran, indem sie mit zwei Fingern die Manschette von ihrer Armbanduhr schiebt, und einen Augenblick stehen sie eng aneinandergerückt und unsicher auf dem Waldweg, sie etwas größer als die Stefany, die wieder die Finger zwischen ihre Finger schiebt und redet, die Finger wieder sanft zu drücken beginnt.

»Ich finde es schön hier«, sagt sie. »Setzen wir uns doch irgendwo, und erzählen Sie mir ein bißchen von sich. Ich weiß ja noch gar nichts von Ihnen.«

Sie wirft die Zweige ins Gras, setzt sich und zieht sie neben sich.

»Kommen Sie, lassen Sie mich alte Frau nicht allein so forsch sein. Ich kann mir gut vorstellen, wie Sie als junges

Mädchen waren. Sie waren bockig, einzelgängerisch und ein wenig versponnen. Habe ich recht?«

»Das kann schon sein, ich weiß es nicht richtig.«

»Sie wollen es bloß nicht wissen, Sie sind nämlich immer noch so. Ich mag ja Menschen, die nicht sofort alles aus sich herausbringen, sie sind nicht so flach wie die Typen, die alles ausdrücken und zeigen können. Ich war auch so, immer, auch wenn ich Ihnen jetzt anders erscheine. Heute bin ich manchmal anders, es hängt vielleicht damit zusammen, daß ich jetzt frei bin, ich bin eine Last losgeworden, Sie können sich das nicht vorstellen.«

Sie nimmt wieder die Zweige auf, bündelt sie, schneidet die Länge zurecht und erzählt von sich, sie war einmal nahe daran zu heiraten, kurz vor dem Krieg, dann wäre sie vielleicht nicht in dem Beruf geblieben, sie war verlobt, und der Mann ist gleich zu Beginn des Krieges gefallen, abgestürzt mit einem Seeaufklärungsflugzeug. Sie erzählt davon in einer heiteren Sachlichkeit, während sie an den Zweigen schneidet und mehrmals den Rock über ihre Knie zieht, es ist nur ein Umweg für sie, um wieder auf ihre Fragen zu kommen: Waren Sie nie verlobt? Wie kommt das? Wie war es denn beim Studium mit den Kollegen? Da wurden doch Feste gefeiert? Haben Sie da nie mitgemacht? Sie antwortet nur kurz darauf, obwohl sie nicht weiß, weshalb sie sich dagegen wehrt. Es sind Fragen, die sie beantworten kann. Sie hat mitgemacht oder nicht, je nachdem, wie man es bewertet. Sie hat immer Geld verdienen müssen, aber sie hat auch mitgemacht bei Seminarfesten und ein-, zweimal in der Referendarzeit, als sie mitmachen mußte, als es erwartet wurde, aber das war harmlos. Es sind die falschen Fragen, mit denen man nicht an sie herankommt, aber sie gibt auch keine Antworten, die weiterführen.

Vielleicht merkt die Stefany das, denn sie ist jetzt still, und es wird immer auffälliger, daß sie hier im Gras sitzen, die Füße in dem zugewachsenen Graben an der Seite des Weges, das ist nicht der Zweck der Fahrt, hier im Wald zu sitzen, aber sie wagt nicht daran zu erinnern, daß sie das Heim sehen möchte, sie hat keine Lust, darum zu bitten, nicht diese Frau, die gleich von ihr Besitz ergreifen möchte, oder vielleicht jetzt auch nicht mehr, sie sind beide auf sich zurückgefallen, es ist nur eine Stimmung, die Schläfrigkeit, vielleicht die drückende Luft, die stillsteht und den Wald ausfüllt mit dieser leblosen Ruhe. Wild scheint es hier nicht zu geben, oder es liegt in den Dickungen. Der Buchenwald, in den sie hineinblickt, wirkt wie ein weiter leerer Raum, weil sie nur die hellen grauen Stämme sieht, die weit voneinander entfernt stehen, zwischen ihnen ist ein gebrochenes, verstreutes Licht, verschluckt von der braungrauen Laubdecke, der Wald ist vor Jahren gelichtet worden, denn überall stehen Baumstümpfe, die nicht mehr ausschlagen, und an manchen Stellen sind grüne Flecken auf dem Laubboden, das sind die gelichteten Plätze, wo die Schößlinge wachsen, grüne hellere Inseln.

Sie will hier nicht sitzen bleiben, aber die Stefany scheint nicht daran zu denken wegzugehen, nicht merken zu wollen, wie albern es ist, hier schweigend nebeneinander im Gras zu hocken, oder es ist ihr recht, sie nutzt es aus, daß sie auf sie angewiesen ist, und wartet, um sie unsicher zu machen. Sie steht auf. Auch die Stefany steht auf, rafft die Zweige zusammen.

»Es ist noch Zeit genug«, sagt sie, »ich komme immer erst eine Stunde vor dem Abendessen, dann weiß ich wenigstens, wann ich wieder wegkomme.«

Sie gehen wortlos zum Auto zurück, das jetzt allein auf dem Parkplatz steht.

»Was ist eigentlich los mit Ihnen?« fragt die Stefany beim Einsteigen.

»Nichts, gar nichts«, sagt sie und versucht das Gespräch auf das Heim zu bringen, fragt, wie groß es sei, ob es eine Krankenstation habe und einen Arzt, aber die Stefany antwortet jetzt nur kurz, als sei sie ganz in Anspruch genommen durch die Fahrt.

Das Altersheim ist eine Villa mit angebauten Flügeln und freistehenden neuen Gebäudeteilen, sie hat es sich anders vorgestellt, weniger sachlich, weniger zweckmäßig. Als sie durch die Glastür gehen, riecht sie den Essensgeruch, der sich mit etwas anderem vermischt hat, den Geruch von warmen Bohnen, Krankenzimmern und Reinigungsmitteln auf den blankgescheuerten Fluren, die dunkel sind, nur von den Fenstern am Ende eines Gebäudeteils beleuchtet, lange dämmrige Gänge mit Zimmertüren rechts und links, auf denen Namenschilder befestigt sind, Gänge mit Männernamen, Gänge mit Frauennamen. Ein langer schwacher Glanzstreifen geht von den Fenstern aus und wird jetzt verdeckt durch zwei langsame Gestalten, die um die Ecke biegen und ihnen entgegenkommen, mit einem leisen, schlurfenden Geräusch, fast gleiche Umrisse kleiner alter Frauen, die sich gegenseitig eingehakt haben, die Köpfe nah beieinander, sie blicken neugierig hoch, als sie vorbeigehen und grüßen, es sind die lauten Stimmen von Schwerhörigen, die nicht zu diesen kleinen ausgelöschten, leise schlurfenden Körpern passen.

»Einen Augenblick, ich muß vorgehen«, sagt die Stefany, klopft leise an eine Tür und tritt ein, indem sie zuerst den Kopf vorstreckt, vorsichtig, mit einer zögernden Bewegung. »Mutti, ich bin's«, sagt sie in das Zimmer hinein. »Und hier ist noch jemand, der dich besuchen möchte.«

Eine Frau in einer rosa Bettjacke über einem dunkelblauen Kleid sieht sie an und streckt ihr eine leichte knotige Hand hin, und erst als sie die Hand losläßt, sieht sie genauer das trockene kalte Gesicht mit den geröteten Augen, aber das Bild verwirrt sich wieder durch die Stimme, die hell und aufgelöst ist und sie einlädt, hereinzukommen, sich zu setzen, und sofort Fragen stellt, wie sie heiße, ob sie schon einmal hier gewesen sei, ob sie schon lange an derselben Schule sei wie ihre Tochter. Die Stefany erläutert alle Antworten, und jedesmal sieht die alte Frau sie mißtrauisch an, mit den Kinnbacken kauend, die Backenzähne zusammenbeißend, wobei sich ihr Gesicht zusammendrückt, wendet sich dann wieder ihr zu, lächelnd, mit dieser hohen, vielleicht gar nicht natürlichen Stimme.

»Ja, das ist nett, wir freuen uns hier alle über Besuch, wir verrückten alten Leute. Aber meine Tochter kommt nur einmal in der Woche, sie erzählt mir immer, sie hätte so viel Arbeit an dieser Schule. Nun sagen Sie mal etwas dazu, das ist doch nicht wahr, sie hat nur keine Lust herzukommen. In den Ferien ist es ganz schlimm, dann verreist sie, wochenlang. Früher sind wir zusammen gereist, wir sind oft nach Meran gegangen im Frühjahr, sehen Sie, ich habe

noch Bilder hier.« Sie steht auf und kramt in einer Schublade der Kommode.
»Laß doch, Mutti«, sagt die Stefany, »Frau Lorenz hat sicher schon Bilder von Meran gesehen.«
Die Frau scheint das nicht verstanden zu haben, kommt mit einem Kasten voll Briefen zurück, zwischen den Kuverts stecken Ansichtskarten und Fotos, sie stellt den Kasten vor sich auf den Tisch und sieht etwas verwirrt aus, unruhig, die Hände nesteln an dem angeschmutzten Seidenband, das die rosa Strickjacke oben am Hals zusammenzieht.
»Meine Mutter hat ihre Möbel mitgenommen«, sagt Frau Stefany und trägt den Kasten zurück.
»Ja, der Schrank, die Kommode«, sagt die Frau, die Stimme ist schwach, und die mahlende Bewegung der Kiefer wird heftiger. Es sind schöne alte Mahagonimöbel, vollgestellt mit kleinen Gegenständen, zum Teil wohl Reiseandenken, Steine, Muscheln, ein Kristallbecher, in dem eine Türkiskette liegt, eine alte Standuhr mit einem Glasgehäuse, ein kleiner Jadeelefant, eine silberne Nachbildung des Petersdomes. Auf dem Schrank steht eine Reihe leerer Vasen, eine nimmt die Stefany herunter und stellt die Zweige hinein. Im Zimmer ist ein gelbliches Licht, gedämpft durch die heruntergelassenen Jalousien, und vielleicht erscheint ihr deshalb das Zimmer so eng und zugestellt, unangenehm nah ist vor ihr der spärlich behaarte Kopf mit den blauen Schläfenadern, der pilzfarbenen Kopfhaut zwischen den Haarsträhnen, die Augen haben entzündete Lidränder und sind wäßrig blau. Sie beklagt sich über das Licht, sie brauche einen dunklen Vorhang, weil sie sonst nichts sehen könne, behauptet sie, das sei heute ein schreckliches Licht für ihre Augen, eine Weile redet sie so weiter über die Augen, den Vorhang, das Licht, den dunklen Vorhang, den sie haben möchte, während Frau Stefany im Zimmer Ordnung macht und sich über die alte Frau hinweg mit ihr unterhält, über die Wohnbedingungen im Heim, die Möglichkeiten, einen Platz zu bekommen, die Kosten der Unterbringung, die nicht zu hoch seien. Danach geht sie an den Schrank und holt eine Flasche Likör und drei Gläser heraus.
»Wir trinken noch einen Schluck, und dann müssen wir

fahren«, sagt sie zu der alten Frau, die jetzt plötzlich aufmerksam wird und fragt, ob sie in der nächsten Woche wiederkomme oder schon verreise und wie lange sie bleiben wolle, wieder die ganzen Ferien über, sie setzt ihr Glas ab und beginnt zu weinen, ein dünnes tränenloses Wimmern oder Winseln, fast so, als singe sie, halte schwankend und unsicher einen hohen Ton, aber sie hört sofort auf, als sie sich verabschieden, und hat wieder das trockene kalte Gesicht.

Draußen sagt die Stefany, das sei jedesmal so, sie solle sich nicht beeindrucken lassen, das Weinen gehöre bei ihrer Mutter zum Zeremoniell. Während der Rückfahrt sprechen sie über die Schule, die Zeugniskonferenz, ihre Kolleginnen, und sie kommt nicht dazu, nachzudenken, obwohl sie die ganze Zeit glaubt, etwas entscheiden zu müssen.

Sie unterhalten sich noch weiter im Auto, als sie vor dem Haus stehen. Die Stefany hat den Motor abgeschaltet und sitzt neben ihr, den Arm hinter ihr auf der Lehne. Sie will sich beim Vorstand des Heims für sie einsetzen, damit sie einen Platz für den Vater bekommt und nicht auf die Warteliste muß, aber auch jetzt könnten sie sich doch öfter treffen und einen Ausflug machen, sie könnten es dabei weiter besprechen, es sei sicher jetzt schwierig für sie, das könne sie verstehen.

Sie widerspricht nicht. Vielleicht ist es gar nicht schwierig. Sie kann nur im Moment nicht näher heran, sie muß es in Ruhe lassen, damit es sich in ihr klärt, und dann wird es nicht schwierig sein. Sie bedankt sich für die Fahrt und hört hinter sich das preschende Motorgeräusch verschwinden, als sie die Tür aufschließt.

Sie kommt schon etwas spät für das Abendessen nach Hause, der Vater hat den Tisch gedeckt, und sie setzt schnell Teewasser auf. Sie sitzen sich gegenüber, er beobachtet, wie sie Tee eingießt. Seine Tasse darf nur halb voll sein, darauf legt er Wert.

»Ich war noch in der Schule«, sagt sie und ärgert sich, daß sie so überflüssig gelogen hat.

»So«, sagt er. Es klingt mißtrauisch, aber er sagt es auch immer, wenn ihn etwas nicht interessiert.

Nach dem Abendessen machen sie noch einen Spaziergang.

Sie ist erleichtert, daß er das vorgeschlagen hat und sich nicht weiter streiten will. Es ist ein leichter Wind aufgekommen, die Luft hat sich etwas abgekühlt. Sie gehen den Sandweg in die Laubenkolonie. Ein alter Mann kommt ihnen mit einem Handwagen entgegen und grüßt. Der Vater scheint ihn zu kennen, sie fragt aber nicht. Sie biegen in einen grasigen Seitenweg ein, auf beiden Seiten stehen mannshohe Hecken, so daß es hier schon dämmrig ist, durch die Gartentore sieht sie Straucherbsenbeete mit vergilbten Blättern, trockenes Kartoffellaub, niedrige weiße Steinnelken unter Pfirsichbäumen, die fast alle schon abgeerntet sind. In einem Birnbaum hängen schmale Aluminiumstreifen wegen der Vögel, die in diesem trockenen Sommer über das Obst herfallen, sie bewegen sich nicht und hängen wie ein fremder Schmuck im Baum.
»Wollen wir ein Bier trinken?« fragt der Vater.
»Ja«, sagt sie, »das ist gut.«
Sie wissen beide, wo sie hinwollen, zu dem kleinen Bierausschank auf der anderen Seite der Autostraße, die zum Militärring führt. In der Baracke, die etwas entfernt von der Straße im Gebüsch liegt, ist schon Licht. Es ist ein verwildertes Grundstück mit Holunderbüschen und Ahornbäumen, neben dem Zufahrtsweg liegen Teerfässer, zwischen denen die Brennesseln hochgewachsen sind, und ein Haufen Splitt. Sie gehen um die Baracke herum, und sie sieht zwischen den Stämmen hindurch, daß die Autos jetzt mit Licht fahren. Hinter der Baracke stehen vier runde weiße Eisentische, an denen zusammengeklappte Gartenstühle lehnen. An einem Stromkabel, das vom Haus zu mehreren Bäumen gespannt ist, hoch über eine Astgabel läuft und wieder zum Haus zurückführt, brennen zwei Hängelampen.
»Komisch, es ist keiner da«, sagt der Vater, »aber ich muß mich jetzt setzen.«
Er ist enttäuscht, steif sitzt er auf seinem Stuhl, ohne zu sprechen, macht nur einmal eine Bewegung, als ein Nachtfalter dicht an seinem Gesicht vorbeifliegt. Eine Frau kommt aus der Baracke und fragt, was sie trinken wollen. Es gibt nur Flaschenbier, sie bestellen jeder eine Flasche. Als die Frau geht, kommen zwei Männer um die Baracke

herum, die grüßen und im Vorbeigehen bei der Frau Bier bestellen, sie setzen sich an einen entfernten Tisch.
»Das sind Gärtner aus der Laubenkolonie«, sagt der Vater und blickt hinüber. Sie hört die Stimmen der beiden Männer, kann aber nichts verstehen. Der Vater dreht sich ihr wieder zu und sagt:
»Hier werden manchmal Sommerfeste gefeiert, hier und auf der anderen Straßenseite in den Gärten.«
Sie nickt, weil er das schon oft gesagt hat.
»Ja«, sagt er, »das glaube ich wohl«, und blickt wieder zu den beiden Männern hinüber.
Als die Frau das Bier gebracht hat, hebt er sein Glas und wartet, bis sie ihm ihr Glas entgegenhebt, dann trinken sie.
»Auf dein Wohl«, sagt sie nachträglich, »in zehn Tagen ist dein Geburtstag.«
»Bist du darauf gekommen wegen der Sommerfeste?«
»Ja«, sagt sie, »natürlich.«
»Deshalb denke ich auch daran.«
Sie trinken wieder, dann sagt er:
»Das schönste war 1944 zu meinem fünfzigsten Geburtstag. Du hast mit Tante Friedel ein Liebesduett gesungen. Wir saßen beim Kaffeetrinken, und dann kamst du mit Tante Friedel aus dem Haus, und ihr hattet euch kostümiert. Tante Friedel hatte ein altmodisches Kleid an und stellte Mutter als junges Mädchen dar, und du warst der Mann, über dich haben wir am meisten gelacht, du hattest meine blaue Marinejacke an, weiße Hosen, Tennisschuhe und meine Uniformmütze. Ihr habt irgend etwas gesungen, was damals immer im Radio kam.«
»›Niemand liebt dich so wie ich‹?«
»Ja, es kam eine Stelle darin vor, bei der ihr kreuzweise auf eure Augen und auf eure Lippen zeigtet, ›diese Augen, diese Lippen, sie sind dein‹. Das war der Höhepunkt, weil es nämlich auch sehr schön war, wirklich anmutig.«
»Das kann ich mir bei mir nicht vorstellen.«
»Warum nicht?«
»Du kannst Fragen stellen.«
»Ich weiß gar nicht, was du meinst. Du warst hübsch.«
Sie denkt, es ist überflüssig, sich zu erinnern, überflüssig.
Es ist jetzt dunkel. Die Frau kommt durch den Lichtkreis

der Lampe und fragt, ob sie noch etwas trinken wollen.
»Nein, danke«, sagt sie.
Sie merkt, daß der Vater kein Geld hat, und zahlt. Auf dem Weg zur Straße stolpert er, und sie faßt seinen Arm. Sie gehen weiter mit kleinen, vorsichtigen Schritten. Als sie wieder zwischen den Gärten sind, bittet er sie stehenzubleiben und sagt: »Schön hier. Diese Stille. Frische Luft.«
Er ist außer Atem, will es aber nicht zugeben. Hier zwischen den Hecken ist es so dunkel, daß sie sein Gesicht nicht erkennt.
»Weiter vorne ist eine Bank«, sagt sie.
»Was denn, wo denn?«
»Da vorne, ein Stück weiter.«
»So so. Alles Unsinn.«
Er steht schwer auf ihren Arm gestützt. Sie versucht an alles mögliche zu denken. Irgendwo in Schleswig-Holstein ist jetzt Günther, der kleine Idiot. Sie versteht nicht, daß er gefahren ist, versteht nicht, daß sie ihm Geld gegeben hat. Wir sind alle Idioten, wir alle, denkt sie.
Sie genießt, daß sie ruhig ist. Morgen ist Samstag, weil heute Freitag ist. Sie denkt darüber nach, was für Stunden sie morgen in der Schule hat, eine Vertretungsstunde und eine Freistunde sind dabei. Sie hat damals wirklich gut singen können, fast so gut wie Tante Friedel, die eine ausgebildete Stimme hatte und in Stettin am Theater war. Damals aber schon nicht mehr. Sie war oft zu Besuch gekommen wegen der Offiziere. Zu ihr hatte sie gesagt, nach dem Krieg machen wir eine Schiffsreise. Während sie sich kostümierten, hatte sie davon gesprochen. Sie hört die beiden Stimmen, ihre dunklere und Tante Friedels Sopran, singend waren sie aufeinander zugegangen, mit zurückgelegten Oberkörpern, die Fußspitzen nach außen gestellt und die Arme steif herabhängend mit hochgebogenen Händen; so hatten sie es auf einem Bild gesehen.
»Du kannst ruhig schon vorgehen«, sagt neben ihr der Vater.
»Was soll denn das heißen? Ich laß dich doch nicht hier stehen.«
»Ich komme schon alleine nach Hause. Verlaß dich darauf.«

Sie antwortet nicht, und als sie spürt, daß er an ihrem Arm zerrt, um sich loszumachen, zieht sie ihn weiter. »Laß mich«, sagt er, »ich bin dir lästig. Laß mich los.« Sie zieht ihn weiter, ohne zu sprechen. Er beginnt davon zu reden, daß es nicht seine Schuld sei, daß er sich in dieser Lage befinde. Es sei der Krieg gewesen, zwei Kriege hätten ihn kaputtgemacht.

»Ja«, sagt sie, »sei still jetzt, das weiß ich alles.«

»Verstell dich nur weiter«, sagt er.

Sie antwortet nicht. Sie sind jetzt wieder auf dem Sandweg neben der Ziegelmauer, wo es etwas heller ist. Er geht ohne Widerstand neben ihr her.

»Es war auch die Ehe mit eurer Mutter«, sagte er. »Ich hätte sie nicht heiraten dürfen. Es war nicht gut für mich, daß ich gleich in das gemachte Bett kam. Von allen Leuten, auch von euch Kindern, bin ich als jemand angesehen worden, der sich aushalten ließ.«

»Das hast du dir eingebildet.«

»So, ich habe mir das eingebildet? Aber woraus besteht das Leben eigentlich? Aus Einbildungen, nicht wahr.«

»Tu mir den Gefallen und red nicht so dumm.«

»Sicher, du siehst das als Dummheit an.«

Sie gehen schweigend nebeneinander her. Dann sagt sie:

»Und wenn es so ist und du es nicht ändern kannst oder nicht geändert hast, dann finde dich damit ab.«

Sie weiß nicht, ob er zugehört hat. Manchmal scheint er vorauszuwissen, daß sie etwas sagen wird, was er nicht hören will, und ist dann wie taub.

Vielleicht hat er recht, vielleicht ist es eine Phrase.

Er schnuffelt. Das ist eines dieser kleinen Geräusche, mit denen er sich bemerkbar macht. Minutenlang kann er das fortsetzen. Sie hat sich vorgenommen, nicht darauf einzugehen. Er macht kleine Pausen und fängt wieder damit an. Sie bleibt still, bis sie zu Hause sind.

»Wo warst du heute nachmittag?« fragt er auf der Treppe.

»In der Stadt und in der Schule, das hab' ich dir doch gesagt.«

»Es ist nicht so wichtig, aber du hast nichts gesagt.«

»Gut, wenn es nicht so wichtig ist.«

Sie schließt die Wohnungstür auf und tritt ein.
»Du kannst zuerst ins Badezimmer«, sagt sie und beginnt das Geschirr vom Abendessen in die Küche zu tragen. Als sie am Spülbecken steht, kommt er im Bademantel und bleibt in der Tür stehen.
»Gute Nacht, Carla, gib mir einen Kuß.«
Sie trocknet die Hände ab, geht hin und küßt ihn auf die Backe.
»Wir zanken uns manchmal, Carla, aber das ist nicht so schlimm.«
»Wieso schlimm?« fragt sie und geht zum Spülbecken.
»Es ist nicht schlimm, nicht wahr?«
Er steht noch da, als warte er auf etwas oder denke nach, dann geht er in sein Zimmer. Sie räumt die Küche sorgfältig auf, weil sie weiß, daß sie sich dabei beruhigt. Sie hängt auch frische Handtücher hin. Bevor sie sich auszieht, nimmt sie eine Schlaftablette.

7

Er faßt wieder in die Tasche, umschließt die Geldstücke mit der Faust und drückt sie zusammen. Noch immer hat er keinen Hunger, vielleicht weil er sich nicht rührt, nur manchmal gähnt er, atmet dann tief ein. Drüben sind Häuser mit Balkonen, auf denen ab und zu jemand erscheint, Hausfrauen, die etwas ausbürsten oder sich bücken, etwas aufheben oder hinstellen und wieder im Haus verschwinden. Wenn sich eine Balkontür bewegt, sieht er den Lichtreflex und schaut hin. Jetzt, weit von ihm entfernt, sitzen sie zusammen, sie haben das Telegramm erhalten, daß er heute abend kommt. Sie wundern sich über den Absender, haben keine Erklärung dafür, es hat sie unruhig gemacht, aber sie warten auf den Abend.

Hier in der Heckennische ist es friedlich, die ganze Anlage ist menschenleer, ein brauner verbrannter Rasen, an vielen Stellen sieht die Erde durch, die Sträucher hinter ihm riechen trocken nach Holz oder Bast. Sie sitzen voll mit Knallerbsen, weißen Kugeln, kleinen weißen Perlen, das bewegt sich nicht, die Lichttupfen in dem dichten Gebüsch sitzen still. Unter den Sträuchern hüpfen Vögel herum, die er nicht sehen kann, manchmal hört er ein Knistern oder einen schnellen Flügelschlag. Er zieht die Hand, die das Geld umschließt, aus der Tasche, zählt, indem er die Münzen auseinanderschiebt, und steckt sie wieder weg. Die Frauen auf den Balkonen sehen gleich groß und ähnlich aus, auch die Bewegungen ähneln sich, an der Häuserfront ist immer irgendwo eine zu sehen. Wieder muß er gähnen, er hat noch nichts gegessen, und es ist Mittagszeit. Er darf jetzt keinen Fehler mehr machen, und solange er sich nicht fortbewegt, verändert sich nichts, nur Zeit vergeht, auch das verschlechtert seine Lage, aber nur langsam, und er kann die Zeit strecken, wenn er nichts tut, er ist immer noch in Sicherheit. Er spürt, wie das Grinsen auf sein Gesicht

kommt, weil er wieder an zu Hause denkt, an sein Telegramm, es ist ein steifes Gefühl um den Mund herum und über den Backenknochen, das Gesicht ist für sich, deutlicher, fremder, der Körper ist schlaff, es ist immer noch dieses flaue Gefühl da, eine Übelkeit, die vielleicht von dem leichten Fieber kommt, er muß Fieber haben von dem Sonnenbrand auf dem Rücken und im Gesicht, er scheint immer mehr nachzulassen, seit er hierhergelaufen ist und feststellte, daß er nicht fahren kann.
Das haben sie nicht gedacht, auch Carla nicht, aber er hat es gewußt, nicht erst als er die Rechnung sah, die viel höher war, als er gedacht hatte, sondern schon als er das Telegramm schickte oder danach, als er noch einmal auf sein Zimmer ging und sich zwischen die hochgestellten Matratzen setzte und wieder einschlief, bis das Zimmermädchen kam und er ihm Geld gab, irgendein Geldstück in die Schürzentasche steckte und mit der Hand zurückzuckte, weil er ihren Bauch berührt hatte. Er war verwirrt gewesen, schon als er aufwachte, verschwitzt und wie gehäutet im Gesicht, zuerst hatte er die Falten des Vorhanges gesehen, und daraus war der Schreck entstanden, mit dem er sich aufsetzte, ein dummer Schreck, das Gefühl, es sei etwas passiert, er ist wirklich etwas verwirrt gewesen, während er im Zimmer herumging und packte und im Spiegel seine Haut besah, sich eincremte, zur Post lief und das Telegramm schickte und dann wieder zwischen den Matratzen saß und beinahe sofort einschlief. Aber er ist immer noch in Sicherheit, solange er dieses Geld hat, das ganze Kleingeld, das er überall gefunden hat, in fast allen Taschen, als er hierherlief. Sie können jetzt nichts mehr von ihm verlangen.
Hinter sich im Gebüsch hört er das raschelnde Hüpfen der Vögel. Als er sich umdreht und in die Zweige blickt, ist es still, dann sieht er überraschend nah einen Vogelkopf, das Auge. Er macht schnell eine Bewegung, und der Vogel fliegt fort. Nach einer Weile hört er es wieder, und ohne sich umzudrehen stößt er mit dem Arm in die Büsche. Es ist still, eine ruhige, klare Stille, Mittagszeit. Er sitzt vorgebeugt, das Gesicht in die Hände gelegt, und betastet vorsichtig seine entzündete Haut. Dann blickt er wieder auf

die Balkone, die leer sind. Jetzt muß er etwas essen, eine Kleinigkeit, obwohl er nur noch zehn Mark hat, aber eine Kleinigkeit muß er haben, weil er nicht gefrühstückt hat.
Er steht auf, und im ersten Augenblick ist er schwindelig und muß stehenbleiben, dann geht er langsam aus der Anlage hinaus und ein Stück die Straße abwärts auf einen Kiosk zu. Alles, was er jetzt tut, ist wichtig, es sind Vorbereitungen auf etwas, das er noch nicht kennt. Er geht um den Kiosk herum, aus dem vorne eine Fahne heraushängt, auf der in roten Buchstaben »Eis« steht, innen sitzt ein alter Mann, der aufschaut, als er herantritt. Er kauft eine Tafel Schokolade. Zufrieden mit sich, daß er eine billigere Sorte verlangt hat, geht er weiter in derselben Richtung, reißt die Packung auf, das grüngoldene Papier, das silberne, und ißt im Gehen. Die Schokolade scheint alt zu sein, schmeckt muffig, die Bröckel fängt er mit der Hand auf, bleibt stehen und schüttet sie in den Mund, zwei Riegel läßt er übrig und steckt sie in die Tasche zu dem Geld. Sein Mundvorrat, seine Reserve. Er hat noch keinen Plan, was er tun wird, nur Neugier, diese dauernde Erwartung, daß etwas geschehen wird, wenn er in eine andere Straße einbiegt, die Häuser sieht, das ist jedesmal ein verändertes Straßenbild, überall kann etwas beginnen, zufällig, obwohl jetzt alles leer ist, die Straßen, die Gärten, in die er über die niedrigen Zäune hineinsehen kann. Auf den kleinen Rasenflächen stehen Liegestühle oder blau-gelbe aufblasbare Planschbecken mit etwas Wasser drin, aber niemand ist zu sehen, auch nicht auf den Terrassen und Veranden der Häuser, die alle rote Ziegeldächer haben. Es ist ein heiterer Eindruck, die Häuser, das Grün der Gärten, der helle blaue Himmel, und es steigert seine Erwartung, daß er allein hier geht, als sei das alles nur für ihn da und als könne er überall hineingehen, sich in die Liegestühle legen, die Gärten und Häuser in Besitz nehmen. Er ist nur immer noch etwas schwindelig und matt, fiebrig und zugleich schläfrig, was er deutlicher spürt, wenn die Straße zu steigen beginnt, schon flache Steigungen machen ihn müde oder der Gedanke, daß er nicht weiß, wohin er gehen soll, schwitzend, mit pappigem Mund. Einmal kommt er an einem Schulgebäude vorbei, und der leere Hof, die zugezogenen Fenster erin-

nern ihn daran, daß jetzt Ferien sind, die Ferien müssen beginnen oder schon begonnen haben, er denkt dauernd das Wort Ferien, das irgend etwas zu bedeuten scheint, und sieht auf die grauen Steinplatten, seine Füße in dem schwimmenden Grau. Als er aufsieht, ist er schon nahe bei der Pension.

Einen Augenblick überlegt er, ob er den Koffer holen und verschwinden soll, den Koffer hat er im Büro stehenlassen, als er die Rechnung bezahlt hatte, er war sofort weggegangen, fortgelaufen, und wahrscheinlich steht er da noch unter dem Fenster, weil er gesagt hat, ich hol ihn gleich ab, um noch eine Verbindung zu haben, eine Möglichkeit, wieder zurückzukommen, oder denkt er das jetzt erst, als er wieder durch die Zufahrt in den Garten geht. Eigentlich ist er kein Gast mehr, aber heute wird niemand etwas sagen, wenn er sich noch im Garten aufhält, bis Mittag hat er bezahlt, und er kann zwar nicht mehr im Haus sein, aber im Garten. Niemand wird etwas sagen, erst morgen wird das anders sein, dann kann er nur noch den Koffer holen oder jemanden im Haus besuchen, einen der Gäste, er kennt ja die Leute. Hinten im Garten sieht er das Ehepaar mit dem Kind und die Frau aus der Badeanstalt, die auf einer Luftmatratze sitzt. Langsam geht er darauf zu und grüßt, der Mann grüßt zurück, und die Frau dreht den Kopf, weil er dem Kind die Schokolade hinhält.

»Geh doch hin«, sagt sie, »sei nicht so dumm.«

Er hockt sich, um das Kind mit der Schokolade anzulocken, es bleibt vor ihm stehen, blickt ihn an und zieht sich mit kleinen Schritten rückwärts gehend auf seine Mutter zurück.

»Nicht dumm, sondern vorsichtig«, sagt er.

Das scheinen sie nicht verstanden zu haben. Sie reden wieder, und das Kind zerrt an dem Arm der jungen Frau, die sich zu ihm herunterbückt.

»Was ist denn, was hast du denn?«

Der Tonfall ihrer Stimme warnt ihn, er kann hören, daß sie sich belästigt fühlt, und es ist besser, wenn er jetzt geht. Hinter ihm sprechen sie, der Mann, der eine Frage stellt, und ihre hohe ungeduldige Stimme. Er geht auf die Verandatür zu, und als er abbiegt und an dem Haus entlanggeht,

hört er sie noch reden, hört, wie die Frau den Mann unterbricht, aber er sieht nicht hin, und sie können ihn jetzt auch nicht mehr sehen, weil er in der Zufahrt ist. Er geht in die Garage und blickt durch das kleine Fenster in der Rückwand. Dort sind sie, in dem Grün hinter der verstaubten, fleckigen Scheibe, an die er nah herantritt, das Glas ist dick oder trübe und scheint alles zu verzerren. Er zieht sich etwas zurück, damit sie ihn nicht erkennen können, wenn sie zufällig herübersehen. Für sie ist er vielleicht ein blasser Fleck oder eine blinde Stelle im Glas.
Drüben verändert sich nichts. Er weiß nicht, was er erwartet, fühlt nur seine Feindschaft gegen die da drüben und gegen jeden, der ihn hier sehen könnte. Die Garage ist leer, es riecht nach Kalk und Maschinenöl, es ist nur ein schwacher Geruch, der sich hier gehalten hat gegen den stärkeren Geruch des Gartens.
Das Ehepaar ist verschwunden, auch das Kind, er versteht nicht, daß er nicht gesehen hat, wie sie gegangen sind, und dreht sich um, weil sie vielleicht jetzt durch die Zufahrt nach vorne gehen und ihn hier sehen. Er stellt sich mit dem Rücken an die Seitenwand und lauscht, ob sie kommen, sieht die scharfe Schattengrenze dicht vor der offenen Garagentür, die lange helle Zufahrt, die Ziersträucher, die sie begrenzen, die Gartengeräte an der Wand gegenüber, und es erscheint ihm fremd, als wäre er es nicht, der hier steht, sondern jemand, von dem ihm erzählt worden ist, so genau, daß er es wiedererkennt, den schwachen vermischten Geruch von Öl und Kalk, das helle Sonnenlicht auf dem Weg, auf dem etwas kommen kann, jetzt, während er nichts hört, nur fern ein dünnes Surren von einem sehr hoch fliegenden Flugzeug, es ist ein winziger sich entfernender Geräuschpunkt in der Stille.
Er geht ein paar Schritte nach draußen und überlegt, was er tun soll, gehen, fortgehen, wieder in den Garten gehen. Hinten auf der Wiese liegt die Frau auf der Luftmatratze, ein Tuch über den Augen, und bewegt sich nicht. Wieder geht er darauf zu, ohne zu wissen, was er tun will, und er denkt jetzt auch nicht daran, sagt sich nur, daß er nach Hause muß auf irgendeine Weise, und deshalb kann er alles mögliche tun, es kommt nicht mehr darauf an, er fühlt sich leicht und

frei, weil es vorbei sein wird und fast schon vorbei ist, so daß er sie da sehen kann, als erinnere er sich an sie und sähe sich in der Erinnerung auf sie zugehen, es ist komisch, er muß dauernd etwas anderes denken, an die Fahrkarte und das Geld, an Froitzheim, Carla, das Geld, und sieht sie hinten in dem Garten, in dem fahlen Grün, wo ein wenig Schatten ist, als einen Gliederhaufen, in dem ein Bein sich bewegt, ein Gliederhaufen, der sich sonnt, den er stören will, aber er denkt immer etwas anderes auf der ganzen Strecke durch den Garten, in dem er mit ihr allein ist.
Sie nimmt das Tuch von den Augen und blinzelt zu ihm hoch. Er grüßt und geht weiter bis zur Gartenmauer, sucht in den Taschen. Der Rest der Schokolade ist noch da, vorsichtig zieht er das Silberpapier auseinander, drückt es zu und wirft es über die Mauer. Die Frau hat sich aufgesetzt. Als er wieder hinblickt, hat sie eine Sonnenbrille auf, und die Tasche steht dicht neben ihren Beinen. Er geht auf das Haus zu, langsam, sein Herz schlägt zu langsam, und der ganze Garten ist in ein flimmerndes Dunkel getaucht, das sich jetzt auflöst in ein Flockentreiben zwischen den Bäumen und vor dem Haus. Er bleibt stehen, öffnet seinen Kragen. In seiner Nähe sind es große Flocken mit hellen Rändern, durch die er unsicher weitergeht, vorbei an der Rückfront des Hauses, zwischen dem Haus und dem Geranienbeet, durch den Essensdunst, der aus der Küche kommt, er hört das Klappern von Geschirr, das Gerassel eines Besteckkastens und leiser die Stimmen der Mädchen hinter den geöffneten Fenstern über seinem Kopf. Die Frau sitzt drüben und beobachtet ihn, es wäre leicht gewesen, sie anzusprechen, sie sieht zu, wie er stehenbleibt und sich kämmt. Er geht in die Garage, um Wasser zu trinken. Das Wasser kommt mit einem braunen Schwall, schlägt lärmend auf den Betonboden und läuft um seine Schuhe. Als er hinausgeht, sind seine Hosenbeine naß, auch die Manschetten und die Revers. Im Gehen spürt er, wie seine Hosenbeine trocken werden. Die Veränderung hat begonnen oder jedenfalls die Vorbereitung, und er muß wieder nach dem Geld tasten in der Jackentasche. Angst hat er nicht, eher das Gefühl, alles sei wunschgemäß oder so, wie es kommen muß.

Draußen vor den Restaurants an der Brunnenallee wird noch immer gegessen, aber die meisten Leute sitzen vor abgegessenen Tellern und warten auf die Bedienung oder trinken Kaffee. Es ist schon Nachmittag, und er braucht nicht mehr zu essen. Je später er ißt, desto später kommt der Hunger zurück, er gewinnt Zeit, und desto größer ist die Möglichkeit, daß etwas geschehen kann, er weiß nicht, was es sein könnte, nur daß es so nicht bleiben kann, daß er Zeit braucht, um wählen zu können, warten zu können. Oder auch das ist falsch, er will nur hier sein, zwischen den Menschen, die auf der Straße hin und her spazieren, auf den Bänken sitzen, in den Cafégärten. Niemand kennt ihn, niemandem fällt er auf, und er kann sich bewegen, als fließe das alles an ihm vorbei, die farbigen Sommerkleider, nackte Arme, Beine, sich bewegende Kleiderfalten, die Stimmen und Schritte, Handtaschen, Licht- und Schattenflecke, das alles ist locker um ihn herum, als würde es nie aufhören, als entstünde es dauernd neu, um ihn einzuhüllen. Hier zwischen den Hotels, Cafés und Sanatorien ist er in Sicherheit, es ist der innere Schutzbereich, vielleicht noch die Nebenstraßen, der Kurpark, aber vor allem die Promenade. Für ihn soll die Welt nicht größer sein als diese Straße, sie enthält alles, was er braucht. Menschen, Hunderte, vielleicht tausend, wenn er die in den Häusern mitzählt, mehr, sicher mehr, die Häuser sind voller Menschen. Er kann sich hier auf eine Bank setzen, nicht zu dicht am Ende der Straße, und von da aus weiter vordringen, später wird er überall Plätze haben, die er kennt, und sich immer mehr aneignen. Bis eine Veränderung eintritt, ist er hier aufgehoben.

Unter den Bäumen, ist ein weiches grünliches Licht, und wie heiß es ist, sieht er an den beiden Bussen, die umhüllt sind von flimmernder Luft, zwei hellblaue Busse, mit Glasdächern, die Chromteile, der Lack glänzen in der Luftbewegung. Er hört das Vorbeikommen der Schritte, auch Stimmen, die er nicht immer mit den Schritten zusammenbringt. Neben ihm sitzt ein Mann und liest, blättert manchmal seine Zeitschrift um oder nimmt sich eine andere von dem Stapel, der zwischen ihnen liegt.

Ihm zugedreht ist ein Bild, auf dem eine Frau steht, eine

junge dunkelhaarige Frau mit einer weißen Schürze und einem sehr kurzen Kleid, das ihre Knie freiläßt, Beine, die gerade einen Schritt machen, wobei sie lächelt und etwas in der Hand hält, eine Pfanne mit einem Spiegelei, das sie jemandem bringen will, der sie ansieht. Sie steht mitten in der Küche vor weißen Schränken, bunten Vorhängen, vorne ist ein gedeckter Tisch, und jemand scheint von dort einzutreten, dem sie sich zuwendet, eine Schulter, eine Hand, ein Knie sind vorgeschoben, und ihre Stimme muß weich sein, freundlich, vielleicht etwas dunkel. Sie wird gleich vorne am Tisch sitzen, auf dem Weingläser stehen, Teller und Tassen auf roten Decken, sie wird kommen und eingießen und Brote streichen, es ist Abend, er stellt sich vor, daß es Abend ist, die Fenster sind zugezogen, die Küche ist hell erleuchtet, und in der Mitte steht diese Frau, die ihm zulächelt, ihm, es ist ein erkennendes, zärtliches Lächeln, da kommst du ja, wo warst du, eine unaufhörliche Zuwendung, eine leichte Drehung des Körpers, die er auch sieht, wenn er fortblickt, die Bewegung, die das Kleid von den Knien fortzieht.
Er sieht es immer noch und versteht nicht gleich, was sich verändert hat. Die Reisenden sind eingestiegen, die Köpfe liegen an den weißen Nackenrollen oder sind hergedreht, nur die Fahrer stehen noch draußen und rauchen. Er hat die Schrift schon gelesen und nur noch nicht nachgedacht, was er tun kann, nur noch nicht denken wollen, daß er hingehen muß, es ist eine Möglichkeit, nach Hause zu kommen, die Busse kommen aus Köln und scheinen gleich abzufahren. Er muß hingehen und den Fahrern erzählen, daß er sein Geld verloren habe und dringend nach Hause müsse. Er kann auch sagen, mein Vater ist krank, oder nein, keine Geschichten erzählen, das wird sie nur mißtrauisch machen, er muß ihnen seinen Ausweis als Pfand anbieten, weil er nicht bezahlen kann. Das macht man, man gibt seinen Ausweis.
Zwischen ihm und den Bussen promenieren Menschen, und er müßte durch sie hindurchlaufen, denn die Fahrer sind zu ihren Wagen gegangen. An verschiedenen Stellen ist wieder das Flockentreiben, steigende und seitlich wehende Flocken, vielleicht sind das Bewegungen, die er mit

dem Kopf macht. Statt seiner Beine, die schwer sind, schwach, die mit gebogenen Knien auf der Bank und der Erde aufruhen, hat er den Kopf bewegt. Er könnte sagen: Nehmen Sie mich mit bis zur Autobahn, und den Fahrern ein Trinkgeld geben. Soviel hat er ja noch. Vielleicht kann er vorne bei ihnen sitzen und sie überreden, ihn weiter mitzunehmen. Die Fahrer sind noch einmal aufeinander zugegangen, er sieht wieder auf das Bild mit der lächelnden Frau. Jetzt fallen ihm die Kuchenformen auf, die an der Wand hängen, sie sind die Hauptsache, kupferne, blankgeriebene Kuchenformen. Der Mann neben ihm faltet seine Zeitung zu und geht. Er weiß, daß er jetzt laufen muß, aber er schiebt nur die Zeitungen auseinander, ohne zu wissen, was er sucht, das sind andere Bilder, ein anderes Blatt, er muß winken und mitten durch den promenierenden Menschenstrom auf sie zulaufen, sie fahren, aber er stellt fest, daß er sich nicht aufregen kann. Nacheinander fahren die Busse ab. Er sieht unbeteiligt zu, wie sie schaukelnd in die Altstadt hineinrollen, wird ungeduldig, weil die Glasdächer so lange sichtbar bleiben.
Er steht auf und geht schnell die Allee hoch, um sich immer weiter zu entfernen, immer größer wird der Abstand, der ihn von den Bussen trennt. In der Ferne ist der Waldkamm, in dem die Allee verschwindet, Dächer, umgeben von Bäumen, und der Wald. Und das hier sind Ahornbäume, die Schatten der Baumkronen sind auseinandergezogen und an der Rasenböschung geknickt. Er kann nicht dort hinsehen ohne Angst, es sind nur die Baumschatten, große, graue, lichtdurchsetzte Bäusche, immer rechts neben ihm, er kann nicht hinsehen und blickt die Menschen an, die ihm entgegenkommen, erstaunte, neugierige, ihm zugewandte Gesichter. Wenn er versucht, ihnen scharf in die Augen zu blicken, drehen sie den Kopf weg.
Er bleibt stehen, um die Leute zu beobachten, die um ihn herumgehen, es ist ein dichter Strom. Ihm ist schlecht. Er hat einen Knoten im Hals, den er aufzulösen versucht mit einem Räuspern, und geht schnell zu einer Bank.
Als er sich vorbeugt und das noch immer empfindliche heiße Gesicht in die Hände legt, wird die Übelkeit dicht, ein dichtes kreisendes Sausen, dem er nicht nachgeben darf,

weil er sich sonst übergeben muß. Er lehnt sich zurück mit in den Nacken gelegtem Kopf, die Arme hinter sich auf der Lehne der Bank. Es ist unbequem, trotzdem beginnt er einzuschlafen, der Kopf rutscht zur Seite weg. Wenn er die Brauen hochzieht, um die Augen zu öffnen, sieht er die Front des Sanatoriums gegenüber, die sich dehnt, pulst, manchmal steigt sie wie die Stockwerke an einem fallenden Fahrstuhl vorbei. Wieder ruckt er hoch, setzt sich aufrecht, aber der Kopf sinkt nach vorne, eingehüllt in wattige Hitze. So ist es gut, denkt er, so wird es besser. Die blauen Flecken sind seine Knie. Er erinnert sich, wie er den Anzug gekauft hat, und wird wach dabei, weil er nachdenken muß, weil er sich zu etwas entschließen muß. Aber das kann nichts zu tun haben mit diesem Anzug. Dort über dem Eingang steht »Fürstenhof«, was er längst weiß, schon mehrmals gelesen hat. Die Glasveranda wird abends erleuchtet sein von den kleinen Tischlampen entlang der Fensterreihe. Das hat nichts mit ihm zu tun, nichts mit seinem Anzug, wenn er nicht abends vielleicht hineingeht und sich irgend etwas zum Essen bestellt, das er nicht bezahlen kann, aber zunächst einmal essen wird. Alles werden sie bringen, was er verlangt, und ihm bleibt Zeit, eine Lösung zu finden oder zu verschwinden, das kann nicht schwer sein, wenn er rechtzeitig geht. Er muß nach der Suppe gehen, nur die Suppe essen, die Vorspeise, und verschwinden. Vielleicht kann er auch ein Zimmer verlangen. Dann kann er alles auf die Rechnung schreiben lassen, tagelang, so lange, wie sie ihm glauben, er muß sich einmieten unter einem falschen Namen und in der Zwischenzeit versuchen, an Geld zu kommen, obwohl er nicht weiß, wie er das machen soll, er muß Leute kennenlernen, die ihm helfen oder ihm Möglichkeiten geben, hier etwas zu verdienen. Solange er noch anständig aussieht, gibt es Möglichkeiten, schon morgen wird es schwieriger sein.

Er steht auf, jetzt, als er steht, weiß er, daß er überall hingehen kann, in jede Richtung, und geht quer über die Straße auf das Sanatorium zu, dann bleibt er wieder stehen und sieht sich nach den Leuten unter den Bäumen auf der Promenade um. Menschen, ein Aufzug. Es ist gut, allein zu sein. Eben hat er das Gegenteil gedacht, und wahrscheinlich ist das ein schlechtes Zeichen, die Gedanken flattern in seinem Kopf, er kann sie nicht beisammenhalten, und wenn er geht, sich bewegt, denkt er gar nichts, oder alles ist abgerissen, was er vorher gedacht hat, er springt, es führt zu nichts, es läuft alles auseinander, wenn er nicht irgendeinen Plan macht, an den er sich halten kann.

Er geht auf das Denkmal neben dem Fürstenhof zu. Hier auf den Bänken der kleinen Anlage sitzen wenig Menschen. Er hört die Musik, ein verwehtes Schmettern von Blasinstrumenten, das muß das Kurkonzert an der Quelle sein, ein Musikstück, das vielleicht gerade zu Ende ist, weil er nichts mehr hört, während er den Weg schräg den Hang hinunter in das Tal geht, das er durch die Baumstämme sieht, grün, mit farbigen Baldachinen über den Bänken oder Schaukelsitzen, mit Blumenflecken, weißen Palmenkübeln, dazwischen Menschen, kleine langsame Gruppen, sie scheinen sich gegen einen weichen, durchlässigen Widerstand zu bewegen, nicht nach den bumsenden Stößen der Musik, die er wieder hört, als er durch das Drehkreuz der Sperre geht, dumpfe Taktschläge, zwischen denen etwas fehlt, die sich aber manchmal ordnen, heller werden und aufschwemmen zu einem immer wieder abbrechenden Schwall mit scharfen, tuschartigen Blechklängen von fern aus der Schallmuschel. Leute mit Wassergläsern gehen zu der Musik hinüber, sitzen auf den Stuhlreihen vor dem Pavillon, während er auf die Kolonnade zugeht, wo sie sich um den Springbrunnen sammeln oder zwischen den Säulen hervorkommen, Leute mit halbleeren Wassergläsern, an denen Blechschilder mit Nummern hängen. Er steht vor einem Ständer mit Ansichtskarten und sieht mehrmals den Fürstenhof, die roten Dächer der Ecktürme und lange Fluchten der Brunnenallee, zwischen den Baumkronen den hellen Kirchturm der Altstadt.

Es ist still, der Springbrunnen macht ein unregelmäßiges klatschendes Geräusch, und das Tal mit den Baumgruppen, dem trockenen Rot der Blumen und den Menschen, die unter dem tief hängenden Laub der Kastanien sitzen und warten, bedrückt ihn. Er geht in die Wandelhalle, und wieder beginnt die Musik. In dem verglasten Rundgang stehen überall Tische mit blauen glasierten Keramikplatten

und eckige Sessel mit schwarzen Stahlrahmen, blau und grün gepolstert, in denen Menschen mit Wassergläsern sitzen, alte Leute, die der Musik zuhören, die aus den Lautsprechern kommt, während andere an der Glaswand entlang ihren Rundgang machen, an der schwarzen Marmorwand mit den Zapfstellen füllen sie ihre Gläser auf, alles langsam unter dem Rollen und Hallen der Musik, die sich vermischt mit den Schrittgeräuschen auf den Steinplatten und den zerfaserten Stimmen. Eine Frau im weißen Kittel schiebt einen Wagen mit leeren Wassergläsern vorbei, räumt ausgetrunkene Gläser von den Tischen ab, an denen die alten Leute sitzen, die Arme abgelegt auf den Sessellehnen oder die Hände gefaltet auf den Krücken ihrer Stöcke. Hinter ihnen zwischen zwei Glaswänden wachsen Ziersträucher und Blumen, große fleischige und gefiederte Blätter, verholzte Ranken, umwunden von grünen Rankengewächsen. Die Musik ist nur deutlich, wenn er an einem der versteckten Lautsprecher vorbeikommt, verwischt sich dann wieder, verschwimmt mit den Schrittgeräuschen und Stimmen zu diesem dichten Summen und Schwirren um ihn herum, es zieht sich um ihn zusammen, und er will fort, nicht mehr durch den Kurpark, er geht durch die hintere Glastür an dem Wächter vorbei, auch hier sind Springbrunnen, Blumenbeete, Bänke mit Menschen, Steinplattenwege, auf denen Menschen stehen mit Wassergläsern.
Er muß langsam gehen. Das kommt, weil er nichts gegessen hat, auch dieses krampfartige Gefühl im Magen, am Mageneingang, er massiert die Stelle im Gehen, versucht sich zu strecken, damit es besser wird, muß sich aber noch mehr vorbeugen. Krumm weitergehend, massiert er sich, aber jetzt kommt es ihm so vor, als übertreibe er ein wenig, als führe er sich auf vor jemandem, der begreifen soll, wie schlecht es ihm geht. Warum ißt er nichts? Er macht es immer nur schlimmer dadurch. Jetzt will er essen und seinen Koffer holen. Vielleicht kommt er noch bis zur Autobahn. Dann kann er irgendwo in einer Scheune übernachten und morgen ganz früh versuchen weiterzukommen. Alles wird gut werden, wenn er jetzt vernünftig ist.
Während er die Brunnenallee hinuntergeht und ein billiges

Lokal sucht, fängt er an sich zu loben. Du bist vernünftig, vernünftig. Er findet einen Biergarten, in dem ein älterer Ober bedient, umständlich, mit einem besorgten Gesicht, das ihm Mut macht, er setzt sich und bestellt zwei Würstchen mit Brot. Nur die Hände sind unruhig, es fällt ihm auf, daß er Brotkrumen vom Tischtuch pflückt und in den Mund steckt oder an der Tischkante entlangreibt, als wäre da etwas glattzustreichen. Wieder redet er sich zu, daß er gleich zu Kräften komme, er muß nur langsam und sorgfältig essen, er wiederholt sich das, und als wäre er noch jemand anderes, fügt er hinzu: Wie du es gelernt hast.
Das hat er laut gesagt, aber niemand scheint es gehört zu haben, oder sie beachten ihn nicht, solange er sich umblickt, und nur der Ober, der sich überall entschuldigt, kommt und will ihm etwas zu trinken bringen, obwohl er nichts bestellt hat, er muß Geld sparen, ißt nur. Die erste Wurst hat er hastig in großen Bissen heruntergeschlungen, er ist überrascht und muß jetzt vorsichtiger sein. Während er kleine Scheiben abschneidet und sorgfältig kaut, spürt er, wie sich sein ganzes Gesicht bewegt, und dauernd denkt er, da vorne haben die Busse gestanden, aber ich gehe gleich los, bin morgen zu Hause, ich habe kaum Zeit verloren, es geht mir besser, ich bin vernünftig jetzt, er kann nicht damit aufhören, nicht ruhig werden, die Backen, der Hals, das Gehirn hängen zusammen, alles bewegt sich, der Körper, der Kopf, und durch die Bewegung, von ihm entfernt und nicht aufgehalten, sieht er vor der Einzäunung das Zimmermädchen vorbeigehen. Er schlingt wieder, lehnt sich weit zurück und will zahlen. Das ist kein Zeitverlust, er will nur nach dem Koffer fragen, sie hat den Koffer in das Büro getragen, er will danach fragen und sich von ihr verabschieden, ein paar Worte mit ihr sprechen.
Als er aufsteht und dem Ober das Geld in die Hand drückt, sieht er sie wieder, noch nicht weit entfernt. Sie fällt auf wegen der Haare, der aufgebauschten blondgefärbten Frisur, sie hat sich zurechtgemacht, aber als er neben ihr hergeht, scheint sie nichts zu bemerken, ein angemaltes verschlossenes Gesicht, das nicht überrascht aussieht, als er sie anspricht und ihr zeigt, wo er gesessen hat und sie vorbeikommen sah.

»Ich denke, Sie wollten abreisen?« sagt sie.
Abreisen, sagt er, ja, das wollte er, das will er, es ist nur eine Änderung eingetreten. Das muß er ihr erklären. Deshalb möchte er sie auch sprechen. Wenn sie mit ihm einen Kaffee trinkt, da drüben, wo er gerade herkommt, wo man sehr nett sitzt.
Sie sieht auf die Uhr und geht mit, ohne etwas zu sagen. Im Augenblick fällt ihm auch nichts ein, er ist nicht darauf eingestellt, es macht ihn unsicher, daß sie so feindlich ist oder mißtrauisch und zugleich so aufgemacht mit dem engen Kleid, mit dem Haarbausch, der sicher knistert vor Trockenheit, wenn man ihn berührt.
Sie sieht müde aus, und es fällt ihm auf, daß sie schielt, als sie ihm gegenübersitzt und er den Kaffee bestellt. Wieder sagt sie: »Sie wollten doch abreisen?« Das stimmt, aber es hat sich geändert, er sucht hier eine Arbeit. Er ist ein Student und kann sich aufhalten, wo er will, solange er nicht studiert, solange er arbeitet, um im Winter wieder studieren zu können. Im Sommer ist er immer in einer anderen Stadt. Er hat sich eben klargemacht, daß er hierbleiben will.
»Eben?«
»Kurz bevor Sie vorbeikamen.«
Das Gesicht ändert sich nicht, es wirkt klein unter der Frisur, schwächlich und grob bemalt. Das ist es vielleicht, das Unerwartete, das Besondere, gerade weil er es sich nie so vorgestellt hat, die Veränderung, jetzt durch diesen Zufall. Sie ist allein, und er muß nur mit ihr reden, dann wird es weitergehen.
Er ist nur zu aufgeregt, er verträgt den Kaffee nicht.
Sein Magen wird unruhig und die Hände. Aber sie beobachtet ihn nicht, weil sie von einem Film spricht, den sie gleich sehen will, sie war schon dahin unterwegs. Eine Bekannte hat ihr von dem Film erzählt, sie hat ihn gut gefunden. Je länger sie spricht, desto aufgeregter wird er. Er war auch lange nicht mehr im Kino, er möchte sehr gerne mitkommen. Sie soll mehr über Filme erzählen, die sie gesehen hat, sie soll reden, wie einfach, mit ihr zusammenzusein, mit ihr über Filme zu sprechen, mit ihr und mit ihrer Bekannten, er will das immer haben, jeden Abend. Sie kennt ihn nicht, sie erwartet nichts, nur daß er sagt, ob der

Film gut war. Was für ein Gedanke, hierzubleiben, bei ihr, bloß weil sie allein ist und ihm über den Weg gelaufen ist. Er muß sie für sich gewinnen, jetzt, vielleicht alles erklären, bevor sie in das Kino gehen, oder nein, nachher, zuerst muß er bezahlen, weil sie gehen will, und vielleicht muß man immer erst an den Punkt kommen, wo sich das nächste von selbst ergibt, und nicht vorzugreifen versuchen, keinen Plan machen, sie würde sich sofort zurückziehen. Nachher wird alles selbstverständlich sein.

Es ist ein Fehler gewesen, den Kaffee zu trinken, weil er ihm nicht bekommt und ihn nervös macht. Seine Haut zuckt überall, das fiebrige Glühen ist wieder stärker geworden. Wegen der Magenschmerzen geht er etwas vorgebeugt mit gespannten Bauchmuskeln. Sie scheint nichts zu bemerken, bleibt im Vorraum des Kinos bei den Bildtafeln stehen und läßt ihn die Karten kaufen. Es erregt ihn, daß sie sich so selbstverständlich von ihm einladen läßt, und als sie in die Dunkelheit kommen, berührt er ihre Hüfte, als wollte er sie führen, auch wieder, als sie sich durch die Bankreihe schieben und sich setzen. Auf der Lehne streift er ihren Arm. Wenn sie die Beine übereinanderschlägt oder mit dem Klappsessel knarrt, reizt ihn das noch mehr als die Berührungen. Vor ihnen sind einzelne Köpfe, unregelmäßig besetzte Bankreihen, die roten Leuchten der Notausgänge. Die Reklame läuft, Standbilder mit Lautsprecheransagen und kleine Filme, Trickfilme mit bewegten, sich verändernden, aufgelösten und wieder entstehenden Gegenständen, dann eine Eiscremereklame, die er kennt, ein Mann schießt Farben auf eine Leinwand, das Bild der Eiscremepackung, die gleich verkauft wird, jetzt in der Pause.

Eine Platzanweiserin kommt mit einem Bauchladen durch den Gang, aber er hat kein Geld mehr und schüttelt den Kopf, ohne zu fragen, ohne zur Seite zu blicken, bis es wieder dunkel wird. Sie rührt sich nicht neben ihm, und es ist ihm gleichgültig, er haßt sie, wegen ihr sitzt er hier, krank, ohne Geld, und kann jetzt nicht mehr fortkommen, bevor es dunkel wird. Irgend etwas passiert mit ihm, aber sie wird ihm nicht helfen, sie will schon jetzt nichts mehr von ihm wissen, weil sie so dumm ist,

wie sie aussieht, was er sofort hätte wissen können, wenn er nachgedacht hätte, er hätte Eiscreme kaufen müssen, aber er hat kein Geld mehr. Am besten er verschwindet, bevor sie es nachher tut. Genausogut kann er sitzen bleiben und versuchen, sich zu erholen, er will nicht auf der Straße umhergehen, sich erst beruhigen und ablenken, auf die Leinwand blicken.
Der weiße Strahl des Projektors macht Bewegungen in der staubigen Luft, auf dem Bild sind Reiter, Pferdekruppen, schlagende Schwänze und Blätter, durch die das Licht fällt, flirrendes Licht, Wasser und Blätter. Er versucht zu schlafen. Eine Zeitlang hört er nur die Pferdehufe in der aufgeweichten Erde und Männerstimmen aus wechselnden Entfernungen, lange Pausen, in denen manchmal Geräusche sind, eine Frau, die sehr schnell spricht, Rufen, Laufen und Pausen. Er ist unter dem Geräusch, fühlt sie noch neben sich, wenn sie sich bewegt, und es fällt ihm etwas ein, was jemand von seiner Freundin erzählt hat, ein Student, der mit einer älteren Frau zusammen lebte, der sich von ihr ein Auto bezahlen ließ. Er sagte, ich laß sie alles selbst machen. Alles selbst machen. Ein kleiner Kerl mit gewellten blonden Haaren, der ihn im Auto zu einer Fahrt aufs Land mitnahm. Er merkt, daß er lachen muß und hustet. Alles selbst machen. Sie soll lieber weggehen neben ihm, wenn er nicht husten darf. Er fühlt sich schlecht, er muß sich zurücklehnen. Vor ihm sind nur Köpfe, aufgelöst in einem flauen Strudel. Einmal sieht er durch ein Fenster in einen Hof hinunter, der leer ist, aber immer kleiner wird, als steige er, schwebe fort, plötzlich läuft jemand durch die Sonne, dann andere. Sie sagt etwas neben ihm, ohne daß er hinhören kann. Der Körper hat sich aufgelöst, nur Kniescheiben und Hände bleiben, Stellen, Deutlichkeiten, die er in Gedanken festhält.
Sie sagt wieder etwas. Ob er krank sei, ob er krank sei. Er ist nicht sicher, ob sie es mehrmals gefragt hat, und schüttelt den Kopf.
Er setzt sich aufrecht gegen die Lehne und atmet schwer die stehende dichte Luft, in der Spuren von Parfüm und chemischen Luftreinigern sind. Sie berührt seinen Arm. Sie soll ihn in Ruhe lassen, ohnehin kann er nicht aufstehen. Es

wird hell, die Türen öffnen sich, und er geht hinter ihr her nach draußen, wo es schon dämmrig ist.
Sie geht neben ihm, und nach einer Weile fängt sie an, über den Film zu sprechen. Er kann nicht antworten, nicht zuhören, weil er daran denken muß, daß er kein Geld mehr hat. Die Straße ist abschüssig zwischen Fachwerkhäusern, hier wird er nicht mehr hoch können, was auch egal ist. Sie fragt, ob ihm vorhin im Kino schlecht war, ob ihm der Film nicht gefallen habe, und scheint unzufrieden zu sein, daß er nur den Kopf schüttelt, sie will jetzt allein nach Hause gehen. Aber das läßt er nicht zu, er hat Angst davor und widerspricht ihr, als sie wieder davon anfängt. Sie kommen über eine Brücke, und er versteht, daß sie gerne umkehren und tanzen gehen möchte, denn sie spricht davon in einem Ton, der es ihm nahelegt, sie einzuladen. Einmal bleiben sie stehen und sehen zu den ersten Lichtern der Stadt hinauf. Hier auf der Chaussee stehen sie schon fast im Dunkeln, und etwas weiter beginnt der Vorort, in dem sie wohnt. Es ist unmöglich, ihr zu erklären, daß er am Ende ist, wenn sie es nicht begreift. Er hat Lust, sie zu schlagen, auf sie einzuschlagen, sie dafür zu bestrafen, daß er hier ist, zu elend, um weiterzukönnen.
Erst jetzt merkt er, daß sie wieder auf einer Brücke stehen. Oder er hat es schon eine Zeitlang gesehen und das Wasser gerochen, aber sein Gehirn arbeitet schlecht. Auch seine Arme sind schwammig und ungenau, als er sie faßt. Er beginnt auf ihrem Gesicht herumzuküssen und auf ihrem Hals, sieht helle Hautstücke, den Kragen und ist nahe daran, zu weinen oder sie über das Geländer zu stoßen. Dann macht sie sich los, und sie gehen weiter. Er sagt, daß er kein Geld mehr habe, sie antwortet nicht. Im Ort sitzen Leute auf der Straße vor ihren Häusern, es ist jetzt schwierig, ihr Handgelenk zu fassen, sie festzuhalten, damit sie nicht ohne zu antworten weitergeht. Er fängt wieder davon an, daß er arbeiten und ihr alles Geld zurückzahlen will, wenn sie ihm welches gibt. Sie antwortet nicht, läuft plötzlich durch einen Vorgarten und klingelt an einer Tür, sucht in ihrer Handtasche nach einem Schlüssel.
»Ich entschuldige mich«, sagt er gegen ihren Rücken. Er sieht alles entfernt, ihren Rücken, die sich öffnende Tür und

sich selbst, wie er durch den Ort in derselben Richtung weitergeht. Er ist erleichtert, oder er denkt auch, entlassen. Das Wort hat einen weiten, unbestimmten Sinn. Er fühlt es um sich, manchmal ist es sein eigener Zustand, manchmal das Tal, in dem er geht. Im Gehen phantasiert er, macht große Bewegungen mit den Händen, etwas schlägt Lärm in seinem Kopf, aber die Angst dringt nicht durch, obwohl er krank ist und nicht mehr weiterkann. Wie einen Sack will er sich fallen lassen, dann rollt er unten in die Wiesen, Buschgruppen stehen dort, Heuhocker, es können auch Kühe sein.
Er rutscht die Böschung hinunter und geht mit weichen Beinen darauf zu. Als er hinfällt, denkt er, wie schön das jetzt ist. Er dreht sich zur Seite. Die langgezogene Schwärze ist der Bergrücken, der Wald. Anscheinend ist dort Wind, denn er hört ein Rauschen, das von dort herüberkommt. Wenn er die Augen zumacht, beginnen Bilder zu laufen, Ärmelschoner, Froitzheims breite Hände, Hände, die durch die Stulpen fahren, Papiersäcke, ein schwarzes Schlüsselbrett, stillhängende Schlüssel mit Pappschildern an kleinen Haken, Wollfäden an Schlüsseln, das verschwindet auch nicht mehr, wenn er die Augen öffnet und den fast schwarzen Himmel sieht, den Bergrücken, die Chaussee, es ist eine Schwächung, ein zuckendes Wegspringen seiner Kräfte, obwohl er jetzt wieder sitzt, die Arme fest zusammengezogen vor der Brust, die Beine taub, als könnte er sie nicht mehr bewegen. Vielleicht stirbt er so, wenn er nicht mehr aufsteht, mit diesem Flackern im Kopf, hinter dem undeutlich die dunklen Flächen und Körper sind, ansteigend, sich auflösend, ein Feld mit Kornpuppen oder Büsche.
In dieser Richtung geht er, wird klarer und sieht, daß er sich auf den Wald zubewegt. Vielleicht ist er dort geschützter. Zwischen den Stämmen sieht er fast nichts, geht weiter mit vorgestreckten Händen, bis er sich setzen muß. Er hat Magenschmerzen vor Hunger. Mit beiden Händen knickt er Farnkraut, um sich ein wenig zu legen, liegt dann steif in dem scharfen Krautgeruch, unfähig aufzustehen, als er es versucht. Am Boden ist es windstill, aber feucht und uneben, er spürt, wie seine Beine absterben, es sind kraftlose aufgetriebene Wülste, die sich nicht mitdrehen, als er sich herumwälzen will.

Im Halbschlaf hört er sich wimmern. Obwohl das zugleich jemand anderes ist, erkennt er immer seine Stimme. Als er wach wird, braucht er Zeit, um zu begreifen, daß über ihm Baumkronen sind. Nichts bewegt sich. Zwischen den Ästen sind kleine schwarzgraue Stücke des Himmels.
Er hat einen Krampf im Gesicht und zittert, ist aber zu schwach, um sich aufzurichten, und schläft wieder ein. Vielleicht ist das auch gar kein Schlaf, weil er über eine Forderung nachdenkt, die an ihn gestellt wird, er begreift nicht, was es ist, es läßt nicht nach, es ist etwas Wichtiges, und er will es unbedingt erfüllen. Wenn ich nur nicht schliefe, denkt er. Vielleicht schläft er nicht, sondern ist nur ohnmächtig und kämpft darum, zu Bewußtsein zu kommen. Dann merkt er, daß er sitzt und zittert. Was will er denn? Er beginnt um sich herumzutasten, das Gras, Farn, Zweige, in wachsender Angst richtet er sich auf, geht, an Baumstämme stoßend, sich durchs Gebüsch reißend, weiter, und überlegt, in welcher Richtung die Straße ist. Um besser nachdenken zu können, muß er sich setzen. Er hat sich die Hand aufgerissen und leckt daran. Wenn er irgendwo ein Knacken oder Rascheln hört, zuckt er zusammen, obwohl er ganz gleichgültig ist. Manchmal ist es lange Zeit still, oder er hat dann geschlafen, und jedesmal glaubt er, daß es heller geworden sei oder daß es gleich heller werden müsse, aber er hat Geduld, mehr als er jemals gehabt hat, auch das Frieren stört ihn nicht. Das Unterholz zwischen den Stämmen ist noch immer dunkel. Sie werden sich wundern, wenn sie ihn hier finden, ausgestreckt oder verdreht oder vielleicht noch immer sitzend wie jetzt, so wird es sein, wenn er nicht aufsteht. Er muß sich zwingen und bis zur Straße gehen, auf der nachher Menschen vorbeikommen werden.
Es ist leichter, als er gedacht hat, auch wenn er manchmal wieder an die Bäume stößt. Er kommt auf eine dämmrige Wiese, von der Vögel auffliegen, steht etwas schwankend da, ohne die Augen aufhalten zu können, und muß sich wieder setzen. Über ihm, überall in den Bäumen ist der Lärm der Vögel. Dauernd vergißt er, was er vorhatte. Mit den Fingerspitzen reibt er die Schläfen, um denken zu

können, er denkt auch, er kann klar denken, daß die Gleichgültigkeit gefährlich ist, aber die Gedanken sind von ihm abgetrennt. Alles sieht er einzeln, die Schuhe, die schwarzen spitzen Schuhe, die Hose, das Gras zwischen den gespreizten Fingern. Es wird warm, mit der Sonne verstärkt sich der Grasgeruch.

Jetzt gehe ich, denkt er, aber er liegt auf dem Rücken. Das Gesicht ist geschwollen, die Lippen, die Augenlider, und der ganze Körper fühlt sich an wie eine empfindliche gequollene Masse, überspannt mit dünner platzender Haut, eine entzündete Hautblase, er liegt darin, und das Beste ist, sich nicht mehr bewegen zu müssen, die Sonne macht ihn zu einem unförmigen glühenden Körper, in dem innen ein Schmerz ist, Krämpfe, die er nicht beachten will, aber er muß in den Schatten, muß in den Schatten rücken und stützt sich auf, schiebt sich weiter mit seinem Kopf durch das dürre Gras neben dem Stamm, Rücken, Schultern und Arme sind wieder da durch den Schmerz, und er sitzt halb vorgesunken mit auseinandergerutschten Knien, die Arme um den Leib geschlungen, und sagt sich, daß er aufstehen muß, zufrieden, daß er daran denkt, aber er vergißt es und muß es mit Anstrengung wieder in sein Bewußtsein holen. Er richtet sich auf, und nach den ersten Schritten geht er schneller, halb laufend kommt er durch die Talwiesen auf die Chaussee. Er weiß, wo er sich befindet und wie er gehen muß, nicht zurück, sondern weiter um den Berg herum, dann kommt er schneller in die Stadt, mittags kann er dort sein, er hat es auf einer Karte gesehen. Während er versucht, im Schatten der Bäume zu bleiben und gleichmäßige Schritte zu machen, hat er vor sich den rotgezeichneten Weg mit den Richtungspfeilern, wie er ihn gesehen hat in dem braungrünen Kartenbild, unten in der Diele, auf dem Telefontisch der Pension, als er angekommen war und dort in einem der beiden Sessel gesessen hatte, auf dem Tisch hatte die Karte gelegen, die roten Wanderwege, die blauen Kurwege, diese Bögen, Kreise, Schlingen, auf denen er ein Punkt ist, der sich bewegt, ohne Unterbrechung, mit Schmerzen im Leib, ohne anzuhalten, weil er nach Hause will und sich sagt, daß dies die Prüfung sei, die er bestehen muß. Dann wird alles gut werden, er wird fertig studieren und einen Beruf finden, vielleicht zieht er in eine andere Stadt, weil sie ihm nicht verzeihen und aus Gewohnheit wieder anfangen werden mit Vorwürfen, den alten und neuen, dann will er Schluß machen, sich von ihnen trennen.

Lange Zeit denkt er daran, während er gleichmäßig weitergeht, mit der gleichen Schrittlänge, auch auf Steigungen, in der Hitze, durch eine Ortschaft, durch den Wald, wo er wieder auf die breite Fahrstraße kommt, die leer ist in der Mittagssonne. Jetzt fühlt er wieder seine Schwäche, obwohl er bergab geht. Er stolpert, gerät in die Straßenmitte und wieder an den Rand. Mehrmals schwenkt die Straße unter ihm fort, und er sieht die Bäume auf sich zukommen, braunrote, schuppige Stämme. Unerwartet, als wäre er wieder gedreht worden, ist vor ihm die Einfahrt in den Ort, die Promenade mit dem Kirchturm der Altstadt, die Bäume und Blumenbeete. Hier kann er sich auf die Erde legen, bis man ihn aufhebt, er ist im Einverständnis mit allen, die ihn ansehen, er ist ihnen dankbar, weil sie ihm ohne Zweifel helfen werden, sobald er vornüberfällt, aber er kommt darüber hinweg, daß er seine Beine nicht spürt, nur den unklar nach vorne sinkenden oder schwimmenden Körper, das heiße Gesicht, die Hitze. Kurz danach findet er wieder Zusammenhänge, er hat ein Gefühl von Anstrengung, Bewegungen, Schmerzen und geht ohne anzuhalten auf die Pension zu, wo er im Flur steht und nach dem Koffer fragt, ein Mädchen fragt, das mit einer Suppentasse auf dem Tablett in das Büro geht, aus dem die Chefin kommt, ihn etwas fragt, das er nicht beantwortet, er steht da und wartet, bis er den Koffer hat und geht.

Wieder kommt er in die Hitze, die farblose Helligkeit. Die Hitze ist ein Glänzen, das die Gegenstände vermummt, das auf ihnen klebt als ein Belag, ein heller dünngestrichener Schleim. Er versucht wieder gleichmäßig zu gehen und den Koffer nicht dauernd von einer Hand in die andere zu wechseln, und immer wenn er sich Ziele setzt, bis dahin die rechte, bis dahin die linke Hand, sieht er am Ende der Straße und weiter, so weit er sehen kann, ein Fließen wie von durchsichtigem erhitztem Öl, während in der Nähe alles starr ist, kantig und gezackt, schmelzen vor ihm überall die

Dächer in den hellen Flüssen wie gleitendes, sich drehendes, dunkel werdendes Fett.
Das Schwanken beginnt, er muß auf seine Füße blicken, die wechselweise vorstoßenden Schuhkappen, die schwarz sind, staubig und verschmiert. Er geht gekrümmt von kurzen, überfallartigen Krämpfen, die nie ganz nachlassen, sich nur ausbreiten in einen wühlenden, unruhigen Schmerz. Er will nicht haltmachen, weil er dann vielleicht aufgeben muß. Manchmal ist es auch leichter, er kommt durch dünnere Räume, in denen kein Widerstand ist, und hat praktische Gedanken, wie er Geld verdienen, wie er es sparen kann, oder nicht sparen, sondern behalten, das unterscheidet er jetzt.
Er kommt voran, ist in der Vorstadt und winkt mit dem freien Arm vorbeifahrenden Autos, während er ohne hinzusehen weitergeht, als glaube er nicht, daß jemand halten könne, oder als winke er nur pflichtgemäß oder aus Gewohnheit. Die Krämpfe beginnen wieder, und er überlegt, wie er essen könnte, hier ist alles zu, es ist noch immer Mittagszeit, die Häuser stehen vereinzelt oder in Gruppen an der Straße, die Fenster zugezogen. Die Steigung strengt ihn an. Die Krämpfe kommen mit schwachen, schnell trocknenden Schweißausbrüchen, die sein Gesicht verkleben und in den Augen brennen. Er geht weiter, winkend, wenn er hinter sich ein Motorengeräusch hört. Ein Lieferwagen hält neben ihm, in dem zwei junge Männer sitzen, sie fahren nicht bis zur Autobahn, aber ein Stück kann er mitfahren, hinten auf der offenen Ladefläche. Es fällt ihm schwer hochzukommen, und während der Beifahrer die Tür halb aufhält und zurückblickt, zwängt er sich mit dem ganzen Leib über die Planke, sieht dabei unklar vorne das Gesicht.
Sie fahren gleich an. Er schiebt sich rückwärts über die leere Fläche zum Führerhaus, um sich dort anzulehnen. Das Blech ist heiß, auch die Ladefläche, er muß die Augen zukneifen, weil er die Sonne im Gesicht hat. Dann spürt er den Fahrtwind, der ihm um den Kopf loht, trockene Waldstücke ziehen vorbei, Getreidefelder, verbrannte Weiden ohne Vieh und langsamer eine Ortschaft, von der er kaum etwas sieht, weil durch das Stoßen, das Bremsen die

Krämpfe wieder begonnen haben, so stark, daß er sich an die Planken klammert und vorbeifährt an starrenden Gesichtern, bis alles wieder schneller wird, nicht so schnell wie der Wagen, der näher kommt und sie überholt mit einem seltsamen saugenden Geräusch, oder der andere, der jetzt näher kommt aus der Ferne, auf den er warten will, ehe er klopft, der nur ein Blitzen ist, dann ein schwarzer glänzender Körper, der dicht über der Straße schwimmt, der jagt ihn, der treibt ihn weiter, und mit geschlossenen Augen wartet er, er zieht die Beine an und streckt eins wieder aus, um es besser auszuhalten, er reißt die Augen auf und sieht nichts als das pulverige blendende Licht und etwas, das sich darin entfernt, als würde es fortgerissen, und mit der Faust beginnt er hinter sich an das Führerhaus zu schlagen, gleichmäßige, bumsende Schläge, die in seinem Kopf dröhnen, bis der Wagen steht.
»Was ist?« ruft jemand.
Er rutscht über die Planke und sieht einen der Männer aus dem Führerhaus kommen, geht vorgebeugt vorbei und beginnt den Abhang neben der Straße emporzuklettern, mit beiden Händen in das Gras fassend. Der Motor läuft weiter, die Tür wird zugeschlagen, es ist ihm gleichgültig, daß sie abfahren, er ist einverstanden. Halb auf den Knien kriecht er in das Gebüsch. Durch die Zweige, an denen er sich festhält, sieht er seinen Koffer unten neben der Straße, dahinter Felder, Obstbäume und ein Dorf. Er will sich etwas aufrichten, aber das Pumpen beginnt wieder, und sein Gesicht ist sofort naß. Er sieht nur die Hände, legt die Stirn auf die Handrücken. Er überlegt, ob er sich hinlegen soll, seitlich, auf die Seite.

8

Er hat gedacht, sie sei wieder nach Hause gegangen. Irgendwo muß sie umgekehrt sein. Und er stand noch da, las Beaune, Fontenay, Ausflüge nach Beaune, der Hauptstadt des Burgunders, sowie nach Fontenay. Auf dem Plakat war ein roter, nach hinten spitz zulaufender Zug, der einen blauen Schatten warf, der Schatten war hochgeklappt, als stünde der Zug vor einer Wand oder als stünde ein blauer riesenhafter Zug ohne Fenster neben dem roten Zug. Er wußte nichts über Fontenay und hatte sich gefragt, weshalb keine Erklärungen dabei waren wie bei Beaune. Vielleicht war sie in diesem Augenblick an ihm vorbeigegangen. Der Plakatständer war brusthoch, eine Brustwehr, hinter der er einige Zeit stand. Der rot-blaue Doppelzug ging quer darüber, und über dem Streifen standen die Namen der Ausflugsorte, die alle zu erreichen waren von einem bestimmten Punkt. Er hat ihn vergessen. Die Namen waren eingerahmt und durch dünne schwarze Striche miteinander verbunden. Die unteren wurden von dem blauen Schatten bedeckt.
Das ist hier dasselbe Blau, aber flockig, stellenweise aufgehellt, ein dunstiges Hellblau, in dem er zum erstenmal diese milchigen nebelhaften Stellen sieht. Der Zugschatten war dunkler. Dunkel und stumpf. Unter der Glasur hat er die Unregelmäßigkeiten nie gesehen. Es ist eine glatte blaue Oberfläche mit scharfen hellen Fugen zwischen den Kacheln. Die Figuren sind weiß wie die Seifenspritzer rings um den Waschtisch, oder es ist Zahnpasta, grelle, weiße Flecken. Es ist schmutzig hier, das Waschbecken innen grau, mit zwei übereinanderliegenden Schmutzringen und darüber der bespritzte halbblinde Spiegel. Sie hat das alles aufgegeben, hat es liegengelassen. Aber in seiner Vorstellung putzt sie dauernd daran herum. Braune Leimspuren sind auf den Kacheln von den abgerissenen Handtuchhal-

tern, und alles hängt an dem einen Brett, der Wäschesack, die Bademäntel und Schlafsachen, die Frottiertücher und weißen Gesichtshandtücher dazwischen, zusammengeklumpt und feucht. Es war eine seltsame Idee von ihr, ihm zu sagen, stell dir vor, ich wäre tot. Jetzt kann er ihre Sachen abhängen. Dann kommt sie vielleicht nach Hause. Er wird ihr sagen, ich habe nicht mehr mit dir gerechnet. Das ist ganz im Sinne ihrer Bemerkungen über Unabhängigkeit.
Aber als er vom Bahnhof zurückfuhr, war er überzeugt gewesen, sie sei hier.
Im Waschbecken liegen ihre Haare, verfilzt und halb in den Abfluß gerutscht, und in dem angetrockneten Seifenschaum kleben seine Barthaare, das pulvrige graue Gehäcksel aus dem Rasierapparat, kleine Punkte in den Schmutzringen. Alles ist verdreckt, die ganze Wohnung hat sie verkommen lassen. Etwas ist bösartig daran, etwas ungewollt Bösartiges, ein hämischer Beweis, daß sie nicht mehr konnte. Stell dir vor, ich wäre tot. So theoretisch war sie geworden, zu ihm, der doppelt so alt war, von ihrem möglichen Tod zu sprechen. Aber jetzt, in dem Schmutz, der Unordnung, die sie hinterlassen hat, kann er sich das vorstellen. Er lebt, sie ist tot, er lebt weiter in der langsam verrottenden Wohnung.
Es roch, als er nach Hause kam, ein fauliger Geruch aus dem Ausguß in der Küche, wie er manchmal in Wohnungen ist, in denen sich wochenlang niemand aufgehalten hat, Wohnungen mit geschlossenen Fenstern und heruntergelassenen Rolläden, in die man nach einer Reise zurückkommt. Es sind sicher Teeblätter und Gemüsereste, die in dem gebogenen Klärrohr unter dem Ausguß faulen und zu einem schwarzen Schlamm werden, durch den das Wasser nur noch langsam fließt. Das ist schon lange so. Er hat nicht gemerkt, wann es anfing. Vielleicht hat sie allmählich nachgelassen, und der Schmutz, die Unordnung haben unmerklich zugenommen. Die verdrehten Mäntel am Kleiderreck im Flur hat er immer schon gesehen, Sommer- und Wintermäntel, Jacken und Regencapes, die nie in den Schrank gehängt wurden, langsam verstaubten und ihre Form verloren, weil sie schief und verbeult auf den Haken hingen, zufällig, wie es gerade kam, mit herunterhängen-

den Gürteln und halb nach innen gezogenen Ärmeln, er hat sie oft glattgezogen, aber nie begriffen, daß dies das gleiche war wie hier im Badezimmer, die gleichen dicken Stoffklumpen, Staubfänger, daß es das gleiche war wie die Ansammlungen von leeren Putzmittelpackungen, Flaschen und Tiegeln im Badezimmer auf dem Fensterbrett, in der Küche auf dem Besenschrank. Er hat das nicht ernst genommen, weil er nicht anders von ihr denken konnte, als daß sie ordentlich war, sauber, eine schnelle, energische Arbeiterin, die die Wohnung in Schuß hielt und es ablehnte, eine Putzfrau kommen zu lassen. Erst in den letzten Tagen war ihm aufgefallen, daß sie alles verkommen ließ.
Er nimmt ein Putzmittel vom Fensterbrett, bestreut das ganze Becken mit dem weißen Pulver, dann nimmt er ein Handtuch, macht einen Zipfel feucht und wischt die Zahnpasta vom Spiegel ab. Mit dem zusammengeknautschten Tuch reibt er ihn trocken, läßt Wasser laufen und reibt mit dem Stoffballen im Becken herum. Er sieht, wie es weiß wird, wie der graue Schaum abläuft. Auch dieser Ablauf ist verstopft, das Wasser versickert, und ein kleiner Schaumhügel bleibt zurück. Er macht alles sauber, auch außen, bis das ganze Becken weiß ist. Mit dem Handtuch geht er in die Küche. Sie hat auch hier nicht aufgeräumt oder mitten im Aufräumen aufgehört, das Geschirr von mehreren Tagen steht auf dem Kühlschrank, sie hat es noch abgespült und anscheinend so trocknen lassen, er sieht es an den Gläsern, die beschlagen sind, trüb, sie haben einen trüben, grauen Belag. Er macht den Kühlschrank auf. Auf dem mittleren Rost steht ein Teller vom Frühstücksgeschirr mit ein paar Scheiben Hartwurst und einer flachen Blechbüchse, in der noch ein Rest grauer Leberwurst ist. Er nimmt das heraus und einen Würfel Margarine, um sich ein Brot zu machen, wischt aber erst mit dem Handtuch über die Anrichte. Hinter ihm springt der Motor des Kühlschranks an, das Geschirr klirrt. Er ißt, an den Kühlschrank gelehnt, und hat den Eindruck, daß der Motor schneller läuft, zwei Gläser sind aneinandergerutscht und beginnen zu klingeln, unter den schnellen kurzen Stößen ist eine Drehbewegung, die gleichmäßig weiterläuft, plötzlich schaltet sich der Motor

ab. Als ob es eine Neuigkeit wäre, die er eben erst verstanden hat, denkt er, daß er allein ist.
Er geht in Carlas Zimmer. Jetzt kann er ja hier sitzen, jetzt hat er ein Zimmer mehr. Fliegen jagen sich unter der Lampe, es ist lautlos oder fast lautlos, ein Umherschwingen von drei schwarzen Punkten über seinem Kopf. Wenn eine Fliege, eine andere einholt, kann er ein Schwirren hören, sekundenlang fliegen sie doppelt so schnell. Er hat Brotreste im Mund, oben hinter den Schneidezähnen, und den pfeffrigen Geschmack der Wurst. Auch am Fenster ist eine Fliege die von unten nach oben läuft, genau senkrecht. Die Fliege ist größer als die anderen. Heute nacht in der Dunkelheit werden sie alle an den Wänden sitzen. Vorher will er sie totmachen, bevor er schlafen geht, totmachen oder das Fenster aufmachen, um sie hinauszujagen. Vielleicht sitzen sie dann draußen an der Hausmauer oder in dem Baum vorm Fenster. Die große Fliege ist oben unter dem weißgestrichenen Rahmenholz, und auf der Scheibe sitzt eine andere in der Nähe des Griffs. Der schwarze Griff, der schräg steht, den sie nicht fest herumgedreht hat, an dem die Fliege hochläuft, er kann sie nicht mehr sehen. Alles nimmt zu, hier und in den anderen Zimmern. Die Zimmer sind Ansammlungen von Sachen, die ohne ihn da sind, die ihm zeigen, daß sie fort ist, zurückgebliebener Kram, wie die Blusen, die seitlich am Schrank hängen, als sollten sie gleich eingepackt werden, die grüne Bluse über der weißen, die er durch das Armloch sieht. Die grüne Bluse ist etwas kürzer, unten hängen die weißen Manschetten heraus, es ist die Bluse mit den goldfarbenen Knöpfen. Sie muß sie in der Hast vergessen haben.
Nicht lange, nachdem er gegangen war, hat er sie unten über den Platz zur Straßenbahn laufen sehen. Sie war im Kostüm, trug Koffer und Reisetasche, zwischen den Bügeln der Tasche lag ein Schirm. Sie lief immer nur zwei, drei Schritte, die wie kleine plumpe Sprünge waren, dann ging sie wieder. Zufällig hatte er die Gardine beiseite geschoben, da sah er sie in einem vorwärtsstolpernden Sprung, sie war das erste, was er sah, dort an der Ecke der Steinmetzwerkstatt, es kam viel zu plötzlich, aber er wußte, daß sie floh und dabei glaubte, nicht von ihm gesehen zu

werden. Am meisten wunderte er sich über ihre Umsicht und Schnelligkeit. Eben war er gegangen, und jetzt lief sie schon dort, umgezogen, mit ihrem Reisegepäck. In der grellen Sonne erschien sie ihm als eine fremde, kompakte, etwas schief gezogene Figur, die mit Anstrengung auf die Bahn zulief, wie er das oft gesehen hatte, ein Vorgang, den er kannte. Sie hob den Koffer hinein, die Tasche und stieg nach mit zwei großen ruckartigen Schritten, ohne sich umzusehen. Er dachte, daß jetzt in zwei Geschäften seine Zettel wegen der Putzfrau hingen, seit heute auch im Milchladen innen an der Tür über der Klinke, es war besser als eine Anzeige, er hatte es ihr gesagt. Er hatte ihr gesagt, ich verspreche mir etwas davon. Darauf hatte sie nicht reagiert, aber etwas später hatte er sie im Flur mit dem Teppichkehrer gehört, oder es war umgekehrt, er war nach Hause gekommen mit den Einkäufen und hatte sie damit arbeiten sehen. Es stimmt, daß sie ihm nicht geantwortet hat. Er mußte an ihr vorbei mit der Tasche, und im Flur bewegten sich ihre hellen Arme.
Er verstand das alles nicht, die Vorwürfe, die sie ihm machte wegen Günther, oder doch, er verstand das, aber sie wußte ja selbst, daß er nichts ändern konnte, damals, sie wußte es ganz genau. Die Straßenbahn fuhr ab, schien noch einmal zu halten in der engen Kurve, bevor sie verschwand und die nächste Bahn um das Rondell kam, er sah, wie das Richtungsschild wechselte, dann zog sie am Fenster vorbei, hellgelb, mit der roten Weinbrandreklame und leeren Wagen.
Alles stellte sich wieder her, eine Täuschung, an die er glauben konnte, in der jetzt weit weg dieses kleine Bild war, sie, mit dem Koffer, der Tasche, ihre kleinen plumpen, eiligen Sprünge, während sonst alles träge war, langsam, ein stiller sonnenbeschienener Platz mit einer Straßenbahn und grünen Birken, deren Laub sich nicht bewegte.
Sie war jetzt im Zug, sie mußte an ihm vorbeigekommen sein mitten in der Menge, die über den Platz kam, unten durch die aufgestellten Türen in der Glaswand, von den Straßenbahnen her, über den leicht abfallenden Platz, den er zu überblicken versuchte durch die Halle, den Lärm, das Durcheinander der Stimmen und Schritte, in dem er immer

zu hören glaubte, wie etwas Dringendes, Wichtiges gerufen wurde, näher und ferner, nie so, daß er es verstehen konnte, es waren viele einzelne Stimmen, die alle ähnlich klangen, so daß er schon glaubte, es sei eine fremde Sprache, irgendeine südländische Sprache oder mehrere durcheinander, verteilt über den ganzen Raum, in dem überall dieses Hallen war, während die Bewegungen für sich waren, abgetrennt von den Stimmen, auch von den Schritten, dem Laufen, das er um sich herum noch hören konnte, es waren schnelle, lautlose Veränderungen überall, auf die er achten wollte, Gruppen, die sich auflösten, einzelne hintereinander und Paare, ganze Reihen, die unten durch die aufgestellten Schwingtüren kamen, und die Stimmen waren darüber, irgendwo an schnell wechselnden Stellen in der Halle, sie riefen dazwischen, laut und unverständlich, während beinahe gleichmäßig das schnelle Vermischen und Durcheinanderlaufen weiterging, in dem er sie zu sehen hoffte, plötzlich, mit dem Koffer und der Reisetasche, in genau derselben halb laufenden springenden Bewegung wie vorhin. Aber sie kam nicht. Er vergaß momentweise, weshalb er hier stand. Er sah auf die große hellgraue Glaswand, die dunklen Rippen, die Unterteilungen, in diesen Augenblikken war es still in ihm, es ging nichts in ihm vor, und erst danach, wenn er zu Bewußtsein kam, merkte er, daß eben nichts gewesen war und er nur dagestanden hatte, mitten in der Bewegung, dem Lärm der Halle, durch die sie gleich eilig kommen mußte, mit dem Gepäck, ahnungslos, daß er sie gesehen und mit dem Taxi überholt hatte, um sie hier abzufangen oder nur um hier zu stehen, stumm, mitten auf ihrem Weg, sie ansehend, ohne zu sprechen, aber sie kam nicht, es war immer nur das Laufen, das Gehen, das Erkennbarwerden und Vorbeiströmen der Gesichter, in dem er stand und wieder an Versöhnung dachte, vielleicht nur weil er nichts festhalten konnte, aus einem Mangel an Energie, aber manchmal auch weil ihm alles als ein Irrtum erschien, der sich aufklären mußte, sobald sie kam und sie sich beide schon von weitem erkannten, obwohl er sich nichts weiter vorstellte, wie immer, wenn er mitten in einem Streit auf einmal dachte, daß alles gut sei, und ihr das sagen wollte oder darauf wartete, daß sie es begriff, es war dann nichts weiter in ihm als eine vage Geduld, oder auch das nicht.

Irgendwann war sie an ihm vorbeigekommen, abwesend wie er und vielleicht ganz dicht, ohne ihn zu erkennen. Vielleicht hatte sie ihn erkannt. Als er sie nicht sah, hatte er geglaubt, sie sei umgekehrt. Es war nicht anders vorstellbar, sie im Kostüm mit Koffer und Reisetasche eilig durch die Halle kommend, dieses Bild hätte ihn geweckt. Einen Augenblick hatte er vor dem Plakat gestanden, von dem er nur noch die beiden Ortsnamen wußte, Beaune, Fontenay, da mußte sie schon vorbei sein, wenn nicht etwas sie aufgehalten hatte, wenn sie nicht umgekehrt war, aber vielleicht kam sie gerade in diesem Moment. Er hatte da gestanden und geglaubt oder zu glauben begonnen, sie sei zu Hause, aber auch da hätte er sie sehen müssen, wenn nicht ihre Verstörtheit sie verändert hatte, so daß sie vielleicht ganz anders kam, langsam, unauffällig durch Langsamkeit an ihm vorbeikam, ohne ihn zu erkennen. Er hatte kurz hinter dem Plakat gestanden und die Namen gelesen. Die Orte waren Punkte oder Kreise, einfache oder doppelte Kreise, oder Dreiecke mit schwarzen Punkten darin, schwarz ausgefüllte Kreise, die genau eingepaßt waren in die Dreiecke, auf deren Spitze kleine Fähnchen saßen, starre schwarze Zipfel oder gewellte rechteckige Flächen, am Ende mit einem spitzen Einschnitt von beiden Ecken her.

So war es nicht, so war es nicht gewesen, das waren die Markierungen auf einer Wanderkarte, die er bei ihr gesehen hatte, als sie sich vorbereitete auf einen Schulausflug, auf dem Plakat waren Linien, die mehrere Punkte miteinander verbanden, also auch Punkte, und in der Mitte ein Kreis. Er wußte nicht mehr, wie es war, er schien geträumt zu haben, ruhig geworden aus Erschöpfung, wenn er überhaupt erschöpft war und nicht eher in einem anderen Zustand, den er nicht richtig benennen konnte, ausgehöhlt, hohl geworden, jemand, der nur noch mitmachte, wenn man ihm dauernd sagte, was er tun sollte, von dem aber alle heimlich auf Verabredung fortgingen und der dann stehenblieb, wo er stand.

Sie hatte ihm klargemacht, daß er aufgeben solle. Er hatte

immer nur reagiert. Er hatte sich wiederholt, das war es, was sie so aufregte, seine Hartnäckigkeit. Aber er war nicht hartnäckig, sondern wiederholte sich nur, er konnte nicht anders, es waren die Worte, die Gedanken, die kamen, auch bei ihr, und sie war so müde wie er immer zu sehen glaubte, während sie stritten, den Streit weiterschleppten und dann vielleicht abbrachen, weil sie kochen mußte, weil er einkaufen ging, weil sie aßen oder jeder für sich in seinem Zimmer saß, bis es beim nächsten Anlaß wieder begann.

Er hatte immer versucht auszuweichen, hatte kleine Spaziergänge zum Grüngürtel gemacht, vorbei an der Kranzhalde des Südfriedhofs, dem braunen modernden Berg, aus dem noch die Reste weißer und roter Schleifen hervorsahen, Grußworte, die er nicht lesen konnte, und der zerbröselnde Umriß eines Kranzes, Kranzstücke, braun und krümelig, die halb versunken waren in dem torfähnlichen Berg, der doppelt so hoch war wie er und lang, eine langgestreckte, nach hinten flacher werdende Halde, dort lagen die jüngeren Kränze, welkende Blumen, schwarz gewordenes moderndes Zeug, aber dort, wo er stand und durch das Tor blickte, war der Berg braun und trocken wie Gartenerde, roch warm, aber nicht faulig, ein warmer Erdgeruch, es war schon fast eine Erdhalde zwischen den Holunderbüschen, die hier überall wuchsen, alte, ineinandergewachsene Sträucher vor allem zum Weg hin, die durch den schadhaften Drahtzaun kamen, ihn überwucherten mit dem dunkelgrünen, staubbedeckten Laub. Er hatte immer einige Augenblicke da gestanden und durch das Tor geblickt, das anscheinend nie benutzt wurde, weil es mit einem Draht zugemacht war, ein zweiflügeliges rostiges Tor mit Resten einer stumpfen grauen Farbe, das irgendwo ausgehängt und hier eingesetzt worden war, an diesem nie benutzten Hintereingang, an dem unten Gras und Brennesseln hochwuchsen, Brennesseln und Wegerich, das dichte, überall hochgeschossene Unkraut, das in einigem Abstand um den braunen Berg herumwuchs, weil er manchmal, im Frühjahr vielleicht, größer war und es dann erdrückte. Es war eine brütende Stille in diesem verwucherten Grundstück trotz der Vögel, die hin und her flogen, die auf dem Boden herumliefen, auf der Kranzhalde und wieder in den

Büschen verschwanden mit einer kleinen Bewegung im Laub, vielleicht machten sie spürbarer, wie still es hier war, sie und hinten am anderen Ende der Halde der blauweiße Kran, der dort immer stand mit heruntergelassenem Greifer. Er war dann weitergegangen, diesen Weg schien kaum jemand zu benutzen, manchmal ein Mann auf einem Fahrrad, der hier abkürzte oder in einen der angrenzenden Gärten wollte, in die schmale Fußwege hineinführten zu grünen und blauen Holzbuden. Meistens ging er bis zu der Stelle, wo er links im Feld die Rohbauten sehen konnte, große, parallel stehende Gebäude, zum Teil in Gerüsten, die Erde war ringsum aufgewühlt, von den Räumern zusammengeschoben zu braunen Wällen, Sand war angeschüttet, Kieshaufen, zwischen denen die kalkigen, zementbestaubten Baubuden standen, die Mischmaschinen und Kräne und lange graue Stapel von Schwemmsteinen, er war da stehengeblieben und blickte hinüber, wo immer wenig Bewegung war, auch wenn ein Kran sich drehte, bei einem Lastwagen geschaufelt wurde, die Arbeiter waren vielleicht innen in den Gebäudeblocks, oder er kam, wenn sie schon fort waren und nur noch einige blieben, Wächter oder Monteure, die ihre Arbeit noch fertig machten.

Er blieb nie lange dort stehen, ließ nur einfach etwas Zeit verstreichen, bis er nach Hause ging, und jedesmal war sie ruhig, war mit etwas beschäftigt oder saß in ihrem Zimmer. Er konnte nicht damit rechnen, daß sie plötzlich fortlief. Gleich nachdem er die Tür hinter sich zugezogen hatte, mußte sie angefangen haben mit dem Packen. Sie war in ihr Zimmer gelaufen, hatte den Schrank aufgemacht und ohne zu überlegen Kleider und Blusen herausgerissen, viel zu viele, alle, die sie gerade zu fassen bekam, alle ihre Sommersachen. Sicher hatte sie nicht damit gerechnet, daß er im Hönninger Hof saß, von wo er den Platz übersehen konnte, denn sonst wäre sie zum Zollstockgürtel gelaufen und dort eingestiegen, aber vielleicht erschien ihr das zu weit mit dem schweren Koffer, oder sie sah ihn nicht, dachte an nichts und lief aus Gewohnheit zum Hönninger Platz. Er hatte Durst gehabt, hatte in der Küche Wasser trinken wollen, aber sie kam ihm wieder entgegen mit dem rosa gepuderten Gesicht, den nachgezogenen Augenbrau-

enbögen, auf den Tränensäcken saßen kleine körnige rosa Placken, die wie eine Hautkrankheit aussahen.
Der Streit hatte wieder angefangen, er hatte nicht richtig geantwortet, weil ihn der Puder unter ihren Augen störte, die ihm sehr groß erschienen waren, groß und übertrieben, erst unten auf der Straße war ihm wieder eingefallen, daß er etwas trinken mußte.
In der Kneipe war niemand außer dem Wirt, der in den Hofräumen verschwand, dann wiederkam und anfing Gläser zu spülen. Er hatte sein Bier langsam getrunken, um sich nicht den Magen zu erkälten. Die Vorhänge waren zugezogen, es war still, das Weißblech der Theke, die Gläser, die glatten Holztische, das leise platschende Spülgeräusch hatten ein Gefühl der Kühle erzeugt, sehr angenehm, auch der säuerliche Biergeruch, der Geruch von Hefe und Holz. Er hatte den Vorhang beiseite geschoben, um auf den Platz zu sehen, da kam sie vorbeigelaufen, schiefgezogen, mit ihrer Reisetasche und dem Koffer, der viel zu voll war und sich beulte. Sie hatte viel zu viel mitgenommen für eine kurze Reise. Das war nicht nur ihre Hast, nicht das eilige Packen, sondern ein gegen ihn gerichtetes Gefühl, das sie überkommen haben mußte, während sie immer mehr hineinstopfte, sie wollte gründlich sein, sie wollte nichts zurücklassen. Es war eine Trennung, ihr Wunsch, daß er tot wäre. Weil er immer noch da war und lebte, fuhr sie weg. Er hatte davon nichts verstanden, während er ihr nachsah, und nur gemerkt, wie er wütend wurde, als wäre er hereingelegt worden, und wollte dagegen protestieren.
So war er zu den Taxis gegangen. Er hatte das Gefühl gehabt, daß sie jetzt etwas tat, was er nicht durchgehen lassen dürfe. Er hatte auch recht, aber das änderte nichts. Sie fuhr jetzt zu Günther, um sich mit ihm zu besprechen. Das war schon fast ein Bündnis, obwohl er sich nicht einmal vorstellen konnte, wie sie sich trafen. Wie war das, gaben sie sich die Hand, machten sie einen Versuch, sich zu umarmen?
Er hätte nichts gegen Günther sagen dürfen, Günther, der ihn hintergangen hatte und diese Krankheit nur vortäuschte, um entschuldigt zu sein, oder der damit ihr Mitleid erregen wollte, sein und vor allem ihr Mitleid. Oder

vielleicht war er auch krank. Alles ging schlecht aus mit ihm. Sie war stumm und erregt zurückgekommen, als sie Günther angerufen hatte nach seinem zweiten Telegramm. Er hatte in ihrem Zimmer das Radio angemacht, ziemlich laut, weil er in der Küche war, und sie ging gleich hinein und machte es aus. Zuerst hatte er geglaubt, sie ärgere sich darüber, daß er wieder in ihrem Zimmer war, aber als sie ihm sagte, daß sie mit Günther telefoniert habe, war das für ihn der Grund gewesen, er hatte angenommen, daß sie über Günther empört sei. Er hätte nicht auf Günther schimpfen sollen. Aber er war enttäuscht gewesen und brauchte irgendein Einverständnis mit ihr, sie sollte ihm zustimmen, daß Günther schuld war, wenn nichts mehr aus seinen Plänen wurde, wenn er das Haus nicht mehr kaufen konnte, Günthers Unzuverlässigkeit, sein haltloser Charakter, er wollte das nicht sagen, es war sein Junge, aber er war so enttäuscht, und es verschaffte ihm Erleichterung. Er mußte nur reden, um sich daran zu gewöhnen. Sie hatte nicht viel gesagt, nur das Nötigste, daß Günther Laaths nicht gefunden habe, daß er krank sei, krank in einem Gasthof liege und behaupte, kein Geld mehr zu haben. Das sagte sie etwas anders, kritischer, er habe es durchgebracht, und deshalb war er überrascht, als sie anfing, ihm Vorwürfe zu machen, er sei schuld, seine Ansprüche, seine fixen Ideen, er merkte, daß sie das alles für sich gedacht hatte, es lag bereit für ihn, ihre Meinung, ihr Bild von ihm, gegen das er sich zu wehren versuchte, sie saßen sich gegenüber, es war ein zäher konfuser Streit, in dem sie beide noch immer so taten, als müßten sie sich korrigieren, um sich besser zu verstehen. Er war dann gegangen.

Wahrscheinlich hatte sie das erschreckt. Sie war hinter ihm hergekommen, wortlos mit einem erschöpften, verkrampften Gesicht, an der Garderobe hatte sie ihn festgehalten und seinen Rücken abgebürstet. Er hatte nichts sagen können, sie auch nicht, auf dem Rücken hatte er ihre kurzen, heftigen Striche gespürt. Im Augenblick war ihm das vorgekommen wie eine stumme Versöhnung, und er war ganz sicher gewesen, daß er und sie sich nie trennen könnten. Vielleicht hatte sie das auch so empfunden und war unglücklich darüber, es bedeutete jedenfalls nichts, denn als er zurückkam und erzählte, er sei beim Makler gewesen, hatte der Streit wieder angefangen, sie hatte ihm seine Hartnäckigkeit vorgeworfen, sie waren wieder auf demselben Punkt. Sie wollte das Haus nicht. Es war nicht die Aussichtslosigkeit, was sie erregte, nicht daß er sich etwas vormachte, sondern im Gegenteil ihre Angst, daß er es vielleicht doch irgendwie noch erreichen könnte, oder, wenn das unbegründet war, einfach der Gedanke an das Haus, das Reden über das Haus, das Bild davon, das er vor ihr und Günther aufgebaut hatte, wahrscheinlich wollte sie nur von ihm fort.

Wahrscheinlich, wieso wahrscheinlich, er wußte es doch, wußte, daß sie das Haus nicht wollte, aus demselben Grund, aus dem er es sich wünschte, er wußte das alles, es waren keine Neuigkeiten, aber trotzdem war er zum Makler gegangen und hatte neue Pläne besehen. Er hatte ihr beweisen wollen, daß er kein Phantast war. Es gab immer noch Möglichkeiten, wenn man sich einschränkte, Eigentumswohnungen oder Reihenhäuser, die etwas außerhalb der Stadt straßenweise gebaut wurden. Er hatte die Lichtpausen betrachtet, die Fluchtlinien und Grundstücksgrenzen, und etwas hatte sich in seinem Kopf verschoben, er hatte gedacht, daß sie und Günther sofort zustimmen würden, wenn er ihnen vorschlug, eines dieser kleinen Grundstücke zu kaufen, die sie sich immer noch leisten konnten, auch jetzt noch, er hatte gedacht, daß es Carla versöhnen müsse, wenn sie sah, wie schnell er sich umstellte und eine neue Lösung suchte, die für sie alle gut war, vor allem für Günther, der dann zu ihnen ziehen konnte, der das brauchte, ein Haus, ein Dach, der das immer entbehrt hatte und deshalb vielleicht entschuldigt war, wie sie sagte, obwohl er anders darüber dachte, aber er wollte keine Vorwürfe machen, nicht mehr davon reden, er hatte vor den Lichtpausen gestanden, dumm und blind durch sein Bedürfnis nach Harmonie.

Es war immer so mit ihm. Er begriff etwas, dann vergaß er es wieder. Während der Streit sich fortschleppte, hatte er sogar noch geglaubt, daß sie zusammen verreisen würden, auf seinen Spaziergängen hatte er sich das ausgemalt und es wieder vergessen, wenn es zu unglaubhaft wurde, wenn er zurückkam in die Wohnung, die sie kaum noch verließ und in der, ohne daß er es wahrnehmen wollte, die Verrottung zugenommen hatte, die Stoffklumpen an der Garderobe dicker wurden, der Geruch des Spülbeckens in die Zimmer eindrang und sich festsetzte, der Gedanke verschwand dort, als schöbe er ihn fort, um nicht entmutigt zu werden, als höbe er ihn in sich auf, geschrumpft und verborgen, um ihn wieder hervorzuholen, wenn er allein war. Wir müßten einfach verreisen, sagte er sich. Er begann mit dieser Floskel und begann schon zu glauben, daß dies die Lösung sei und daß sie sich heute noch entschließen könnten. Es sollte ja keine weite Reise sein, nur in den Westerwald, nach Dreifelden oder Freilingen, wo sie vor zwei Jahren gewesen waren, sie mit ihm, bei Leuten, die zum erstenmal annoncierten und noch keine anderen Gäste hatten außer ihnen. Sie waren allein da und hatten morgens im Garten gefrühstückt, wo der Tisch schon gedeckt war, wenn er als erster erschien und auf Carla wartete, die auch früh aufstand, weil sie zum See wollte, er klopfte immer an ihre Tür, wenn er fertig war im Badezimmer, und ging dann nach draußen, ging ein bißchen im Garten herum, bis sie kam. Sie waren allein, er bediente sie. Manchmal kam die Frau und fragte, ob ihnen etwas fehle, bot an, mehr Brot zu bringen, mehr von dem Pflaumenmus, das sie eingekocht hatte, mehr Kaffee. Er erinnerte sich daran, sie hatten es meistens gemeinsam abgewehrt, aber wenn Carla Brote strich für den Vormittag, die sie mitnahmen zum Baden, war die Frau an ihren Tisch gekommen und hatte sich mit ihnen unterhalten. Der Mann arbeitete bei der Bahn, und sie war froh, daß sie Gäste im Haus hatte, weil er oft fort war. Sie konnte keine Kinder mehr kriegen, erzählte sie, hatte eine Operation gehabt. Manchmal ging sie nachmittags zu ihrer Schwester ins Nachbardorf. Dann blieb er mit Carla allein in dem Garten am Rande des Dorfes, das ausgestorben war um diese Zeit, die Bauern waren auf den Feldern, die Feriengäste am See, erst abends wurde es lebendiger, wenn die Postbusse mit den Leuten kamen, die auswärts arbeiteten.

Der frühe Nachmittag war die stillste Zeit, sie hörten in ihrem Garten nichts außer den kleinen braunen Heuschrekken, die weiter oben am Hang in dem dürren Gras saßen, oder manchmal das ferne langsame Tuckern eines Treckers, so leise, daß er es vergaß oder darüber einschlief, das Geräusch löste sich auf in der Luft, er schloß die Augen, um das Rot zu sehen, die Wärme, die durch die Lider kam, und es war schön, sie nur einen Spalt zu öffnen und etwas entfernt in dem verschwommenen Grün Carla zu sehen, die dort im Liegestuhl lag und las, Bücher und Zeitschriften neben sich ins Gras gelegt hatte, manchmal spürte sie, daß er sie ansah, und blickte zu ihm herüber, dann sprachen sie, die Köpfe zurückgelegt, die Arme auf den Lehnen, mit flachen, eingeschlafenen Stimmen, die erst allmählich wieder zu sich kamen.

Meistens machten sie noch einen kurzen Spaziergang ins Dorf hinunter und dann am Waldrand wieder zurück. Oben, wo sie wohnten, standen nur vereinzelte, zum Teil noch unverputzte Schwemmsteinbauten mit gelben gewellten Vordächern aus Kunststoff über den Hauseingängen und niedrigen Gartentoren, die einen frischen Anstrich hatten, meistens grün, ein dunkles Grün auf dem dicken Eisenrohr, manche aber noch rot von Mennige, und vor den schwarzen geteerten Haussockeln waren kleine spärliche Steingärten angelegt, die Vorgärten waren trocken und kahl, aber zwischen den Häusern lagen Wiesenstücke mit hohem, dichtem Gras, in dem Inseln von Schafgarbe standen, dichtbelaubte Apfel- und Birnbäume, die nicht mehr viel trugen, unter denen Schafe angepflockt waren, obwohl die Wiesen sonst nicht mehr benutzt, anscheinend auch nicht mehr gemäht wurden. Vielleicht waren die Grundstücke schon verkauft und sollten bebaut werden. Die Böschung fiel steil zur Straße ab, die Zäune waren niedergetreten. Sie gingen langsam den Berg hinunter, über die gebuckelte festgewalzte Lehmstraße mit den zugewachsenen Abflußgräben zu beiden Seiten, über die von den Vorgärten schmale Betonstege führten, innen hohle graue Steine. Unten, ein Stück hinter dem Ortsschild, kamen sie auf die Hauptstraße, er hatte Carla neben dem schwarzgelben Schild stehend fotografiert, das braune Fachwerk der ersten Hausgiebel war zu sehen, der Anfang des alten Ortskerns, durch den die Asphaltstraße führte. Sie gingen

immer auf der linken Seite, hintereinander, obwohl kaum Verkehr war um diese Zeit und sie niemanden sahen außer vielleicht einer alten Frau oder ein paar Kindern, die bei den beiden Zapfsäulen der Tankstelle standen oder etwas weiter bei der Haltestelle des Postbusses, oder vielleicht stand auch da niemand, er erinnerte sich an Kinder, die mit nackten Füßen, Eis lutschend aus dem Konsumladen an der Hauptstraße kamen, und an die offenen Hofeinfahrten mit den Blechschildern der Feuerversicherung und der Raiffeisenbank, an Hühner, die da herumliefen zwischen Leiterwagen und Geräten und die vor ihnen in die Viehställe verschwanden, die meistens leer waren, aus denen aber noch dieser starke Milch- und Strohgeruch kam, der für ihn enthalten war in dem Geruch von trockenem Lehm, der das Dorf umgab, dem warmen lehmigen Geruch der Feldwege, zu dem auch der scharfe Geruch der Kamille gehörte, die in diesem Sommer überall wuchs. Es waren diese Nachmittage, die er am liebsten mochte, dieses langsame Gehen durch den Ort, um den Ort herum und zurück in den Garten.
Er wollte wieder dorthin. Aber für sie war es vielleicht anders gewesen, sie hatte sich gelangweilt. Einmal sagte sie, es ist alles häßlich hier. Er hatte sich darüber gewundert. Die Neubauten waren vielleicht häßlich, er wußte, was sie meinte, aber er hatte sich gewundert, daß sie es immer noch so sah. Häßlich, schön. Als sie es sagte, merkte er, daß er damit aufgehört hatte. Es kam ihm unwichtig vor. Es ist doch alles da, wollte er sagen. Bei wolkigem Wetter war das Laub des Kirschbaums über ihm dunkler. Die Regenrinne am Haus war grau. Am Zaun lagen zerschlagene Blumentöpfe, rötliche Scherben. Es war Sommer. Er sah seinen Bauch, die Beine vor sich im Liegestuhl. Wenn er einschlief, verschwand alles, wenn er aufwachte, war alles wieder da. Er sah den Garten, ein Stück der rauhen hellgrauen Hauswand, es war da, das Gras, die trockenen schwarzen Zweige innen im Baum. Er hatte ihr das zeigen wollen, damit sie verstand, was er meinte, wollte ihr erklären, daß es keine Häßlichkeit gab, auch keine Schönheit, aber er war unsicher, wußte nicht, was sie antworten würde. Statt dessen hatte er gesagt, es ist ruhig hier, ungestört. Sie war nicht darauf eingegangen, saß etwas abgerückt für sich, lesend in

ihrem Liegestuhl, die Beine lagen nebeneinander, entspannt, mit nackten Füßen, die sich manchmal aneinander rieben. Hinter ihr am Zaun wuchs Ackerwinde, weiße trichterförmige Blüten, die fast gleichmäßig verteilt in dem Grün hingen. Er sah sie da sitzen, sie gehörte dazu, überall, auf den Spaziergängen und hier im Garten. Er stellte sich vor, daß alles verschwinden konnte, was er sah. Das war dann der Tod, ein umgekehrter Tod, der außen begann.
Vielleicht war das wirklich so, er hätte sie gerne nach ihrer Meinung gefragt, aber sie las und war ungeduldig, wenn er auf dieses Thema kam. Er konnte nicht denken, aber er wußte, daß alles zusammenhing, was ihm einfiel. Zum erstenmal war er leicht und friedlich damit umgegangen, daß er alt war, und vielleicht hatte er deshalb angenommen, daß er ein Recht habe, wieder mit ihr dorthinzufahren, in diesem Sommer, diesen Ferien, und manchmal auf seinen Spaziergängen hatte er versucht, sich etwas zurechtzulegen, das er ihr sagen konnte. Ich bin alt, hatte er sagen wollen, das gibt mir ein Vorrecht, ich muß mich zurechtfinden, gerade jetzt, wo ihr beide euch verständigt habt, daß ich überflüssig bin, daß ich störe.
So hatte er es nicht gedacht, oder erst später, erst jetzt, jetzt ist sie fort. Am Schrank hängen ihre Blusen. Es ist still in der Wohnung, als wäre alles verstopft, die Türritzen, die Schlüssellöcher, oder als wäre er taub. Im Bahnhof hatte er gedacht, sie sei wieder hier und packe alles wieder aus. Langsam war er über den Vorplatz gegangen zu der Haltestelle der Bahnen. Er wollte ihr Zeit lassen. Zurückzukommen war nicht verrückter als Fortlaufen, deshalb hatte er gehofft, sie sei wieder da. Im Treppenhaus hatte er Angst bekommen, die braunen Türen, die schwarzgelackten Namensschilder mit den weißen Buchstaben hatten ihm angst gemacht, er hatte sie alle gelesen, auch seinen eigenen Namen, als er davorstand und in der Rocktasche nach dem Schlüssel suchte. Da wußte er es schon, oder er hatte es immer gewußt, die ganze Zeit, schon seit sie plötzlich gesagt hatte, stell dir vor, ich wäre tot. Sie stand in der Küche und bügelte, und er war gekommen, um etwas zu fragen, er suchte etwas, seine Manschettenknöpfe, und sie hatte sich erregt über seine Unselbständigkeit. Das war ein

altes Gespräch, dem sie plötzlich diese Wendung gab, er erinnerte sich daran, als er seinen Schlüssel suchte und den Namen las.

Lorenz, das ist jetzt nur er, draußen steht der Name, und er ist hier allein, sieht auf die beiden Blusen, auf den Schrank, auf dem oben ein Karton steht, in dem sie Stoffreste aufbewahrt, obwohl sie nie etwas flickt. Er hebt den Karton herunter. Es sind Stoffe von alten Anzügen, alten Kleidern, die sie beide nicht mehr tragen, auch lose Hemdkragen sind dabei, Manschetten zum Abknöpfen und gestreifte, spitz zugeschnittene Kragen. Er setzt sich, den Karton auf seinem Schoß. In den Krageneckcn stecken noch die Fischbeinstäbchen, er zieht sie heraus, um sie in seinen Schrank zu legen, befühlt die Schulterpolster, die stumpf gewordene brüchige Seide. Der Schottenstoff ist von ihrem Rock. Er beginnt wieder zu suchen, ob noch etwas Älteres darunter ist, wühlt zwischen den Lappen, ohne aufzupassen. Eben hat er gedacht, sie käme, mache die Wohnungstür auf. Sie steht da, ohne Koffer, ist nur in der Schule gewesen. Er sieht in den Karton, hat ihn noch in den Händen, als er zur Wohnungstür geht und durch den runden Spion sieht. Alles ist weit entfernt und gestreckt, der Treppenlauf, das graue Geländer, die Steinfugen, der Lichtschalter, der eingebaute Kasten mit den Sicherungen. Er trägt den Karton in ihr Zimmer und wühlt wieder darin herum, Lappen, Polster, alte Knöpfe.

Sie kommt jetzt nicht mehr, und sie soll es auch nicht. Er geht in sein Zimmer, deckt das Bett auf und beginnt sich auszuziehen. Das Unterzeug legt er auf einen Stuhl. Bevor er sich hinlegt, macht er die Tür zum Flur wieder auf. Er will ein Gefühl für die Wohnung behalten, alle Räume sollen mit ihm verbunden sein.

Vom Bett aus blickt er in den Flur, der grau ist, dunkel, mit den dunklen Formen der Mäntel und dem matten grauen Licht, das aus der Küche kommt. Die Tür hat sich wohl ein wenig bewegt, denn er kann nur einen Teil des Flurs sehen. Er sieht einen Schirm dort stehen, die Krücke, die offene, aus dem Futteral herausgezogene Bespannung. Der Schirm steht schräg in dem Ständer mit nach vorn hängender Krücke, die Bespannung ist ein schwarzer, spitz zulaufener

Keil. Wahrscheinlich hat er geschlafen, weil es schon so dunkel ist. Oder er hat dagelegen, und die Zeit ist vergangen, sein Bettzeug ist ein weißer verschwimmender Fleck. Über sich an der Decke sieht er schwach den Schatten des Fensterkreuzes. Jetzt ist im Flur alles klumpig und ungenau. Es ist sein Schirm, der dort steht, ihren hat sie mitgenommen, er liegt oben auf ihrer Tasche zwischen den Bügeln. Das Bild ist unvollständig, er sieht die Tasche, die Schirmspitze und ein Stück ihres Arms. Aber der Arm ist nackt, was nicht stimmen kann. Schattenhaft läuft sie, ohne Körper, es ist ein gedachtes Laufen, in dem manchmal Reste ihres Körpers sind, die Beine, der Rücken, das Gesäß. Wie ist sie denn gelaufen, warum? Sie läuft mit dem Schirm, Günther sagt, du hast ja den Schirm mitgebracht, weil er sich wundert, daß sie gekommen ist. Er steht prächtig angezogen mit einer leuchtenden Jacke im Bahnhof, sie kommt durch das Gitter und läuft auf ihn zu. Genau ist nichts zu erkennen. Der Verstand wehrt sich nicht. Es sind jetzt springende, atmende Flecken und das Gefühl des Laufens, in dem Teile von ihr auftauchen, verschiedene Erinnerungen. Das bedeutet, daß etwas nicht fertig ist, denkt er. Laufen, aufeinanderzulaufen. Sie läuft vorbei. Er entschließt sich einzuschlafen, oder er schläft schon, denkt an einen Schirm, der aufgespannt wird, sehr groß und dunkel, innen sind weiße Streben. So sieht der Schmerz aus, weiße Streben, von einem Mittelpunkt ausgehend. Das kommt, weil er auf der Herzseite liegt.

Er muß erst klarer werden, wissen, wo Beine und Arme liegen, ehe er sich herumdreht. Mit dem linken Arm tastet er hinter sich, stützt sich auf, zieht die Knie an und schiebt sich herum. Im Flur ist nichts mehr zu erkennen, nur ein mattes Glänzen einer großen Fläche. Das ist nicht im Flur, sondern viel näher, es ist seine halbgeöffnete Tür. Sie sieht aus wie aus einem porösen flockigen Stoff, ganz leicht. Vielleicht verändert sie manchmal ihre Stellung, hat sich etwas zugedreht. In der Wohnung ist eine Luftbewegung, hinter ihm an seinem Fenster steht das Oberlicht auf.

Eben hat er geschlafen und etwas Verworrenes geträumt, aber es ist ihm so vorgekommen, als wäre er wach. Vielleicht war er es auch, es waren getrennte Zustände,

irgend etwas schien wach zu sein mitten im Schlaf, etwas im Gehirn, das den Schlaf nicht bemerkte und immer weitermachte. Es ist das Unerledigte, das Denken. Das Denken, das sind die Bewegungen, die es macht. Was aber nie zu etwas führt, weil er es nicht gelernt hat oder weil es unmöglich ist. Er weiß, wo er hin will, was er gesucht hat damals im Garten, war Frieden, ein Gefühl der Ruhe ohne Angst. Aber er hat das nur als Stimmung gekannt, vielleicht also als Täuschung. Oder vielleicht war das immer so, es gab langanhaltende Täuschungen und kurze. Jetzt, wo er es immer mehr braucht, hat sie nicht mehr mitgemacht. Vielleicht sollte er fortgehen, mit Siems sprechen, der in einem Heim wohnt, oder sich irgendwo ein kleines Zimmer mieten. Das ist beinahe sinnvoll, eine Rückkehr zu seinen Anfängen, als er noch Reisender war. Wenn er ihnen das vorschlüge, würden sie ihn ziehen lassen, sie würden vielleicht sagen, bleib in der Nähe, damit wir uns um dich kümmern können.
Er zieht die Decke bis zum Hals hoch und steckt die Finger über seinem Bauch ineinander. Sie fühlen sich dick an, klobig und taub. Schlegelfinger, das kommt vom Herzen, gestautes Blut, das sie auftreibt zu weichen Klöppeln. Er hat an etwas denken wollen, an sein Fortgehen und ihre guten Wünsche. Eben war dieser Gedanke neu, jetzt schon nicht mehr, er glaubt es vielleicht schon nicht mehr. Doch, er wird fortgehen, irgendwo in einer anderen Stadt leben, in einem möblierten Zimmer für sich allein. Davor hat er immer Angst gehabt, aber es kann nicht viel anders sein als jetzt, oder besser. Es ist besser, weil niemand ihn sieht, niemand etwas von ihm erwartet und er sich nicht vorstellen muß, wie man ihn sieht, wie Kläre ihn gesehen hat, Carla und Günther. Er kann darüber nachdenken, braucht nicht danach zu leben. Alleinsein, ein paar neue Gewohnheiten ausbilden für die letzten Jahre und nachdenken. Am Fenster sitzen und nachdenken, im Bett liegen wie jetzt, warum stellt er sich das vor, es wird nichts anderes sein als dieses Liegen jetzt hier auf dem Rücken, in der Dunkelheit, mit den dicken ineinandergeschobenen Fingern. Doch, es wird anders sein, weil er sie dann verlassen hat, weil er einen Entschluß gefaßt hat. Damit wird er sie erschrecken, sie

kommen wie er in eine leere Wohnung zurück, und das ist dann seine Antwort.
So gehen sie miteinander um. Indem sie voreinander fortlaufen. Er versteht das nicht, obwohl es klar ist, wenn man es einmal weiß. Sie hat ihn allein gelassen, er liegt hier, auf dem Rücken, doppelt so alt wie sie, und lebt, kann die Daumenballen gegeneinanderpressen, ein Dreieck, ein Giebel, ein kleines Haus. Fingerspiele, mit denen er die Kinder unterhalten hat, er hat gut mit Kindern umgehen können und es oft getan, ausgiebig, sooft er Zeit hatte, immer mit dem Gedanken, daß er es zurückbekäme. Er hat geglaubt, daß er einen Vorrat anlege, für sich, für später hatte es aufhäufen wollen, Spaziergänge, Unterhaltungen, Zärtlichkeiten, ein Vorrat, von dem er leben wollte, vielleicht gelebt hat. Es ist alles gekommen, wie er es erwartet hat. Aber er hat es nicht gewußt, nicht so wie jetzt, solange er daran glaubte. Er hat etwas vorausgehabt vor Kläre, er hat Zeit gehabt, sie nicht, Zeit, um es zusammenzutragen, diesen Vorrat von Liebe und Dankbarkeit, den er gegen sie aufbaute, das war sein Besitz, sie hatte das Haus, das Geschäft, in dem er nicht viel gegolten hatte, was alle gewußt hatten, auch die Gäste. Vielleicht war es bei ihr genauso gewesen. Sie hatte sich daran geklammert, hatte das Geschäft vergrößern wollen, dann war sie krank geworden und hatte angefangen, Günther zu sich herüberzuziehen. Alle sind gerechtfertigt, alle haben ihre Gründe, alle haben sie Angst. Oder urteilt er nur von sich aus? Es ist möglich, daß sie anders sind und er nichts von ihnen versteht. Dann kann er aufhören mit dem Denken, hier liegen, auf seiner Matratze, die Finger befühlen, zur Decke sehen. Nein, er kann es nicht, auch wenn er es versucht. Es ist eine Beruhigung, die ihm angst macht. Die Angst, eingesperrt zu sein, allein, während alle wie auf Verabredung fortgehen. Sterben, weil draußen alles verschwindet. Er sieht sie laufen, sie ist vorbeigelaufen. Auch das ist weniger geworden, als wäre es erschöpft, als wäre es nicht mehr wahr. Er will sie sich vorstellen, ihre Sprünge, es sind nachlassende Bewegungen, oder leichte Sprünge, leere Flecken.
Er schläft nicht richtig, ist nur unfähig zu denken. Um

müde zu werden, bewegt er die Augen hinter den geschlossenen Lidern, dreht sie hoch, als sähe er in seinen Kopf. Nur der Körper ist müde, nicht sein Kopf, oder der Körper ist nicht da, ist abgesunken, und weit entfernt liegen seine Füße im Bett, die kalt sind. Er zieht sie an, legt sich etwas mehr auf die Seite. Man darf sich nicht zwingen einzuschlafen, es ist besser, an etwas zu denken. An etwas Angenehmes, an die Ferien. Wie er mit Carla durch den Wald gegangen ist, im Regen auf dem Weg zum See. Er will nicht daran denken, es regt ihn nur auf, und alles wird wieder anfangen. Vielleicht kann er so einschlafen, oder er kann an früher denken, jetzt hat er etwas zu tun, das Zimmer, die Stehlampe mit dem braunen Seidenschirm und Kläre, die etwas sagt und sich ihm gegenübersetzt. Jetzt schlafen, denkt er. Das hilft nichts, an Tote zu denken, auch nicht an seine Frau.

Er sieht den Flur, die schwarzen Klumpen der Mäntel, die er nicht unterscheiden kann. Die Wohnung kommt ihm groß vor, als wären alle Räume größer geworden und die Wände nach außen fortgerückt. Es ist nicht schlimm, wenn er nicht einschläft, er versäumt nichts. Wieder denkt er daran, wie sie vor ihm hergegangen ist. Wenn sie bei ihm war, hatte er gefühlt, daß er lebte, auch wenn er gewußt hatte, daß er alt war, gerade durch sie. Es war leichter gewesen, alt zu sein. Im Regen waren sie an den See gekommen und hatten sich im Bootshaus untergestellt. Das hatte er vergessen, diesen Nachmittag, aber jetzt erinnert er sich, niemand war da, weil es schon über eine Stunde regnete, was sie im Wald kaum gemerkt hatten. Das Holz des Steges, an dem unten die Kähne festgemacht waren, war schon schwarz und glitschig vor Nässe. Sie hatte sich hinter dem Haus umgezogen und kam dicht an ihm vorbei, er roch ihre warme Haut, den warmen, schnell verfliegenden Dunst, den sie ausströmte. Sie zog sich zusammen, als sie in den Regen hinaustrat, und lief krumm, mit vor der Brust gekreuzten Armen bis zum Ende des Stegs, wo sie sich nach ihm umblickte und ihm etwas zurief, ehe sie absprang. Sie war weit hinausgeschwommen, er hatte keine Angst gehabt um sie. Er stand an die Bretterwand gelehnt und hörte über sich auf dem Dach den

Regen, das Wasser roch stark nach Sumpf und faulendem Holz. Der See war eine graue unruhige Fläche gewesen, aufgelöst durch den kurzen Wellenschlag und gesprenkelt vom Regen, der immer dichter fiel und hinter dem das andere Ufer verschwamm, die Bäume, das Schilf, die vorgerückten Schilfinseln im flachen Wasser waren ein diesiger Streifen, auf den sie zuschwamm und der überging in die tiefhängenden Wolken, gleichmäßig grau. Er hatte sie weit draußen gesehen und gewinkt, und sie hatte den Arm hochgerissen, um ihm zu zeigen, daß sie es gesehen hatte. Dann war sie näher gekommen, sie schwamm zurück. Als sie wieder an ihm vorbeikam, triefend naß, die Haare strähnig und schwer, als sie näherkam mit langen Schwimmstößen und einen Augenblick am Bug eines Kahns hing, atmend, mit offenem Mund, dann sich hochzog, durch den schaukelnden Kahn auf den Steg zuging, sich vorbeugte und den Kahn an den Steg heranzog, alles ruhig und atmend und unempfindlich gegen den dicht fallenden Regen, hatte er Kläre gesehen, Bewegungen, die sie machte, wenn sie sich vorbeugte, sich wusch, es war das gleiche, die Körper wiederholten sich, aber sie bewegten sich von ihm fort, an ihm vorbei, obwohl sie lächelte, als sie an ihm vorbeilief, um sich abzutrocknen. Er wartete, hörte, wie sie sich mit dem Handtuch abklopfte, es war ein schnelles klatschenden Geräusch, dann hörte er nichts, nur einmal ihre Stimme, tiefer, als er sie kannte, die einen Laut ausstieß, vielleicht weil sie fror oder weil sie warm wurde, irgendeinen dunklen Laut zwischen zusammengepreßten Zähnen, der ihr nicht bewußt war. Er hatte an der Wand gestanden und das warme Holz unter seinen Handflächen gefühlt und nur noch undeutlich das gegenüberliegende Ufer gesehen, Bäume, die als graue zerlaufene Flecken im Wasser standen, es war ihm so vorgekommen, als gehöre er nicht hierher. Aber gleich mußte sie kommen, und er wußte, daß alles, was er sah, ihn und sie umgab, daß er mit ihr darin eingeschlossen war, in derselben Zeit, und immer noch lebte, nur schon mit dieser immer eindringlicheren Verwunderung, dazusein.

Es wird allmählich heller. Das kaum merkliche Eindringen des Lichtes, das Rauherwerden der Oberflächen. Er liegt mit angezogenen Beinen im Bett. In der Küche läuft der Kühlschrank. Er erinnert sich, es gehört zu haben, es ist jetzt still. Vielleicht wird es doch nicht heller. Er überlegt, ob er aufstehen und etwas trinken soll, bleibt aber liegen. Sie sind jetzt zusammen, denkt er. Nichts kann zurückgedreht werden, es bewegt sich weiter, oder man bewegt sich nicht, und es kommt auf einen zu. Gegen Morgen wird es kälter. Er steht auf und macht das Oberlicht zu. Jetzt kann er alles deutlich im Flur erkennen. Die Mäntel hängen unverändert in ihren steifen Falten, unordentlich und verzogen, er nimmt sich vor, sie nachher fortzuhängen.

9

Die Musik beginnt wieder, während sie sich noch die Lippen anmalt. Sie beißt auf das Papiertaschentuch und blickt in den Spiegel, in dem sie sich vor den Gesichtern zweier Frauen sieht, die hinter ihr stehen, sie tupft die Mundwinkel aus und hört die Musik jetzt deutlich, einen dieser neuen Tänze. Irgendwo muß ein Fenster auf sein oder ein Oberlicht, denn sie hört sogar den Schlag der Rumbakugeln. Eine der Frauen bewegt sich in den Schultern, die andere steht jetzt neben ihr, Wasser läuft, der dritte Waschtisch ist gesperrt durch ein großes Pappschild, das am Hahn festgemacht ist. Die Frau hinter ihr bewegt sich rhythmisch vor der trüben weißen Kachelwand. Sie schraubt den Lippenstift zurück und steckt ihn in die Tasche, geht Kleingeld suchend in den Vorraum, wo die Toilettenfrau neben dem Verkaufstisch sitzt, ein großer Küchenwecker steht neben dem Handtuchstapel. Die beiden Frauen nebenan unterhalten sich, und sie paßt auf, ob sie etwas versteht, sucht dabei in ihrer Handtasche. Die Fahrkarte liegt lose im Seitenfach, der Drehbleistift, sie muß schreiben. Jetzt hat sie Zeit, eben hat sie zweimal getanzt.

Als sie in den Caféraum tritt, sieht sie die Tanzenden draußen auf der Terrasse durch die großen halbgeöffneten Scheiben, sie drängen sich auf der Fläche zwischen den rotweißen Sonnenschirmen, eine bunte, hell gekleidete Menge, die sich fast auf der Stelle bewegt. Am Büfett kauft sie eine Ansichtskarte vom Stausee, eine zweite vom Waldekker Schloß, läßt sich Marken dazu geben, neben ihr nimmt ein Ober vier Eisbecher in Empfang. Sie geht hinter ihm her nach draußen, zwischen den Sonnenschirmen sieht sie kleine Stücke des Sees, die bewaldeten Uferberge. Die beiden Frauen stehen am Rand der Terrasse und sehen zum Pavillon hinüber, wo der Mann mit den Rumbakugeln einen Schautanz macht und mit dem Klavierspieler spricht, der sich ihm zudreht, es sind kleine zuckende Bewegungen mit den Schultern und Hüften, der Klavierspieler macht ähnliche Bewegungen mit dem Kopf, dann trennen sie sich lächelnd, ziehen die Mikrophone zu sich heran, singen aber noch nicht, der Mann mit den Rumbakugeln spricht jetzt mit dem Gitarristen. Oben aus den Lautsprechern an den beiden Eckpfeilern wird gleich seine Stimme kommen, und die beiden Frauen dort auf dem Kiesweg neben dem Geranienkübel warten darauf wie sie, stehen dort eingehakt, die Köpfe in gleicher Höhe, wie zwei Schwestern, vielleicht sind es die Frauen der Musiker. Sie geht auf den Tisch an der Ufermauer zu, hebt die Ansichtskarten und winkt. Günther sieht abweisend aus oder elend, oder bildet sie sich das ein?

»Warum tanzt du nicht?« fragt sie, als sie die Tasche abstellt und sich ihm gegenübersetzt. Gleichzeitig nickt und lächelt sie zu dem Mann hinüber, der drüben am Tisch eine kleine Verbeugung macht, um ihr zu zeigen, daß er sie vermißt hat. Beim nächsten Tanz wird er wiederkommen, sie will nur schnell diese Karte an den Vater schicken, sie schreibt in Druckbuchstaben die Adresse. Ohne aufzusehen sagt sie: »Ich versteh dich nicht, es sind doch genug Frauen da.« Aber sie weiß schon, daß er nicht antworten wird, und beginnt einzelne Buchstaben der Adresse zu verbessern, immer wieder kurz aufblickend zu ihm, zu seinem seitwärts gewandten Gesicht, das auf den See starrt, vielleicht auf die Köpfe der Schwimmer, drüben in dem blitzenden Wasserstreifen, sie will wissen, wie lange er so sitzen bleibt. Sie fühlt sich gereizt, die eingezogene Unterlippe reizt sie, der schnelle Lidschlag, sein nervöses mageres Gesicht, das ihr immer dieses Schuldgefühl einflößt, immer, wenn sie ihn kritisiert. Sie hätte ihn fahren lassen sollen heute morgen, als alles besprochen war, anstatt ihn einzuladen zu diesem Ausflug und sich einzulassen auf seine Empfindlichkeit.

»Was ist das mit dir?« sagt sie. »Warum läßt du dich immer hängen? Kein Mensch will dir was, das mußt du einmal begreifen.«

»Nein, kein Mensch.«

Er spricht das gedehnt aus, angewidert. Lange kann er sie

nicht ansehen. Daran kann sie seine Erregung erkennen, an diesem Starren und Fortblicken. Es lohnt sich nicht, darauf einzugehen. Sie nimmt wieder die Karte und überlegt, was sie schreiben kann außer der Nachricht von gestern abend, daß sie Günther gefunden habe, der wirklich krank gewesen sei, außer der Ermahnung, sich nicht aufzuregen bis zu ihrer Rückkehr. »Lieber Vater!« Gerade jetzt schreibt sie diese Anrede, die sie sonst nie gebraucht.
Sie trinkt den kalt gewordenen Kaffee, steckt Karte und Stift in die Tasche, sucht das Zigarettenetui und hält es ihm hin. Nein, er raucht nicht. Aber sie zündet sich eine an, und mit dem ersten Zug sucht sie wieder die Vorstellung, die sie seit Tagen beruhigt, sie wird allein sein, bald, sie wird eine eigene Wohnung haben, mitten in der Stadt, morgens wird sie aufstehen mit dem Bewußtsein, für sich zu sein, sie braucht immer nur bis hierhin zu denken, und das Gefühl von Erwartung ist da, ein stillstehender Druck in ihr, der alles vergrößert, den braunen angetrockneten Kaffeerest vor ihr auf dem Löffel, die Zuckerkörner, das zerknüllte Papier, das sie ansieht, als wäre da etwas zu finden, als enthielte es etwas von dem, was kommen muß, was dann überall sein wird. Allein sein, eine eigene Wohnung, endlich, wenn sie jetzt durchhält, vielleicht ist es nicht so schwer. Ein paar Tage wird sie hierbleiben und dann mit dem Vater sprechen. Jetzt, während sie hier sitzt und die Menschen betrachtet, dieses ruhige helle Bild des Kaffeegartens, die Sonnenschirme, die Gesichter, ist alles noch von ihr getrennt.
Die Kapelle macht eine Pause, nur einer der Musiker sitzt noch im Pavillon zwischen den Instrumenten. Er hat sich mit dem Rücken an die Wand gelehnt und scheint zu schlafen. Einmal hebt er die herunterhängende Hand an den Mund und zieht an der Zigarette. Im Schlafen rauchen. Sie hat die Bewegung mitgemacht, sitzt wie er zurückgelehnt, mit herunterhängenden Armen, und für einen Augenblick ist die Übereinstimmung so stark, daß sie sich nicht bewegen will, wenn er es nicht tut, sie überläßt sich ihm und wünscht, daß er es fühlt. Das hat sie früher oft gemacht, Wünsche aussenden, Gedanken übertragen, all diesen Unsinn. Man muß sich das nur klarmachen, um damit aufzuhören.

Sie raucht, sieht wieder auf den See. Die weißen Haufenwolken über den Bergen sind seit Stunden nicht näher an den See herangerückt, der in der Nähe blau erscheint, dann übergeht in das helle, blendende Glänzen. Weiter draußen hinter dem Bergvorsprung ist ein dauerndes Flimmern um die Boote herum, schmale Bänder von Lichtreflexen, die sich zusammenziehen zu großen schimmernden Flächen. Nichts scheint sich dort zu bewegen. Die Segel bleiben gleich weit entfernt. Die Berge in der Ferne stehen blaß hinter dem Dunst, der von der Seefläche aufsteigt. Manchmal hört sie Stimmen von den Badeplätzen, ein dünnes, zirpendes Geschrei. Ich lebe, ich lebe nicht. Er lebt, er lebt nicht. Sie hat sich geschworen, an sich zu denken, heute morgen, als sie wach wurde in dem Gasthofbett und nicht mehr einschlafen konnte, als sie sich im Bett sitzend die Nägel lackiert hat und sich vornahm, nachher beim Frühstück mit Günther darüber zu sprechen, daß sie den Vater in ein Heim bringen will. Sie war ganz sicher gewesen und glücklich, endlich soweit zu sein, so mit sich einig.
»Bleiben wir noch?« fragt er.
Sie zuckt die Achseln, sagt nichts. Dann schiebt sie ihm ihre Tasche hin.
»Wenn du willst, kannst du zahlen.«
Er läßt die Tasche zwischen seinen Händen stehen.
»Für uns beide oder nur für mich?«
»Mach, was du willst«, sagt sie.
»Also du bleibst noch?«
Sie sieht fort, weil er wieder das Gesicht bekommt, das sie in Wut bringt. Er rührt sich nicht, blickt wie sie auf ihre Hände, die das Zuckerpapier zerreißen, kleine Fetzen daraus machen, die sie auf die Untertasse legt. Durch den Mittelgang kommen die Musiker aus dem Café zurück und steigen nacheinander aufs Podium.
»Nimm dir zehn Mark«, sagt sie.
Aber sie will ihn nicht fortschicken, sie sagt es nur, weil er die Tasche aufgeklappt hat und hineingreift. Er nimmt die Ansichtskarte heraus und liest ihr die Anrede vor.
»Lieber Vater.«
Er stockt und beginnt wieder.
»Lieber Vater, wir haben gerade beschlossen, Dir Deine

wohlverdiente Ruhe zu verschaffen. Heute morgen beim Frühstück fanden wir, daß es das Beste für Dich sei. Deine Dich liebenden Kinder.«

Wahrscheinlich braucht sie nur zu sagen, hör auf damit, er wartet darauf, daß sie irgend etwas tut, ihm die Tasche wegnimmt, jetzt, als er ihre Kosmetiksachen herausnimmt und vor sich auf den Tisch legt. Sie wartet ab, sie will sehen, wie weit er es treibt. Überall stehen Leute auf und gehen zur Tanzfläche, auch der Mann ist drüben aufgestanden, er bewegt sich wie jemand, der viel Zeit hat, läßt andere an sich vorbeigehen. Günther hat ihr Notizbuch in der Hand, die Zahlen stehen darin, alle Beträge, die er in diesem Jahr von ihr bekommen hat, ihre Bemerkungen dazu, »er hat es durchgebracht, ich bin es leid«.

»Lies es«, sagt sie, »vor allem die letzten Seiten«, und jetzt kommt alles aufeinander zu, der Mann, der sie zum Tanz holt, Günther, der sie ansieht, als ob er etwas sagen wolle, und sie selbst, die irgend etwas ändern möchte, aber sie ist schon aufgestanden und geht zur Tanzfläche, wo sie sich umdreht und auf den Mann wartet, der nicht so schnell gefolgt ist. Er fragt etwas, aber sie ist zu aufgeregt, um zu antworten, schüttelt nur den Kopf.

Als sie zu tanzen beginnen, legt sie den Mund auf ihre Fingerspitzen, oben an seiner Schulter. Die Nägel sind glatt, es ist beruhigend an den Lippen, auch die Wärme, der Atem, der schwache süßliche Geschmack. Der verschwommene Fleck dicht vor den Augen ist die Hand. Rücken und Köpfe kommen vorbei, einmal ein Gesicht, das sie wiedererkennt, eine der beiden Frauen, ein abwesendes Gesicht über einer Schulter, als würde es vorbeigetragen. Sie merkt, wie sie mit schleifenden Schritten tanzt oder langsam sich dreht mit einer schwingenden Bewegung der Hüften, die sie übertreibt. Bei jeder Drehung ist sie dicht mit dem Mann zusammen und träge an ihn gelehnt, fast wie im Halbschlaf kommt sie außen an denTischen vorbei, wo Günther sitzt. Ihre kleine quadratische Tasche steht auf dem Tisch. Sie weiß nicht, ob sie winken soll, winken, weil er sich einsam fühlt, wenn sie tanzt. Aber sie sieht ihn nicht, er ist nicht da. Eben hat sie geglaubt, ihn dort sitzen zu sehen, steif, wie sie es erwartet hat, und sie hat schon die Hand

bewegt, um ihm zu zeigen, ich bin hier, bin nicht mehr böse, oder um es zu vertuschen, daß sie so eng verschlungen tanzt.
Sie tanzt auffällig, ohne daß sie es ändern kann. An ihrer Wange ist das Gesicht des Mannes, warme, feuchtwerdende Haut, beide drehen sie etwas den Kopf, ohne sich zu trennen, während sie zuhört, was er erzählt, die Stimme dicht an ihrem Ohr. Er hat ein Segelboot, es liegt auf der anderen Seeseite, er kommt oft für ein paar Tage her, schwimmt, segelt, manchmal angelt er vom Boot aus. Er streichelt die Außenseite ihrer Finger, sie bewegt ihre Finger in seiner Hand. Die Tanzfläche ist umstellt von Sonnenschirmen aus weißen und roten Bahnen, in die weiß und rot Afri Cola eingedruckt ist. Dahinter sieht sie das Haus, den hellen rauhen Verputz, die Fenster und Blumenkästen des oberen Stockwerkes. Der Himmel ist dunstig blau mit immer noch unveränderten Haufenwolken über den Bergen, aber blau und wolkenlos über der Seefläche, nur zwei parallele Kondensstreifen sind dort, flockig und breit geworden, fast schon wieder aufgelöst, die Flugzeuge müssen schon seit Minuten fort sein.
Sie sind stehengeblieben und klatschen wie die anderen zur Kapelle hinüber. Die Hände machen ein plätscherndes Geräusch, das gleich wieder abbricht. Er faßt ihren Arm und führt sie ein paar Schritte auf den Pavillon zu, wo die Musiker Instrumente und Notenblätter auswechseln. »Das sind keine Italiener«, sagt er, und sie liest erst jetzt den italienischen Namen auf der Trommel. Aneinandergelehnt warten sie, umfassen sich sofort wieder, als die Musik beginnt und überraschend nah eine Stimme durch die Lautsprecher kommt, dann eine andere, die erste ist dunkler, schattiger, die zweite setzt kurze Ausrufe gegen den langsamen, unbeirrten Rhythmus der ersten Stimme, wechselt ab mit dem Gitarrenschlag, kommt wieder, sie tanzen langsam in der Mitte mit zwei, drei wechselnden, sich wiederholenden Schritten. Sicher ist er verheiratet. Männer wie er ziehen die Ringe ab, wenn sie allein sind. Aber das macht nichts, ihr macht das nichts aus.
Das möchte sie ihm gerne sagen. Sie ist einmal mit einem verheirateten Mann zusammen gewesen, das ist Jahre her,

es war das letzte Mal, und sie hat schon lange aufgehört, daran zu denken. Einzelheiten fallen ihr wieder ein, sein gelber Bademantel, sein großer Schritt über das Fußende ins Bett, der komisch sein sollte. Vielleicht war alles Verlegenheit gewesen, seine Witze, das Lachen und gemeinsame Fratzenschneiden vor dem Spiegel. Es war nichts, woran sie hätte denken können. Wenn sie Zeit gehabt hätte, wäre es vielleicht anders geworden, sie hätte etwas daraus machen können, aber so hatte sie von vornherein aufgegeben und sich mit der Lustigkeit begnügt, auf die sie sich geeinigt hatten. Lächerlich, jetzt fällt ihr immer mehr ein, das Frühstück am nächsten Morgen und wie er sie zur Bahn bringt und dauernd auf seine Uhr blickt, als könnte er nicht behalten, wie spät es ist, während sie redet, schon wieder von der Schule redet oder von der Tagung, auf der sie zusammen gesessen haben, nebeneinander.
Günther ist immer noch nicht zurück. Es sieht so aus, als habe er alles wieder eingepackt, die Tasche steht am Rand der Tischplatte vor ihrem Platz. Der Ober muß dagewesen sein, hat die leeren Kaffeekannen und Tassen abgeräumt, und nur wegen der Tasche haben sich noch keine neuen Gäste an den Tisch gesetzt. Ihre kleine italienische Tasche, die sie sich gekauft hat, weil sie schlechter Laune war.
Warum ist sie dauernd bedrückt?
Jetzt wieder, während sie tanzt und mit dem Mann spricht. Sie sagt, das haben wir auch gemacht. Sie sind auch auf einem dieser komischen Tretboote gefahren. Es war, wie soll sie es sagen, sie saßen so hoch über dem Wasser, es war wie in der Schule oder auf dem Schießstand, als Schießbudenfigur sei sie sich vorgekommen. Aber das war ein belustigendes Gefühl. Sie glaubt, daß man deshalb auf diesen altmodischen Booten fährt, es wird von allen als Scherz aufgefaßt. Die Leute lachen, wenn sie einsteigen und die Pedale zu treten beginnen und hinten, unter ihrem Sitz, sich das Schaufelrad dreht, ziemlich laut, es ist ein Getöse, die Pedale und die Kurbelwelle quietschen, aber das Boot bewegt sich sehr langsam. Das ist das Lächerliche, man kommt sich so hilflos vor, und manche treten wie verrückt,

um etwas schneller voranzukommen, die anderen lassen sich treiben, sobald sie weiter draußen sind. Ja, das verstehe er. Was denn? Wie sie das alles beschreibe.
»Es ist dieser Widerspruch«, sagt sie, »der Aufwand an Kraft und die langsame Bewegung.«
Der Gedanke erstaunt sie, das hat sie nicht selbst gedacht. Jemand muß ihr das gesagt haben, und sie schwätzt das nach. Die Leute auf den Booten waren ihr puppenhaft vorgekommen. Vielleicht empfindet sie das jetzt erst, während sie wieder vorbeigeschoben wird an dem Pavillon und auf den Tisch an der Mauer sieht. Er ist abgeräumt, die Tasche steht dort, wie sie es eben schon gesehen hat, und langsam, in einer langsamen Drehung entfernen sie sich wieder am Rand der Tanzfläche, vorbei an den anderen Tischen, auf denen der rote Schatten der Sonnenschirme liegt und das weiße Kaffeegeschirr, die Kannen, Zuckerdosen und Tassen mit einem rosigen Schimmer überzieht. Auf einigen Tischen steht das Porzellan grellweiß in der Sonne. Das gleiche grelle, trockene Weiß ist auch auf den gebogenen Rückenlehnen der Stühle, die aus dem Schatten herausgerückt sind. Ein Ober in einer weißen Jacke steht zwischen zwei leeren Tischen und sieht zu ihr herüber, ruhig, mit einem in der Sonne ganz flach erscheinenden Gesicht. Sie spürt die Hände des Mannes an sich, und übertrieben bewegt sie sich darin mit einem Gefühl von Schwäche, atemlos und schwer, als strenge es sie an, zu tanzen. Wenn sie die Augen schließt, spürt sie ihre Langsamkeit, die Schritte kommen zu spät und ungenau. Sie glaubt zu stapfen, auf den steigenden schwankenden Ton der Trompete zu und wieder fort. Der Tisch ist leer, ihre Tasche steht am Rand der Platte. Wenn sie die Sonnenschirme sieht, hat sie eine bestimmte Angst, als würde etwas in ihr ausgegossen. Mitten auf der Tanzfläche ist sie aus dem Takt gekommen und hält sich an dem Mann fest, die Hände sind warme Flecke auf ihrem Körper. Gleich, denkt sie und versucht ihre Tasche zu sehen oder den Ober, während der Mann sie etwas von sich abhält. Das Pumpgeräusch ist der Baß. Der anhaltende Trompetenton kommt von drüben herüber, aber das Pumpen scheint überall zu sein, es sind kurze dumpfe Schläge.

»Was ist?« fragt der Mann, weil sie den Kopf an seiner Schulter hat.
Sie gibt sich einen Ruck, um weiterzutanzen, dann bleibt sie wieder stehen.
»Ich möchte an meinen Tisch«, sagt sie.
»Was denn, was ist?«
Sie muß jetzt weitersprechen, ihm erklären, daß Günther verschwunden ist, ihn einladen, sich zu ihr zu setzen. Bis an den Rand der Tanzfläche tanzen sie noch, dann geht er hinter ihr her zwischen den leeren Tischen, und sie hört sich sprechen mit einer anderen, freieren Stimme.
»Bestohlen hat er mich also nicht«, sagt sie, als sie sich gegenübersitzen. Es gefällt ihr, daß er sie abwartend ansieht, während sie Ordnung in ihrer Tasche macht. Sie muß Günther vielleicht entschuldigen. Er ist krank geworden, oder er selbst hat sich krank gemacht, aber das kann sie jetzt nicht erklären. Sie sucht in der Tasche, wo die Fahrkarte ist, aber nur nebenbei, weil sie mit dem Mann spricht, nur ab und zu schaut sie kurz hinein, fühlt in die Seitenfächer. Wenn Günther die Karte genommen hat, um nach Hause zu fahren, ist ihr das recht, es ist das, was sie gewünscht hat, gerade als sie ihn einlud zu bleiben. Aber ohne ihn wäre sie nicht hergekommen, säße jetzt nicht hier mit diesem Mann.
Er fängt an, Fragen zu stellen, wo sie herkomme, was sie tue, als frage er sie ab aus dem kleinen Streichholzheft, das er in der Hand hält und betrachtet, vielleicht liest er die Schrift, es ist der geschwungene Namenszug ihres Friseurs, eine gekünstelte weiße Schreibschrift auf der schwarzlakkierten Klappe, blaugefärbte Hölzer sind im Heft, zwei Reihen, die vordere ist angebrochen, sie kann daran sehen, daß sie viel geraucht hat heute. Der Mann hat dicke Adern auf dem Handrücken, schwarze Haare auf den Fingergelenken und dichter unter den Manschetten, dem Armband der Uhr, sie versucht auf das Zifferblatt zu sehen, das halb verdeckt ist.
Auf dem See ist das Surren eines Außenbordmotors, und erst daran merkt sie, daß der Tanz zu Ende ist. Die Musiker sitzen hinten im Pavillon, in den Schatten gerückt, auf den Instrumenten, dem Xylophon und der Trommel, glitzert

die Schrift, Rino Bartolli liest sie, ein erfundener Name, so, als würde sie sich Rita nennen. Jetzt, weil der Mann sie fragt, könnte sie ihm das erzählen, er heißt Hömberg und möchte ihren Namen wissen, sie soll ihn in das Streichholzheft schreiben.

»Wozu wollen Sie das haben?« fragt sie, während sie schon schreibt, Rita Rödiger, sie kennt niemanden, der so heißt.

»Das ist jetzt ein Andenken«, sagt er, es ist eine Marotte von ihm, überall Andenken mitzunehmen, jedesmal andere, die meisten muß er nachher wegwerfen, dieses natürlich nicht. Er lacht, er hat tiefliegende Augen, das Haar ist an den Seiten zurückgewichen und schon grau. Es ist ein Gesicht, wie sie es schon gesehen hat, nicht unangenehm, nicht verwöhnter als andere, aber vielleicht gepflegter und ausgeruhter.

Der Ober kommt an ihren Tisch und fragt, was er bringen soll. Sie will einen Orangensaft. Lieber möchte sie fortgehen, aber sie kann nicht dauernd etwas anderes wollen. Etwas fehlt ihr, sie wühlt in ihrer Tasche, sucht unter dem Taschentuch nach der Fahrkarte, stopft das Tuch in ein Seitenfach. Am Nebentisch sind die Leute aufgestanden, nicht um zu tanzen, wie die anderen, die gleichzeitig aufstehen, sie unterhalten sich im Gang, während das Geschiebe zur Tanzfläche überall beginnt und der Ober sich durch die Gruppe drängt und sie auflöst, hintereinander kommen die Leute an ihrem Tisch vorbei, redend, nur einzelne Worte sind verständlich. Die ersten Tänzer stehen sich gegenüber und beginnen mit schaukelnden Bewegungen, angewinkelten zuckenden Armen, es sind eingetanzte Paare, die sich beeilt haben, um noch etwas Platz zu haben.

Von der Eingangstür her kommt jemand durch den Gang, in einem graublauen Anzug, sie weiß, daß es Günther ist, aber das Erstaunen stellt sich nicht ein. Er geht drüben, die Hand in der Jackentasche mit etwas hochgezogener Schulter, betont nachlässig und entspannt, wie er jetzt zur Seite tritt und Platz macht und weitergeht, dicht an der Tanzfläche zwischen den leeren Tischen, und sich vor einer Frau verbeugt, die allein dort sitzt. Diesmal scheinen fast alle Gäste zur Tanzfläche gegangen zu sein, die dicht voll ist, eine in sich bewegte Masse, aus der einzelne Paare herausgedrängt worden sind und im Mittelgang manchmal den Blick versperren. Sie kann nicht erkennen, wie die Frau aussieht, nur den gebogenen Rücken, das grüne, mattgrüne Kleid, dunkler unter dem Schatten des Sonnenschirms. Er spricht mit ihr, ohne einmal herüberzusehen. Bestimmt weiß er, daß sie ihn beobachtet, und drängt sich deshalb der Frau drüben auf, die vor sich auf den Tisch blickt, aber jetzt dreht sie etwas den Kopf, als er sich setzt, es ist nichts daraus zu entnehmen, nur daß es eine ruhige Bewegung ist, die nichts verändert.

Auf ihrem Handrücken ist plötzlich ein warmer umschließender Druck, Finger und Daumen, die ihr Handgelenk umfassen, das Gesicht des Mannes ist über den Tisch nähergerückt. Er lächelt und hält sie fest, so daß sie ihn ansehen muß, sie kann ihre Hand nicht einfach fortziehen, hat sie ihm schon gelassen, weil sie lächelt wie er, zärtlich, übereinstimmend, sie kann nicht fortblicken, weil das töricht aussähe, solange er ihre Hand hält.

»Wie geht's?« fragt er leise, gerade so, daß sie es verstehen kann.

Das Lächeln in dem vollen Gesicht wird stärker, intimer und verstehender, oder bildet sie sich das ein, es ist nur das Gefühl, daß es albern ist, so zu sitzen in der Öffentlichkeit, einem Gartenrestaurant, eine Hand zugedeckt von seiner Hand, deren Innenfläche glatt und fest ist, eine warme Mulde. Es geht ihr gut, jetzt, sie sagt es ihm. Warum soll es mir nicht gut gehen, sagt sie, als er anfängt, ihre Hand zu streicheln, es ist nur ein leises Reiben mit dem Daumenballen seitlich am Handgelenk, wo die Haut weicher wird, empfindlicher, ein kreisendes Reiben und Drücken, das in den Arm eindringt, der schwer und pulsend auf der Tischplatte liegt, als dehne er sich aus mit geöffneter Oberfläche, nicht mehr abgegrenzt von der Luft, die durch ihn hindurch kann oder in die er übergeht, den kleinen Fleck unten am Handgelenk hat sie ihm zugedreht, und wenn er ihn mit den Fingerspitzen berührt, fühlt sie überall ähnliche Stellen an sich, in der Ellenbeuge, der Achsel, am Hals, wo sie will, kann sie die Berührung spüren, das rieselnde Aufspringen der Haut, sicher weiß er das, kann es ihr ansehen, und um sie so festhalten zu können, redet er mit ihr, fragt nach ihrem Beruf, will wissen, ob sie gerne Lehrerin ist, es hat nichts damit zu tun, sie müßte ihre Hand fortziehen, die sich gedreht und geöffnet hat, »ich tauge nicht besonders dazu«, hört sie sich antworten, schroff, abweisend, ohne daß sie es ernst meint oder etwas ändert, nur die Umgebung wird ihr bewußt, die verlassenen, mit Geschirr vollgestellten Tische unter den Sonnenschirmen, der Ober kommt durch das pralle Licht und biegt mit einer schwingenden Bewegung um einen Stuhl, Günther und die Frau sitzen nicht mehr drüben am Tisch.

Sie hat sich zurückgelehnt, trinkt die Orangeade und sieht ihn jetzt auf der Tanzfläche, seinen vorhängenden Kopf über dem schwarzen Haarschopf der viel kleineren Frau, die gleich wieder ganz verdeckt wird, nur er bleibt sichtbar, als wäre er allein da in der Menge, treibe da in dem hellen schüttelnden Geschiebe für sich, aber dazugehörend, der schwarze toupierte Haarbusch ist an seinem Kinn, es ist seltsam, er tanzt, scheint Erfolg zu haben.

Sie ist ruhiger geworden, und der Mann gegenüber kommt ihr abgerückt vor, als säße er allein am Tisch, ganz beschäftigt mit einem kleinen Stapel Fotos, die er aus der Tasche gezogen hat. Er betrachtet sie und legt sie in eine andere Reihenfolge, sie beugt sich etwas vor, es scheinen Bilder von seinem Segelboot zu sein oder überhaupt von Segelbooten, Bootshäusern, Farbaufnahmen, etwas blaustichig, blaugrüne Baumkronen über dem Wasser. »Das ist mein Boot«, sagt er, dreht ein Foto um und schiebt es ihr zu, ein weißes Boot mit einem umlaufenden roten Streifen, er hockt daneben mit nacktem Oberkörper und hält eine Leine. Auch auf den anderen Bildern ist er zu sehen, meistens lachend und in Badehose. »Das ist hier«, sagt er, »auf der anderen Seeseite«, und sie weiß nicht, ob er das Bild meint, das sie gerade gesehen hat, oder das nächste, das er ihr hinschiebt, ein Steg, umgeben von Mastbäumen, überall im glatten Wasser ankernde Boote, die mit gelbbraunen, rötlichen und dunkelgrünen Planen zugedeckt sind. Es ist ein schönes Bild mit den Spiegelungen der Boote im Wasser, den Brechungen der Farben. Sie sagt ihm, daß es ihr gefällt, und er schaut noch einmal kurz hin,

ohne zu antworten, bis sie merkt, daß er wieder auf ihre Hand blickt, mit der sie jetzt etwas tun muß, sie muß eine Bewegung machen, nimmt ihr Glas, aber er hält ihre Hand zusammen mit dem Glas fest, sie lachen beide, und zögernd läßt er sie wieder los, weil er glaubt, daß sie trinken will. Es ist nur noch ein kleiner Schluck in dem Glas, Saft mit zerstoßenem Fruchtfleisch, Apfelsinenmus, das sie sich in den Mund rutschen läßt. Durch das Glas blickt sie auf die auseinandergehende Menge auf der Tanzfläche, ein wachsender farbiger Fleck, der sich wieder zusammenzieht und auseinanderspringt, und jetzt erkennt sie Günther, der von dort auf sie zukommt.
Er sieht verändert aus, krank, anders als heute morgen, irgend etwas muß passiert sein. Immer denkt sie das, wenn sie ihn plötzlich sieht. Vielleicht will er Geld haben, um drüben am Tisch etwas bestellen zu können. Er hat wieder den verschwimmenden Blick, der sie unsicher macht. »Mein Bruder«, sagt sie, aber der Mann hat schon etwas gemerkt und steht auf. Es ist komisch, daß die beiden voreinanderstehen, während sie etwas entfernt auf dem Stuhl sitzt. Der Mann breitet ein wenig die Arme aus, um Bedauern auszudrücken oder Schuldbewußtsein.
»Ich glaube, ich habe Ihnen Ihren Platz geraubt.«
Seiner Stimme hört sie an, daß er lächelt. Etwas vorgebeugt wartet er, bis Günther einen Platz gefunden hat und setzt sich, ihm zugewandt, als wolle er weitersprechen. Günther sieht sie an, vielleicht will er ihr etwas sagen, aber sie weiß es nicht, sie kann ihn nie einschätzen, wenn ein Dritter dabei ist, und immer gerät sie in diese nervöse Aufmerksamkeit, mit der sie ihn beobachtet, er sieht wirklich krank aus, die Haut verschwitzt und wachsig unter den Augen, blutleer, sie kann es auch an den Lippen erkennen, die blaß sind und die er zusammenpreßt.
»Du hast ja getanzt«, sagt sie, aber er antwortet nicht, erst, als er eines der Fotos zu sich herüberzieht: »Na und?«
Es ist so feindselig, daß sie erschrickt über den munteren Ton, mit dem sie zu dem Mann sagt: »Das ist nämlich ein Wunder bei ihm!«
Der Mann nickt, es kommt ihr vor, als sei etwas Be-

schwichtigendes in dem Gesicht, das dringender wird, ein stummer Ausdruck, als sähe er jetzt an ihr vorbei, weil sich ihr Gesicht nicht verändert, immer noch diesen munteren unnatürlichen Ausdruck hat, den sie spüren kann wie eine Verzerrung, während der Mann sich Günther zuwendet und irgend etwas über das Bild sagt, das Günther ihr jetzt zuschiebt und das ihr im ersten Augenblick als ein weißgrauer Fleck erscheint, ein Boot kommt im Gegenlicht durch helle Spritzlichter, flockige Wassertupfen, das Segel gebläht und durchleuchtet, mit scharf sichtbaren Nähten, der Mann ist nur ein geduckter Schattenriß, grau, fast schwarz, auch der Bootsleib schwarz in dem weißgrauen Wasser.

»Sind Sie das?« fragt sie, und der Mann sieht sie jetzt wieder an, redet, es ist ein Bild von einer Regatta, an der er teilgenommen hat, bei der er beinahe Sieger geworden ist, eine Regatta auf dem Chiemsee, sie will wissen, ob er das oft macht, auch in diesem Jahr.

Es ist ein lebhaftes Gespräch, sie hat dieses Thema gefunden und muß noch einmal das Bild ansehen, das Segel, weiß, fast durchsichtig, und das sprühende Wasser.

»Willst du es auch noch einmal sehen?« fragt sie und schiebt es Günther zu.

Er dreht den Kopf, aber er scheint sie nicht ansehen zu wollen, es ist irgendein Punkt in der Luft, auf den er blickt, und sie weiß schon, was passieren wird, es ist ein sich wiederholender Moment, die Falle, in die sie hineinrennt, wenn sie alles gutmachen will, auch für ihn.

»Nein«, sagt er, dabei sieht er sie an, das Bild hat sie zurückgezogen, es liegt vor ihr, sie spürt es an den Fingern.

»Was willst du eigentlich?«

Sie ist ganz ruhig, sie hat es ganz ruhig gesagt, um ihm eine Möglichkeit zu lassen, sich zu äußern, niemand wird sagen können, daß sie nicht sachlich ist, nur antwortet er nicht, es ist dieses kindische Gesicht, das er ihr hinhält, wie eben das Gesicht des Mannes, immer so, als solle sie etwas begreifen.

»Bitte, was willst du?« fängt sie wieder von vorne an, sie ist ganz ruhig, auch wenn beide fortblicken oder auf den

Tisch, und Günther sagt: »Hör doch auf damit«, als hätte er ein Recht, sie zu belehren.
»Ich will bloß wissen, was du vorhast«, sagt sie, und das erklärt sie jetzt dem Mann, der zur Seite blickt und sie nicht ansehen will. »Er macht das immer, das wissen Sie nicht, es ist immer derselbe Versuch, alles kaputtzumachen, ich bin hergefahren, weil ich ihm helfen mußte, es ist nicht das erste Mal, es ist seine Gewohnheit, mich auszunutzen, aber er kann sich nicht anpassen, nicht für ein paar Stunden.«
Sie dreht heftig den Kopf, um das Gesicht zu sehen, das Günther macht, und mit dem geduldigen, hartnäckigen Ton, mit dem sie im Unterricht wieder von vorne beginnt, stellt sie ihm Fragen.
»Du hast doch gesehen, daß wir uns unterhalten, nicht wahr? Das hat dir wohl wieder nicht gepaßt? Oder weshalb hast du das Bild nicht sehen wollen? Das war schon zu viel für dich. Du hast wieder stören müssen.« Sie hört auf und sieht ihn von der Seite an. Plötzlich fällt ihr der Mann ein.
»Entschuldigung«, sagt sie, »das interessiert Sie alles nicht.«
Sie hat Angst, daß sie schluchzen muß, und beißt sich auf ihre Lippe, wirft sich gegen die Lehne, vor ihr liegt das Bild, und sie kann sich nicht dagegen wehren, daß sie daraufblikken muß, mit gesenktem Gesicht, so bleibt sie, während sie im Hals und in den Schultern einen ziehenden Schmerz spürt.
»Beruhigen Sie sich doch«, sagt der Mann, aber sie kann nicht aufblicken, es ist ein Krampf, der sie festhält, so daß niemand etwas von ihr verlangen kann. Günther steht neben ihr auf und scheint sich zu verabschieden. Sie hört ihn fortgehen, es sind auch andere Schritte zu hören.
»Beruhigen Sie sich doch.« Eine gedämpfte Stimme, weit weg. Das da sind ihre Hände, die die Tasche halten. Das Gesicht des Mannes ist halb im Schatten des Sonnenschirms, nur die Stirn beleuchtet, ein Buckel der Stirn.
Der Tanz beginnt wieder, deshalb waren eben die Schritte da. Die Lichtgrenze, Schattengrenze verschiebt sich auf dem Gesicht. Erst jetzt begreift sie, daß er redet, er will sie

nach Hause bringen, wenn sie fort will, er sagt, ich fahre Sie natürlich nach Hause. Vielleicht hat sie ihn darum gebeten, aber sie kann doch nicht, sie kann nicht in den Gasthof zurück.

»Bleiben Sie nur«, sagt sie und steht auf, sieht ihn gegenüber am Tisch stehen, wo sie ihn festhalten möchte, »bitte, bleiben Sie hier«, er soll dort bleiben, sie gibt ihm die Hand. Als sie beim Ober steht, hat er sich wieder gesetzt und blickt herüber, er beobachtet, wie ihr Geld hinfällt und der Ober sich bückt. Das ist alles, sie kann jetzt gehen, geht an dem Haus vorbei, durch das Tor in der Hecke. Auf dem Parkplatz kommt er hinter ihr her.

»Ich laß das nicht zu«, sagt er.

Sie stehen mitten in der Durchfahrt zwischen den Reihen parkender Autos, und er zieht sie etwas zur Seite. »Was ist los? Warum wollen Sie weglaufen?«

Seine Hand ist immer noch an ihrem Oberarm. Wieder gehen sie auf das Café zu. Hinter der Hecke ist das weiße Blechdach des Pavillons, und sie hören die Musik, stoßend, schleifend, den klappernden Trommelschlag.

»Entschuldigen Sie, ich bin etwas durchgedreht.«

»Aber, aber.«

Als spräche er zu einem Kind, das nicht weiter will. Sie weiß, daß er sich wohl fühlt, daß er Gefallen an dieser Rolle hat, sie steht hinter ihm, während er ein Auto aufschließt und vorschlägt, auf die andere Seeseite zu fahren und zu seinem Boot. Ohne daß sie etwas gesagt hat, ist sie eingestiegen. Hinter der Windschutzscheibe, der milchig grauen dünnen Staubschicht, sieht sie ihn mit dem Parkwächter, blasse, von der Sonne aufgelöste Gestalten, er, der Geld wegsteckt und zu ihr herüberlächelt, der Parkwächter, der sich langsam entfernt. Alles ist angenehm, das leise Laufen des Motors, seine Anwesenheit neben ihr, sein Körper, die Bewegungen der Hände, das weiche Anfahren und Hinausrollen auf die Uferstraße und sogar die Andeutung von Kopfschmerzen, die gleich verschwinden werden im Fahrtwind, die ihr jetzt erst bewußt werden, als sie schon verfliegen.

Über ihr ist das lichtdurchschossene Laub der Straßenbäume und vor der stumpfweißen Motorhaube die Straße, ein

dauerndes Heranfließen, sie kommt auf sie zu, gefleckt von Schatten, kommt um die Bergvorsprünge herum, fällt ab, kommt schneller, flüssiges helles, gröber werdendes Grau, weiße Streifen in den Kurven, weiße Balken, Menschen am Straßenrand kommen rückwärts vorbei, werden nach hinten fortgezogen, Trupps von Jugendlichen, Familien, plötzlich Günther, den sie eilig gehen sieht und der hinter ihnen verschwindet. Der Mann hat nichts gesagt, aber sie weiß, daß er ihn gesehen hat. Er dreht etwas den Kopf und fragt, ob sie rauchen wolle, öffnet den Handschuhkasten, in dem eine angebrochene Packung liegt, er will auch rauchen, gibt ihr das Streichholzheft, damit sie anzünden kann, die Straße kommt schnell und glatt aus einem fernen Glänzen heran, ein glattes rieselndes, grob werdendes Grau, das unter ihnen verschwindet. Sie sind weit vom See fort, umfahren ihn wohl in einem Bogen, es ist ihr gleichgültig, was aus Günther wird, vielleicht wird er versuchen, nach Hause zu kommen, und sie sieht ihn nicht mehr, heute abend nicht, morgen nicht. Sie spielt mit dem Streichholzheft, der Name steht darin, Rita Rödiger, sogar das Datum hat sie dazugeschrieben, sie steckt es dem Mann in die Jackentasche, er nickt, einen Moment sieht er sie an, wie sie ausgestreckt neben ihm sitzt in dem weit nach hinten gekippten Sessel, das ist angenehm, wenn sie Steigungen fahren, liegt sie fast, liegt und raucht, mit ausgestreckten Beinen. Manchmal spürt sie, wie der Wagen anzieht, ausschert und überholt, an ihrem Fenster kommt ein Schatten vorbei, dann wieder das Grün der Büsche, braunrote Stämme des Nadelwaldes.
Sie halten an. Unten ist der Stausee, eingekerbt zwischen den Bergen, eine glatte graublaue Fläche mit kleinen Kielspuren der Motorboote, weiter hinten eine dunklere Stelle, ein Wolkenschatten wie eine unter Wasser treibende Scholle, vielleicht ist dort Wind. Auf der anderen Uferseite blinkt der Autoverkehr durch die Bäume. Alle Berge sind zum See hin bewaldet, oben am Kamm schließt eine Hochfläche an, Getreidefelder, beleuchtet von dem klaren Spätnachmittagslicht, sie sieht Wege und Buschgruppen, als sei alles sehr nah.
Der Mann fährt weiter, weil sich ein Motorgeräusch nä-

hert. Bei der schnellen Talfahrt wird der Waldgeruch stärker. Sobald sie die Augen schließt, sieht sie die Hochfläche, ein leuchtendes Quadrat, jetzt ein länglicher Streifen, eine unregelmäßige Form, es scheint abzuhängen von den Bewegungen der Talfahrt, den Kurven, den wechselnden Geschwindigkeiten, aber es zeigt immer dasselbe, es ist ein Zeichen, eine veränderliche Geheimschrift, leuchtend und warm, ohne daß sie sagen kann, was es bedeutet, glaubt sie es zu wissen, wenn es noch bleibt, nur noch eine Weile, wird sie es behalten können, es gehört dann ihr, ist in sie eingedrungen und hat sich mit ihr vermischt wie der Harzgeruch, die Wärme, das ist sie, aber erweitert, ausgedehnt und schwer.

»Schlafen Sie?« fragt der Mann.

»Ich denke mir etwas aus.«

Er antwortet nicht, und sie merkt, daß sie langsamer fahren, auf ebener Strecke. Sie biegen in ein Grundstück ein. Zwischen den Baumstämmen ist eine hellgrau schimmernde Wasserfläche, der Wagen holpert ein Stück über den buckligen Grasboden darauf zu. »Ich glaube, wir können noch segeln«, sagt der Mann, als sie aussteigen.

Sie sieht das dunkelgrün gestrichene Bootshaus, eine Art Blockhaus mit schwarzem Betonsockel. Unter den Bäumen ist es dunkler als oben auf der Höhe, ein fast abendliches rauchiges Licht.

»Ich muß mich schnell umziehen«, sagt der Mann, »können Sie so auf das Boot?«

Sie schaut an sich herunter und sieht ihn an.

»Das müssen Sie wissen.«

Einen Augenblick lang fühlt sie sich vor ihm stehen, in dem fremden, veränderten Blick, ohne sich zu bewegen. Sie lächelt und hört, wie er sagt: »Sie sind gut so«, dann geht sie unsicher über die Grasbüschel zum Ufer hinunter, sie spürt ihr Gewicht bei den vorsichtigen Schritten, während vor ihr der Wasserstreifen breiter wird, sich ausdehnt, jetzt kann sie fast die ganze Seefläche überblicken. Sie biegt ab zu einer alten Anlegebrücke am Rand des Grundstücks und löst die vorgehängte Kette. Dicht an der Böschung bewegt sich das Wasser in kleinen glatten Wellen, in denen sich die Uferbüsche spiegeln, das graue Eisengestänge und schat-

tenhaft sie selbst. Es sind viele Geräusche in der Luft, Surren, Schreien, aber alles zugedeckt und aufgelöst, sogar die Stimmen drüben am Bootssteg kann sie kaum hören. Draußen auf dem See kommt ein Ruderboot vorbei, ein schwarzer flacher Strich mit den gleichmäßig vorrollenden und sich wieder streckenden Ruderern, sie hat nichts gehört, sieht die Rücken und das Aufglänzen der Ruderblätter ihr lautloses Eintauchen, das Boot dreht ab und entfernt sich schnell mit schrumpfendem Umriß, wird ein pumpender grauer Fleck, kaum noch sichtbar die Bewegung der Ruder dicht über dem Wasser, aber es verschwindet nicht, bleibt immer gleich groß sichtbar, manchmal wie eine Einbildung, dann deutlicher der Ruderschlag, der Takt, ein körperliches Zucken, das sie sich vielleicht vorgestellt hat, denn jetzt ist nur das feine diesige Flimmern da, ein Verschwimmen, in dem wieder ein blasser zuckender Schlag ist, der graue Punkt, der Takt.
Sie ist unruhig, deshalb starrt sie dort hinüber. Sie will nicht hier stehenbleiben. Vielleicht kann sie dem Mann entgegengehen. Oben unter den Bäumen stehen zwei Männer, die sich unterhalten, einer im dunklen Trainingsanzug, der andere im hellgrauen Anzug ist er, er hat sich nicht umgezogen. Langsam geht sie darauf zu, die Wiese hoch, ohne daß die Männer herüberblicken, etwas hat sich verändert, und sie geht dagegen an, müde, gegen einen Widerstand. Gleich wird sie eine Erklärung haben, aber sie fühlt schon die Trägheit, die sich in ihr ausbreitet. Ich muß freundlich sein, denkt sie, immer bringt sie sich damit in Gang. Aber sie steht hier, der Mann hat etwas gerufen, kommt ihr jetzt entgegen, der andere wartet oben am Haus, wartet ab, ob irgend etwas geschehen wird. Sie müssen über sie gesprochen haben, und der Mann, mit dem sie gekommen ist, hat gerufen: »Wir können nicht segeln«, genau so, wie sie es erwartet hat.
»Sie haben mich wohl vergessen«, sagt sie.
»Aber gar nicht, nein, gar nicht.«
Er wehrt ab, ohne auf sie einzugehen, und nimmt sie einfach beim Arm, geht mit ihr den Hang hoch auf den Mann im Trainingsanzug zu, der ein zustimmendes Lächeln im Gesicht hat.

»Was ist denn«, fragt sie, leise, vielleicht hat er es nicht gehört.
Der Mann im Trainingsanzug hat ein vogelartiges Gesicht, das muß die Nase sein, die große Nase mit den Nasenfalten, die großen Ohren, er ist braungebrannt und grauhaarig und macht unerwartet eine Verbeugung, als er ihr vorgestellt wird.
»Wir gehen zu meinen Freunden«, sagt der Mann, und sie merkt, daß sie sich an ihn lehnt, während der andere ihr erklärt, weshalb sie nicht segeln können, es ist etwas mit dem Lack, der Lack ist nicht trocken geworden, sie mußten länger warten, bis sie den richtigen Lack bekamen. Sie hat den Eindruck, daß das verabredet ist, auch noch, als sie zwischen den Männern über die Straße geht und zuhört, wie sie reden über Leute, die wieder einmal hier waren, die sich gar nicht verändert haben, etwas ironisch klingt das und zugleich uninteressiert, wie man spricht, um nur irgend etwas zu sagen, vielleicht wegen ihr, weil sie stumm ist und auf ihre Füße blickt, es ist ein weiches abendliches Licht auf der Straße, fast schattenlos, hier zwischen den Hecken, den Bäumen der angrenzenden Seegrundstücke und der gegenüberliegenden Gärten, hinter denen der Wald beginnt, die Stimmen der Männer sind locker um sie herum, und auch jetzt, als der Mann ein Gartentor aufschiebt und sie hintereinander einen schmalen grasigen Pfad hochgehen, kann sie sich vorstellen, daß sie gar nicht da ist und nicht einbezogen werden kann in diese Unterhaltung.
Es ist ein langgestrecktes Grundstück mit spindelartigen Obstbäumen, und ganz hinten, wo der Wald angrenzt, steht ein Holzhaus, ein Wochenendhaus mit einer offenen Veranda, grün, dunkelgrün gestrichen wie das Bootshaus, es muß derselbe Anstrich sein, ein schwärzlich gewordenes Grün, in dem die aufstehenden Fenster unter dem Vordach dunkler erscheinen, neben der Tür hängt ein weißer Rettungsring mit abgeplatzter Schrift. Eine Frau mit einem Zwergspitz auf dem Arm tritt heraus, sie hält ihnen den schnuppernden Hund hin, die kleinen runden, glänzenden Augen, während sie die Männer begrüßt und mit einer lose hingehaltenen Hand auch sie und mit ihnen hineingeht. In

der Küche nimmt sie eine brennende Zigarette vom Tisch, steht mit dem Hund auf dem Arm vor dem Schrank in einer überhängenden buntbedruckten Bluse, schwarzen Keilhosen. Der Raum ist mittelgroß, weißgekalkt und niedrig, durch die offene Tür kann sie nach draußen sehen in die Diele, wo der Mann im Trainingsanzug etwas Klirrendes vom Boden aufhebt, einen Kasten mit Bierflaschen, mit dem er in der Tür erscheint.

»Der Tisch kommt gleich raus«, sagt er und sieht zu ihr herüber.

Wieder ist das zustimmende Lächeln auf dem Gesicht.

Sie sitzt tief eingesunken auf dem Sofa, der Mann hat eine Hand auf ihrer Schulter und spricht mit der Frau, dem verschwommenen mürrischen Gesicht über dem kleinen Hundekopf.

»Lauf«, sagt sie und bückt sich, sieht dem Hund nach, der nach draußen läuft.

Dann stellt sie ihnen eine Platte mit Wurstbroten hin, ein Glas Zwiebeln, immer noch rauchend.

»Ich kann nichts essen«, entschuldigt sie sich.

»Essen nicht, aber trinken«, sagt der Mann, als sie sich ein Bierglas vollschenken läßt.

»Sei du still«, sagt sie.

Sie hält das Glas vor den Mund und sieht ihn an, trinkt in einem langen Zug. Der Mann im Trainingsanzug zwängt sich neben ihr auf das Sofa, sie sitzt eng zwischen den beiden Männern, und die Frau steht ihnen gegenüber an die Anrichte gelehnt, es scheint ihr Platz zu sein, sie hat das leere Glas in der Hand und spricht darüber hinweg.

»Ihr drei Hübschen«, sagt sie.

Hinter ihrem Kopf an der Scheibe des Küchenschrankes stecken Ansichtskarten, deren Farben kaum noch zu unterscheiden sind, es ist dämmrig im Zimmer, auch im Flur, der auf steht zum Garten hin, wo der Hund unter den Sträuchern herumwühlt, nur noch erkennbar an seinen Bewegungen, dem am Boden suchenden, manchmal hochrukkenden Kopf, den scharrenden Vorderläufen, einmal steht er auf der Türschwelle und verschwindet wieder, seitlich wegspringend, als die Frau den Kopf dreht. Die beiden Männer neben ihr essen und fragen sie über Pommern aus,

sie nennen Ortsnamen, Deep, Greifenberg, Köslin, sind aber beide nur durchgefahren im Krieg. Unten im Garten bellt der Hund.
»Das ist Kurt«, sagt der Mann.
Stimmen kommen von der Straße herauf, Männer- und Frauenstimmen, eine Männerstimme, die mit dem Hund spricht, während schon die Schritte auf den Steinplatten neben dem Haus zu hören sind, ein Trupp buntgekleideter Leute drängt herein, so daß es sofort eng ist und laut, die Stimmen reden durcheinander, zwei Männer tragen den Tisch hinaus, und im Nebenzimmer wird eine Platte aufgelegt.
»Macht doch Licht«, sagt jemand.
»Warum denn?«
Das ist die Frau, die nebenan über den Plattenspieler gebeugt steht. Sie kommt mit geöffneten Armen und zieht einen der Männer rückwärts tanzend ins Nebenzimmer, beide bewegen sich schaukelnd, als fänden sie es komisch, zu tanzen, sie sprechen miteinander, lachen, manchmal verschwinden sie aus dem Türrahmen, in der hinteren Ecke ist die erleuchtete Skala des Radios, dann kommt das Paar wieder, immer noch schaukelnd und herüberlachend. Im Flur sieht sie den hellgrauen Anzug und, schwerer erkennbar als den Mann, die eng an ihn gedrückte Frau. Sie stehen da, ohne zu tanzen. Der Kopf der Frau ist nach hinten gebogen. »Na, was?« sagt sie, »na, was?« Der Mann antwortet leise murmelnd, es ist nicht zu verstehen, was er sagt, auch ihre Stimme ist jetzt leise, es hört sich an, als stelle sie Fragen, auf die er immer dieselbe murmelnde Antwort gibt. Einmal wird der Name der Frau aus dem Nebenzimmer gerufen, und sie antwortet laut, daß sie hier sei, daß sie festgehalten werde, dann wendet sich ihr Gesicht wieder dem unbewegt auf sie herunterblickenden Mann zu.
Fast alle tanzen jetzt. Der Hund ist auf einen Stuhl gesprungen und dreht schnell und verängstigt den Kopf hin und her.
»Wir auch?« fragt der Mann im Trainingsanzug.
Er zieht sie hoch, und sie gehen ins Nebenzimmer. Während sie tanzen, blickt sie durch die verglaste Verandatür nach draußen. Der Garten ist dämmrig, ein schwimmendes

Grau, in unklaren Entfernungen stehen die Umrisse der Bäume und ein schwarzes Teppichreck oder eine Schaukel.
»Nehmen Sie es nicht wichtig«, sagt der Mann.
»Was denn?«
Aber sie weiß sofort, was er meint.
»Sie haben es ja beobachtet«, sagt er.
Das Gesicht mit der großen Nase und den Nasenfalten kommt ihr häßlich und alt vor, lächerlich, sie hat plötzlich den Wunsch, etwas Beleidigendes zu sagen in dieses vertrauliche graue Gesicht, das ihr widerlich ist wie der magere Körper, den sie durch den Trainingsanzug spürt. Sie ist stehengeblieben und sträubt sich weiterzutanzen, das andere Paar kommt stumm an ihnen vorbei.
»Es ist jedesmal so«, sagt der Mann, »jedesmal wenn er kommt, fängt es von vorne an.«
Wieder macht er einen Versuch zu tanzen, aber sie schüttelt den Kopf, sie will nach draußen. Als sie sich losmacht und geht, kommt er hinter ihr her. Auf der Veranda sind Bierkästen und leere Blumentöpfe abgestellt, ein muffiger Mäusegeruch geht davon aus.
»Passen Sie auf«, sagt er, »machen Sie sich nicht schmutzig.«
Er legt den Arm um ihre Schulter und beginnt über den Garten zu sprechen, die Obstbäume, die in drei Reihen bis auf die Straße hinunterstehen, plötzlich küßt er sie auf die Backe.
»Lassen Sie das sein«, sagt sie, er antwortet nicht, hält sie aber fest.
Im Haus wird noch getanzt, sie hört die Stimmen, die Musik. Ich kann nicht, denkt sie, ich kann nicht, kann nicht. Wieder redet er. Sie soll nicht enttäuscht sein, sie soll mit ihm hineingehen, tanzen und etwas trinken oder hinter dem Haus mit ihm ein Stück hinaufgehen bis zum Wald. Er redet leise, weil sein Gesicht näher kommt, und küßt sie auf dieselbe Stelle dicht beim Ohr, eine taube flüchtige Berührung, mit den Fingerspitzen schiebt er ihr Haar vom Ohr fort, sagt etwas und beginnt ihren Rücken zu streicheln.
»Es ist doch nicht schlimm, es ist ja gut, kommen Sie doch.«

Wenn sie den Kopf schüttelt, wischt sie mit den Haaren durch sein Gesicht, so eng hat er sich an sie gepreßt, sie dreht sich mühsam zwischen seinen Armen. »Bitte, gehen wir hinein«, sagt sie in den leeren Raum hinter ihm.
Er hat sie rücklings gegen die Brüstung gedrängt, und sie redet leise mit zur Seite gedrehtem Gesicht, während sie sich schwach gegen ihn anstemmt und jetzt im Fenster die Gesichter sieht, das Tanzpaar, sie lachen und nicken, und sie merkt, daß sie den Kopf schüttelt, um den Mund, die nassen Lippen an ihrem Ohr loszuwerden, sie starrt in die beiden Gesichter und hält still. Aber ich bin nicht da, denkt sie, jetzt nicht, jetzt nicht mehr, ich bin nicht da, ich bin nicht da. Sie will es denen da drüben sagen, die sie nicht mehr sehen kann, weil sie den Kopf im Nacken hat und an ihrem Körper die Hände des Mannes sucht, »bitte«, sagt sie, »bitte, gehn wir doch rein, bitte, wir wollen tanzen, bitte«, dann hat sie ein Handgelenk und dreht sich wieder, um frei zu kommen, die faselige Stimme ist jetzt in ihrem Nacken, »lassen sie doch, lassen Sie doch«, unerwartet läßt er sie los. Hinter dem Fenster sind die Gesichter, sie blickt den Mann an, der ein blödes Lächeln im Gesicht hat.
»Wie komme ich hier fort?« fragt sie.
Sie stehen sich benommen gegenüber. Vielleicht kann sie jetzt fortlaufen, die drei Stufen hinunter durch den Garten zur Straße. Dann hört sie, daß er ihr anbietet, sie in seinem Wagen zu fahren.
»Noch nicht, danke.«
Es fällt ihr ein, ihn anzulächeln, als er ihre Hand faßt.
»Ich will noch tanzen«, sagt sie und blickt zu den Gesichtern am Fenster hinüber, die fort sind, schwerfällig begreift sie das, denn sie kann sie immer noch sehen, obwohl er sie jetzt in den Garten geführt hat und sanft umfaßt, die Hände schließen sich auf ihrem Rücken. Im Kopf löst sich etwas auf, im Körper, ein Schwinden, unter dem sich etwas vordrängt, ihm entgegen, abwesend, sie ist abwesend, diese Neugier, das ist sie nicht, das stumme Weiterdrängen.
»Gleich fahre ich Sie«, sagt er, und der Mund berührt ihr Gesicht, beginnt es zu betupfen, langsam, um ihren Mund herum, während er weiterredet, einzelne Worte, und sie an

ihn gelehnt steht mit vor der Brust gekreuzten Armen, ohne sich zu bewegen, ohne zu antworten, abwesend, auch jetzt, als er sie weiterzieht, sie machen stolpernde Bewegungen, blicken auf ihre Füße, es ist dunkel, sie müssen aufpassen, graues Gras, ein mattschimmernder Streifen, nicht ganz so dunkel wie unten die Uferbäume.

»Ich will doch tanzen«, sagt sie und spürt seine Beharrlichkeit, es ist dieses Zerren, das sie abschütteln will, von sich wegschieben. Erstaunt, wie leicht das ist, steht sie vor ihm, dreht sich um und geht auf das Haus zu, läuft die letzten Schritte bis zur Haustür, die geschlossen ist, und sieht ihn auf sich zukommen, ohne daß sie versteht, was er sagt. Er bleibt etwas entfernt stehen, und hinter ihr im Haus ist die Musik zu hören. »Kommen Sie mit herein«, sagt sie. »Kommen Sie jetzt, bitte.«

Ohne ihn aus dem Auge zu lassen, sucht sie mit dem Ellbogen hinter sich den Klingelknopf. Sie hört den Hund bellen und tief innen im Haus das dünne Quäken der Musik. Es ist auf einmal schwer daran zu denken, daß er da steht in der schwimmenden grauen Luft. Sie kann sich nicht erinnern, ob es geklingelt hat. Der Hund hat aufgehört zu bellen. Sie sieht den Mann starr an und läuft an ihm vorbei um das Haus herum, die Treppe zur Veranda hoch, dreht sich, um etwas zu sagen, eine Entschuldigung, eine Erklärung, aber er ist nicht gefolgt. Die drei Reihen Obstbäume stehen da, als hätte er sich vervielfacht, ein nervöser lächerlicher Einfall, während sie noch lauscht, ob er kommt, in ihr ist eine flattrige Hast, als liefe sie noch die Treppe hoch.

In der Wohnküche brennt Licht. Es sind die Fremden, drei Paare, die Karten spielen oder trinken und jetzt alle zu ihr hochblicken. Sie bückt sich zu dem Hund hinunter, der ihr entgegenläuft, eine Frau fragt, ob sie geklingelt habe, und sie schüttelt den Kopf. Er kommt hinter ihr durch das Verandazimmer, seine braunen Schuhe stehen einen Augenblick neben ihr, während sie die Vorderpfoten des Hundes in einer Hand hat und mit der anderen über das Rückenfell streicht. Der Hund beschnuppert ihr Gesicht.

»Ich habe deutlich gehört, wie es geklingelt hat«, sagt die Frau.

Sie ist aufgestanden und sieht ihn in der anderen Zimmer-

hälfte ein Bierglas vollschenken, langsam, er ist ganz davon in Anspruch genommen und scheint sie nicht wahrzunehmen. Vielleicht kann sie jetzt gehen. Er beachtet sie nicht, trinkt etwas von dem Schaum ab und tritt zu den Kartenspielern, sie hat den Eindruck, daß er sich verstellt und genau sieht, wie sie hinausgeht. Im Nebenzimmer wartet sie, dann schiebt sie die Verandatür auf und geht leise die Stufen hinunter und am Haus vorbei.
Sie will laufen, aber es kommt niemand hinter ihr her, wenn sie sich umblickt, das Haus ist ein dunkler, unbeleuchteter Klotz am Berghang, und dahinter beginnt der Wald. Unten auf der Straße hört sie eine Männerstimme, ohne daß sie etwas sehen kann. Es kann am Gartentor sein, die Stimme kommt ihr aber näher vor, wie im Nebel. Als sie darauf zugeht, hört sie nichts mehr. Das Gartentor kann sie jetzt besser sehen und ein Stück der Straße vor den Büschen und Bäumen des Ufergrundstücks, die schwarz sind, schwarze geballte Formen. Sie hört keine Stimmen, keine Schritte, nur das Rauschen der Bäume. Am Straßenrand, dicht an der Hecke, parken zwei Autos ohne Licht. Ein paar Schritte geht sie die Straße entlang. »Hallo«, sagt sie, »hallo«, mit einer flachen, leisen Stimme, die ihr in der Dunkelheit wie ein Beweis erscheint, daß niemand da ist, dann bleibt sie stehen. Günther fällt ihr ein, der sicher schon fort ist mit der gestohlenen Fahrkarte.
Das ist gleichgültig, das alles.
Wahrscheinlich muß sie in die andere Richtung gehen, nicht dahin, woher sie gekommen ist, die lange Fahrtstrekke durch den Wald und über den Berg. Sie geht wieder an den parkenden Autos vorbei, in der Mitte der Straße, und hört ihre Schritte, die fest und entschlossen sind, obwohl sie sich schlapp fühlt, unbegründet müde auf der sanften Steigung, eine Müdigkeit, als sei ihr Kopf aufgeblasen und treibe lose durch die fließende Dunkelheit, unabhängig von ihren Schritten, auch von ihren Gedanken, den kleinen festen Gedanken an die Tasche oder an ihre Schuhe, die sie sich verderben wird, es ist nicht wichtig, sie bewegt sich in diesem weichen dunklen Fließen, aber als sie an einer Biegung der Straße stehenbleibt, ist die Dunkelheit wieder ein um sie ausgebreiteter Raum, erst dicht, dann immer

weiter ausgedehnt, grau, mit der schiefrigen Wasserfläche unten zwischen den Bäumen. Sie sieht die Steigung der Straße, die sich immer weiter vom See entfernt, und links an der Böschung einen Zaun, die Metallstangen, den Draht, irgendwo muß ein Tor sein, wenn oben ein Haus ist, was sie nicht erkennen kann. Sie geht weiter, bis der Zaun endet und freies, flach zugewuchertes Gelände angrenzt, Ödland oder eine vom Unkraut erstickte Tannenschonung, die sich hochzieht bis zum Wald.

Es hat keinen Zweck weiterzugehen, am besten kehrt sie jetzt um und geht wieder in das Haus zurück. Irgendwann wird sie von dort wegkommen, wenn die anderen aufbrechen, wahrscheinlich noch nicht so bald, vielleicht erst mitten in der Nacht, aber sie ist jetzt nicht mehr so müde, sondern hell und etwas aufgelöst oder erregt, es ist so, als ob sie besser sehen könne, als ob sich die Augen erst an die Dunkelheit gewöhnt hätten, an den schiefrigen Glanz unten und die Berge, die als verdickte Dunkelheiten hinter dem See stehen, ein Turm muß da sein oder ein Mast, auf dem das rote Warnlicht brennt, für Flugzeuge, denkt sie, niedrig fliegende Flugzeuge, und einen Augenblick ist sie von sich entfernt in einem noch größeren, dauernd wachsenden Raum, in dem nur der funkelnde Punkt ist und ein Geräusch, das sie schon gehört haben muß, weil es plötzlich ganz deutlich ist, nicht laut, aber klar, jemand, der unten die Straße heraufkommt, ein zielbewußter rascher Schritt, der nicht zögert oder anhält oder anhalten könnte aber eine Zeitlang nicht näher zu kommen scheint, als bewege er sich rasch und energisch immer auf derselben entfernten Stelle vor ihr in der Dunkelheit oder immer in demselben sich wiederholenden Augenblick, den sie hört, während sie unbeteiligt wartet und durch ihr Warten ihn dort hinten festhalten kann, bis er plötzlich stärker geworden ist und viel näher auf sie zukommt, offenbar erkennt sie ihn zuerst, den hellen Anzug, das weiße Hemd, denn er kommt um die Straßenbiegung, ohne seine Schritte zu ändern, den Blick von der Anstrengung etwas gesenkt, und jetzt hat sie die Vorstellung, daß sie ihn vorbeigehen lassen könnte und daß er dann völlig verschwunden wäre, und wirklich wäre nur sie und ein kleiner sie umgebender Fleck, an dem er vorbei-

gehen wird, oder auch das ist nicht wirklich, nicht ansprechbar, jetzt, als er plötzlich stehenbleibt.
»Da sind Sie ja«, sagt er, und dann, indem er langsam näher kommt: »Wo laufen Sie denn hin?«
Ich will ihn nicht sehen, denkt sie, jetzt nicht, er soll weggehen, aber sie geht ruhig auf ihn zu, so selbstverständlich, wie er neben ihr den Weg zurückzugehen beginnt. Sie gehen schnell, als ob sie es eilig hätten.
»Ich wollte mich nur mal hier umsehen«, sagt sie, aber mehr für sich, es ist nur ein Versuch einer Erklärung, die sie zurücknehmen kann, die schon wieder ungültig ist.
Er geht nicht darauf ein, sagt nur, daß er sie jetzt nach Hause fahren will. Schon die ganze Zeit weiß sie, daß er sie beobachtet hat, er zusammen mit dieser Frau, die bei ihm war, als sie unten auf der Straße vor ihnen herumlief, und vielleicht zweimal an ihnen vorbeikam. Wahrscheinlich hat die Frau ihn hinter ihr hergeschickt. Natürlich, genauso, er geht neben ihr, als führe er einen Auftrag aus. Aber das stimmt vielleicht nicht, er ist abwesend, denkt an etwas anderes oder geht nur, er ist dieses Schrittgeräusch neben ihr, deutlicher, undeutlicher, manchmal verschwindend, während sie sich vorzustellen beginnt, wie sie an Stelle der Frau zu ihm gesagt hätte: Geh hinter ihr her und hol sie zurück, oder: Du mußt sie jetzt zurückholen und nach Hause bringen, und wie sie ihre Hand auf seine Schultern legt und ihn losschickt mit einem leisen Druck, der zugleich ein sanftes Festhalten ist, und wie sie ihn noch einmal festhält und dann energischer wegschickt, so, hol sie jetzt und bring sie nach Hause, so sei vernünftig und geh schon, je länger sie daran denkt, desto befriedigter fühlt sie sich, sie kann nicht damit aufhören, auch als er wieder redet, als er sagt, daß sie da weit hätte laufen können, daß da der Wald anfange, eine schlechte, wenig befahrene Straße, denkt sie, geh jetzt, hol sie zurück, geh jetzt, bring sie nach Hause, aber unklarer, hastiger, ohne sich vorstellen zu können, wie sie ihn festhält, es ist nur etwas Graues, Körperloses, das sie nicht zusammenraffen kann, nur das Gefühl von Zerstreutheit, in dem sie die beiden Autos wiedererkennt und oben am Hang das Haus, das erleuchtet ist.
»Die feiern da oben«, sagt er, und ihr fällt ein, daß sie

zurückgehen wollte, daß sie das schon beschlossen hatte, sie braucht ihn gar nicht, sie hätte da hinaufgehen können, das beruhigt sie, während sie neben ihm weitergeht, unten zwischen den Hecken, er ist wieder stumm und blickt vor sich auf die Straße. Wenn sie den Arm ausstreckte, könnte sie seine Schulter berühren, aber er geht dort für sich und merkt nicht, daß sie ihn ansieht. Er gefällt ihr, seine Versunkenheit.
Plötzlich sagt er: »Entschuldigen Sie bitte, ich hab mich so wenig um Sie gekümmert.«
Sie will das von sich fortschieben, will das nicht hören. »Nein, wieso denn?«
Sie hört sich lachen und weitersprechen.
»Ich habe mich amüsiert«, sagt sie, »wirklich, ich habe getanzt«, während sie denkt, daß sie längst an dem Grundstück vorbeisein müssen und daß er vielleicht mit Absicht weitergegangen ist, um sich auszusprechen mit ihr, um sich zu entschuldigen. Deshalb ist er so abwesend, so stumm gewesen. Aber jetzt gehen sie hier, und es ist schon gar nicht mehr nötig, darüber zu reden. Sie versteht auch nicht, was er sagt, was er über das Auto sagt. Sie sieht es aber, den hell schimmernden Fleck in der Dunkelheit, auf den sie zugehen, es steht unbeleuchtet in Fahrtrichtung auf der Straße, und aus dem Innern kommt leise eingestellte Radiomusik.
Sie ist nicht überrascht, als die das Gesicht der Frau hinter dem Seitenfenster erkennt, auch nicht über den Mann, der zu ihr sagt, daß sie auf der anderen Seite einsteigen soll, oder über die Stimme hinten auf dem Rücksitz, die jetzt viel weicher und freundlicher ist als in dem Haus, sondern nur über sich selbst, es ist ein lang anhaltendes Staunen, daß sie sich unterhält, das Radio bedient und raucht und dauernd denken muß, wie schön das ist, die Scheinwerfer, die durch den Wald leuchten, die aufglänzenden Leuchtstäbe in den Kurven, wie schön das ist. Als ob sie es noch nie gesehen hätte oder schon lange nicht mehr. Halb umgewendet auf ihrem Sitz spricht sie zu der Frau hinter ihr und zu dem Mann, den sie von der Seite sieht. Sie antwortet abwechselnd, oder öfter die Frau, freundliche, bestätigende Stimmen. Ja, es ist schön, ein schöner Sommerabend. Aber vor allem das Fahren, denkt sie, das Zusammensitzen in diesem

kleinen fahrenden Raum, und daß sie so losgelöst reden kann mit zwei Menschen, die ihr gefallen. Aber sie muß jetzt auch von sich etwas sagen, sie ist sonst nicht so, nicht so schwärmerisch, seit langem nicht mehr, überhaupt fast gar nicht begeisterungsfähig oder nicht so schnell, das ist heute abend ganz ungewohnt, ein .seltsamer Zustand. Sie dreht sich um und blickt wieder nach vorne.
Die Lichter auf dem Hügel, auf die sie schnell zufahren, auf einer flachen geraden Chaussee, das ist Wildungen. Sie kann am Bahnhof noch einen Bus bekommen, ja, sie weiß genau, es ist noch viel Zeit, und sie hat Zeit zu warten, sie will hier aussteigen und spricht heftig gegen die beiden Stimmen, noch als sie durch die kleine, fast leere Innenstadt fahren. Nein, sie will das so. Auch wenn sie sagen, daß es nicht weit für sie sei. Sie sollen den Abend noch für sich haben.
»Das ist jetzt Ihr Abend, und Sie setzen mich hier ab.« Sie steigen alle aus dem Wagen, und sie bedankt sich, vor allem bei der Frau, die jetzt vorne einsteigt. Dann winkt sie. Die beiden lächelnden Gesichter hinter der Windschutzscheibe nicken ihr zu.
Sie tritt noch einmal an das Seitenfenster und sagt: »Der Bus ist, glaube ich, ganz leer da drüben.«
Als sie über den Vorplatz zu dem Bus geht, fühlt sie sich schwindelig. Es sind noch über zehn Minuten bis zur Abfahrt, aber sie steigt schon ein, sie will nur ruhig dasitzen, ohne etwas zu denken. Der Bus ist trübe erleuchtet, ein leerer langgestreckter Raum mit den roten Bänken, den Chrombügeln über den Lehnen, dem leeren Fahrersitz. Wie gestern hat sie sich weit nach hinten gesetzt. Gestern ist sie um dieselbe Zeit aus dem Bahnhof gekommen, und morgen wird sie zurückfahren, ja, sie wird zurückfahren. Plötzlich hat sie das Gefühl, es stünde alles erst bevor, es ist noch gar nichts gewesen, alles beginnt erst jetzt, und mit heftigem Herzklopfen wie in einem Krampf starrt sie nach vorne über die leeren Bänke auf den Fahrersitz, die Übelkeit ist außerhalb von ihr, das schwache Licht, ein wachsender Druck, eine Welle, die durch den Raum zurückschlägt, unter der sie sich vorbeugt und zusammenzieht. Dann läßt das nach, stufenweise, sie fühlt, wie sie erschlafft. Draußen kann sie jetzt Leute sprechen hören, die noch nicht einstei-

gen. Das war gestern auch so, die gleichen Stimmen, die sie in ihrer Erschöpfung nicht voneinander trennen kann, sie reden durcheinander, alles klingt gleich flach. Ich kann nicht, denkt sie, ich will fort, ich kann nicht, und sieht sie jetzt einsteigen, fremde Leute, aber es ist der Fahrer von gestern, er kommt wie gestern durch den Gang und verkauft die Fahrscheine. Das bedeutet, daß es vorbei ist, jetzt, wenn sie diesen Fahrschein kauft. Sie wartet darauf. Sie blickt in ihre Tasche und muß sich anstrengen, um zu begreifen, daß sie das Fahrgeld sucht. Dann, als er geht und den Motor anläßt, kann sie nachgeben, immer weiter in diese Schlaffheit und Leere sinken, fühlt sich vorwärtsgezogen durch die vorbeiziehende Schwärze hinter der Scheibe, die Scheibe vibriert neben ihrem Kopf, und über dem Mittelgang schaukeln die ledernen Halteschlaufen. Das ist auch gleich vorbei, denkt sie, aber sie meint nichts Bestimmtes.

Einmal versucht sie darüber nachzudenken, wie es gestern war oder am Morgen, was sie da gedacht hat, was da war, aber sie weiß nichts, als sie aussteigen muß, doch, sie weiß es, sie erinnert sich genau, ihr Gespräch mit Günther, ihre Pläne, ihre Absichten, aber es ist jetzt so, als hätte sie nie etwas damit zu tun gehabt und es nie anders als in diesem gleichbleibenden Abstand gesehen, wie jetzt, während sie über die Dorfstraße auf den Gasthof zugeht, auf den Eingang mit dem gelblich erleuchteten Lampenkasten, hinter dem der dunkle, nur vom Hof her erleuchtete Flur ist, und alles sich wiederholt, die Männergesichter an der Theke, die sich ihr zudrehen, die Lautsprecherstimme aus dem verdunkelten Nebenraum und der Wirt, der seine Zapfbewegungen unterbricht, den Zimmerschlüssel vom Brett hebt und wie gestern sagt: »Ihr Bruder ist oben.« Also dann ist er da, er ist nicht gefahren. Sie hat gar nicht mehr daran gedacht, aber es ist besser so.

10

Hinten am Ende der Straße fährt eine Bahn um den Hönninger Platz, hellgelb mit aufblitzenden Scheiben. Alles ist frisch, glänzend vor Feuchtigkeit, die Dächer, die Dachkanten haben wäßrige Lichtstreifen, und in der Ferne schimmern die nassen Flecken auf den Steinplatten des Gehwegs, die in der Nähe dunkelgrau sind, mit unscharfen, verschwimmenden Rändern, noch nicht ganz aufgetrocknete Spuren des Nachtregens, der alle Farben, das Laub der Straßenbäume, den grauen, blaugrauen und grünen Verputz der Hausfronten aufgefrischt hat, auch das Dunkelrot der Klinker, die Baumrinden, Äste und Stämme, in den Astgabeln sind noch dunklere Flecken, und die Furchen der Rinde sind schwarz wie die Erde unten an den Wurzeln zwischen den Steinplatten. Der Regen hat die Luft vom Staub gereinigt, sie ist durchsichtig und leicht. Deshalb hat er tiefer und ruhiger geschlafen als sonst und ist aufgewacht mit einem Gefühl, das wie Mut war, als habe er im Schlaf Mut gefaßt.

Er kann sich noch Zeit lassen, vielleicht noch eine Viertelstunde, und obwohl er sich jetzt ungeduldig fühlt, geht er langsam.

Eben machen die ersten Geschäfte in der Straße auf, die Lebensmittelläden, die Bäckerei, in der er die Verkäuferin in einer hellblauen Bluse hinter der Kuchentheke sieht und dahinter die Regale mit den roten und gelben Kaffeetüten, den Gläsern mit Pulverkaffee, den silbernen Schwarzbrotpackungen, den roten und grünen Keksdosen, alles in Gruppen geordnet. Der Laden kommt ihm sehr hell, fast strahlend vor als er eintritt, der Fliesenboden und die Glastheke mit den Metallrahmen, die nach Geschäftsschluß oder am frühen Morgen geputzt werden, und vielleicht sieht alles noch heller aus, weil der Laden leer ist und erfüllt von dem Geruch der frischen Brote, die hinter der Verkäuferin im Regal liegen, braunglänzend, wie lackiert. Wahrscheinlich sind sie noch warm wie die Brötchen, die der Bäcker in einem Drahtkorb hereingebringt und in einen Holztrog neben der Theke schüttet. Er kann sie jetzt auch riechen und überlegt, ob er welche kaufen soll. Aber das ist überflüssig, er will drei Hörnchen mitnehmen, auch das nur, damit die Zeit vergeht.

Als er das Wechselgeld von der Theke nimmt und die Tüte, sieht er in das Gesicht der Verkäuferin. Es ist gleichmütig freundlich, ein etwas dickes Frauengesicht mit einer Kinderhaut. Irgend jemandem möchte er sagen, daß er heute Geburtstag hat. Ich bin jetzt einundsiebzig Jahre. Aber er hat eine abergläubische Angst, sich etwas zu verderben, und geht.

Er hat immer noch Zeit für einen Umweg und biegt in den schmalen festgetrampelten Weg ein, der durch die Gärten hinter den Häusern zum Gürtel führt, es ist ein tiefer gelegenes Gelände, und er muß sich etwas in acht nehmen auf der Böschung, der Boden ist noch naß. Überall auf den Wegen sind stehengebliebene Pfützen, in denen Vögel baden. Sie fliegen seitlich in die Obstbäume weg, wenn er kommt, aber erst sehr dicht vor ihm, er kann sie manchmal im Laub sitzen sehen. Auf den schmalen Gartenpfaden liegen zusammengeharkte Unkrauthaufen, schon schwärzlich verfault und duftend vor Nässe, neben den kleinen Holzverschlägen für die Geräte oder den Lauben stehen Regentonnen, alte Teerfässer, die er vom Straßenbau her kennt. Abends und nachmittags sind immer Leute in den Gärten, aber jetzt ist er allein hier.

Den Weg kennt er genau, er ist einer seiner täglichen Spaziergänge, überall hat er schon gestanden, aber er weiß jetzt, daß jeder Tag, jede Stunde anders ist und immer mehr dazu kommt, auch wenn sich alles wiederholt, wie seine Wege, seine Gewohnheiten, das ist es, was er gefühlt hat heute morgen, als er aufwachte, jeder Tag fügt etwas hinzu, und es wird mehr, nicht weniger, deshalb steht er hier, deshalb ist er aufgestanden. Es wird ein schöner Tag, hat er gedacht, und er hat ganz ruhig gelegen, das Zimmer war schon hell, und durch das offene Oberlicht kam die regenfrische Luft. Carla schlief sicher noch, jedenfalls hatte er nichts von ihr gehört. Er hat an ihre plötzliche Rückkehr gedacht, an ihr beinahe stummes Wiederkommen über das er noch kaum mit ihr gesprochen hatte. Leise war er aufgestanden, um sie nicht zu wecken, aber sie mußte ihn wohl gehört haben, als er aus dem Badezimmer kam, denn als er die Wohnung verlassen wollte, war sie im Bademantel aus ihrem Zimmer gekommen. Sie hatte ihm nur sagen wollen, wann Günther kommt und wann es Frühstück gibt, aber dann, gegen alle Gewohnheit, gratulierte sie ihm schon, sie umarmte ihn flüchtig und küßte ihn auf die Wange, und er wußte, daß das ihr Versuch war, die Erstarrung zu überwinden, daß sie jetzt damit begonnen hatte, zu seinem Geburtstag, das war ihr Geschenk für ihn, und während des Spaziergangs war es immer dagewesen, er hatte es immer wieder gesehen, ihr strenges, vom Schlaf etwas aufgelöstes Gesicht, das sich ihm zuneigte und ihn leise berührte.

Es war besser als alles Reden. Es war gut, daß er nichts gefragt hatte, als sie zurückkam, sondern ihr Zeit gelassen hatte, vielleicht nur weil er sich nicht darauf einstellen konnte, weil er selbst noch starr war und nicht wußte, was er sagen sollte. Es war so wie jetzt, er dachte, sie könnte noch nicht richtig dasein, obwohl er sie sah und hörte, von seinem Zimmer aus hören konnte, wie sie sich in der Wohnung zu schaffen machte, vielleicht etwas aufräumte, sauber machte, dann aber wieder lange unbegründet still blieb, es war diese schwankende, unsichere Aufmerksamkeit, ein nicht festlegbares Gefühl, das Freude sein konnte oder Angst oder ununterscheidbar beides zugleich, das Horchen, sie ist da, noch immer, wieder, ich höre sie nicht, aber sie ist da, muß da sein, denn es ist keine Tür gegangen, was auch nicht schlimm wäre, weil sie wiederkäme, weil er sich wieder daran gewöhnen muß, daß sie fortgeht und wiederkommt, daß sie ihre Besorgungen macht, ihre Interessen hat, möglichst viele, das wird sie schwerer machen, fester, und er wird ruhiger werden und nicht mehr horchen wie gestern oder wie jetzt dort auf die Rückfront des Hauses starren.

Das Küchenfenster ist auf, das muß sie aufgemacht haben, um zu lüften, vielleicht legt sie die Betten aus oder macht

Durchzug, während sie schon in ihrem Zimmer den Tisch deckt, er kann an dem Fenster erkennen, daß sie in der Wohnung ist, aber es erstaunt ihn, und er will immer hinübersehen, ob sie vielleicht plötzlich am Fenster erscheint oder eine Bewegung von ihr in der Küche zu sehen ist, dicht beim Fenster ist der Spülstein, sie muß dort Wasser für den Kessel holen, aber vielleicht hat sie das Kaffeewasser schon aufgesetzt, er kann sich den unsicher beginnenden, rasch steigenden Pfeifton vorstellen und wie sie kommt und den Kessel abhebt, vielleicht ist Günther schon da, dann kommt er hinter ihr her in die Küche und unterhält sich mit ihr, während sie das heiße Wasser langsam durch den Filter gießt und der Kaffeeduft sich verbreitet, er kann sie da sehen, wie sie etwas voneinander entfernt in der Küche stehen und reden, und sich selbst hier zwischen den Gärten, wie er auf das offene Fenster starrt und längst gehen sollte.
Genau im richtigen Moment muß er da sein, das ist wichtig, der Auftritt, der Empfang, der richtige Auftritt, der richtige Augenblick, er hat das immer bedacht und wichtig genommen, es soll ein schöner Tag werden, und er muß ihnen dabei helfen, er kann etwas für sie tun, indem er dieses Gefühl von Zuversicht und Freude in sich erzeugt, das es ihnen leicht machen wird, ohne daß sie es merken, wird er sie damit anstecken, sie beide, er wird heimlich ihre Anspannung lösen, während sie noch glauben, daß sie es sind, die ihm helfen, sie, die ihm einen schönen Tag machen, ist er ihnen längst zuvorgekommen, weil er vorausgewußt hat, wie sie sein würden, er als ihr Vater, er hat auch etwas mitzubringen, jetzt, während sie sich rüsten, ihm zuliebe diesen Geburtstag zu feiern, ist er ihnen voraus wie früher, als sie klein waren und er immer, wenn er sie ansah, ihre Gedanken erraten konnte. Nicht sie, sondern er wird für sie diesen Tag feiern, er ist ihr Vater, was er vielleicht lange nicht war, er ist es gerade deshalb wieder, weil er aufgegeben hat, an das Haus zu denken und ihn nichts mehr hindert, sich auf sie einzustellen. Eilig geht er auf den Gürtel zu, hinter dem er die weißgekalkten Gebäude der Lackfabrik sieht, er geht neben dem Radweg weiter und muß bei der Ampel wieder über die Straße. Autos stauen sich,

jemand schreit ihn an, er versteht nicht, etwas hat er falsch gemacht, und er geht schnell über die Straße, hinter ihm schwillt und verschwindet der Lärm.
Er weiß nicht genau, was er eben gedacht hat, gleich wird er es wiederfinden, wenn er die Treppe hochgeht. Er will mit ihnen feiern, ja, und Carla eine Freude machen, vielleicht Blumen mitbringen, obwohl sie manchmal sagt, das sei nicht nötig, das koste Geld, sie wird alles besorgt haben und ärgert sich, wenn er Geld verschwendet. Er hat etwas anderes gedacht, vorhin, es soll alles wie früher sein, sie wird ihm eine Bouillon machen, er hat gerne eine Tasse Bouillon mit Eierstich zwischen Frühstück und Mittagessen, das hat sie lange nicht mehr gemacht, aber jetzt, an seinem Geburtstag, sollte sie daran denken. Er glaubt es bloß nicht, sie wird es wieder vergessen haben, er kann es sie auch nicht wissen lassen, daß er das erwartet. Sie hat es sicher nicht vorbereitet, aber er ist beherrscht von diesem Wunsch, gegen den er ankämpfen muß.
Gereizt bleibt er unten im Flur stehen, weil er jetzt nicht hinaufgehen kann, es ist lächerlich, er weiß das, obwohl es gerade das ist, die Erfüllung dieser kleinen Wünsche, das braucht er, um sich zu Hause zu fühlen, und seit Jahren versäumt sie das. Er muß sich beruhigen jetzt. Er will dankbar sein, nichts verlangen. Das ist der Weg, auf dem er alles zurückgewinnen wird, er weiß genau, was er tun muß, alles hat er schon eben bedacht, aber er fühlt sich stumpf, es ist ein Nachlassen seiner Zuversicht, das er nicht versteht, das ihm Angst macht. Ich muß jetzt gehen, sagt er sich, ich bin schon zu spät, ich verderbe mir alles, wenn ich sie warten lasse. Aber er sieht sich jetzt wieder ihnen gegenüber, als müsse er sich stellen, er, der zu alt dazu ist, sie zu durchschauen.
Er geht langsam die Treppe hoch, weil er jemanden kommen hört. Es sind Nachbarn, die er nur selten sieht, eine junge und eine etwas ältere Frau, beide mit Einkaufstaschen, seltsam, daß es ein Wochentag ist und er jetzt oben mit seinen Kindern feiern soll, daß sie da bereitstehen, sonntäglich angezogen. Als er klingelt, hört er Carla kommen, er kennt ihren Schritt, der fest und etwas schwer ist, sie kommt rasch aus der Küche, aber dicht hinter der Tür

bleibt sie stehen, und er weiß, daß sie jetzt die zwei unwillkürlichen Bewegungen macht, die er oft beobachtet hat, wenn er sie auf die Tür zugehen sah, sie streift mit beiden Händen über ihre Hüften und berührt kurz ihr Haar.

»Ja, komm jetzt rein«, sagt sie, zieht die Tür nach innen und läßt ihn an sich vorbei in den Flur, in dem jetzt auch Günther erscheint, er kommt aus ihrem Zimmer, groß und dünn, immer wieder diese körperliche Fremdheit, dieser Schock, daß das sein Junge ist. Er ist viel zu nah an ihn herangetreten, so daß er ihm nicht richtig ins Gesicht sehen kann, auch Carla, sie stehen dicht um ihn herum in dem engen, schlecht beleuchteten Flur, und mit beiden Armen möchte er sie etwas fortschieben, laßt mich mal, so geht mal, ja ja, sie gratulieren ihm. Die Hörnchen fallen ihm ein, und er gibt sie Carla. Sie hat das grüne, hochgeschlossene Kleid an, die Bernsteinkette, so wie er sie am liebsten sieht, und er versteht nicht, daß er so gereizt ist. Sie gehen mit ihm in das Zimmer, stehen neben ihm vor dem kleinen Tisch. Ich muß alles erwähnen, denkt er, alles in die Hand nehmen, auch das weiße Hemd im Cellophanbeutel, die neue Haarbürste, die kleine Flasche Kirschwasser, Günther hat ihm eine Schallplatte geschenkt. Er ist froh, daß er etwas hat, worüber er sprechen kann. Triosonaten von Telemann. Er hat die Platte in der Hand und blickt in das Gesicht, das verlegen oder ironisch ist, er weiß es nicht.

»Diskantgambe, Triosonate«, er liest es vor, kann aber keinen Anfang finden und legt die Platte wieder hin. Er berührt die Bürste, das Hemd, unsicher, ob sie ihm zusehen. »Genau richtig«, sagt er, »danke, ich bedanke mich für alles.«

Sie sagen nichts, und er fühlt, daß er es nicht fertigbringt, dankbar zu sein, und er kann sie nicht ansehen. Aber sie scheinen nichts anderes zu erwarten.

Carla steht schon am Frühstückstisch und gießt Kaffee ein, nur eine Probe in ihre Tasse, sie sollen kommen, sie wartet mit der Kanne. Vor seinem Platz sind Blumen, Kapuzinerkresse in einer flachen Schale. Er hat einmal gesagt, das sind richtige Sommerfarben. Carla hat sich das gemerkt. Aber er fühlt sich gestört oder gehemmt, weil sie beide noch herumstehen, sie sollen sich erst einmal setzen. Carla gibt Günther die Streichhölzer, und er zündet die Kerze an, während sie noch in die Küche geht und mit dem Buttermesser zurückkommt. Die Butterkugeln sind wie kleine Rosen geformt, sie legt ihm eine auf den Tellerrand, dann hält sie ihm das Brot hin, reicht es weiter, schnell, mit etwas zu heftigen Bewegungen, die Kerze flackert, als er das Brot wieder annimmt und neben sich stellt. Jetzt muß er etwas sagen über den schön gedeckten Tisch, die Butterkugeln, die Blumen, jetzt, als sie zu essen beginnen, die Eier aufklopfen und er Carlas Unruhe spürt. Es ist die grundlose Heftigkeit ihrer Bewegungen, so ist sie schon an die Tür gekommen.

Sie will Kaffee eingießen und sagt: »Trink erst deinen Tomatensaft.«

Günther reicht ihm die Pfeffermühle, und einen Moment ist er damit beschäftigt, sie vorsichtig über dem Glas zu drehen und das Schaben zu hören. Sie erwarten nichts von ihm, sie unterhalten sich, ein lockeres Hin und Her der Stimmen, wenn sie sich etwas zureichen, die verdrehten Redewendungen, die bei ihnen üblich sind – »Was will ich denn jetzt?«, »hab ich davon genug?« –, sie haben ihm das nachgemacht, Günther vor allem, aber das wissen sie schon nicht mehr, und das entfernt sie etwas, oder es ist sein Abstand, seine Ablenkbarkeit.

Das Zimmer fällt ihm auf in dem hellen Sonnenlicht, es ist schäbig, unbewohnt, wie stehengeblieben um diesen Frühstückstisch, eine zähe Erinnerung wie die Blusen, die beiden übereinanderhängenden Blusen, die grüne, die weiße, die immer noch seitlich am Schrank hängen. Ihre Bücher drüben auf dem Bord hat er sich einmal angesehen, Grammatiken, Schulausgaben, einige Romane, aber er glaubt nicht, daß sie noch liest. Ich muß ihnen sagen, daß ich alles verzeihe, und sie müssen es mir sagen, einmal müssen wir das aussprechen, es wird dann anders sein. Der Druck wird aus allem verschwunden sein. Er sitzt bei ihnen, kauend, sie beobachtend, dauernd denkt er, es sei Sonntag, die träge Bequemlichkeit eines Sonntages, das Knistern der Korbsessel, das streifige Licht auf der Tapete, der Butter- und Kaffeegeschmack, die aufgeklopften, leergegessenen, befleckten Eierschalen, das ist Sonntagmorgen, eine langhingezogene Frühstücksstunde, ein Bild, eine Täuschung, es geht von den Gegenständen aus, als ob sie aufgestellt wären, um ihn von etwas abzubringen, das ihm nicht deutlich wird.

Günther redet, er erzählt von einem Kollegen, er hat Tagebuch geführt und alle Kollegen darin charakterisiert, dann ist es gefunden worden, und er mußte die Stelle wechseln. Auch wenn er erzählt, ist immer diese Ratlosigkeit in dem Gesicht, er kann lachen, aber die Augen wirken verstört, so daß man nicht hineinsehen möchte. Carla ißt schon nicht mehr und raucht. Sie raucht immer mehr in der letzten Zeit, auffallend, die Lippen etwas vorgestülpt, wenn sie die Zigarette an den Mund hebt, den Rauch tief einziehend. Ihr Gesicht kommt ihm aufgeschwemmt vor, mit schlaffer, ermüdeter Haut, besonders am Hals über der Kette, den unregelmäßig geschnittenen honigfarbenen Bernsteinklumpen mit den schwarzen Einschlüssen, kleinen erstarrten Pflanzenresten. Die Kette bewegt sich, wenn sie den Kopf in den Nacken legt und den Rauch zurückfließen läßt, er kann das Schlagen der Ader sehen, die Sehnenstränge. Sobald sie sich wieder vorneigt, erscheinen feine Rillen am Hals. Sie hat sich zurechtgemacht, Lippen und Nägel gefärbt, und vor allem ihr Haar ist schön, weich und glänzend, weil sie es gestern abend gewaschen hat. Er kann ihr ansehen, daß sie bald aufstehen will. Dann bleibt er mit Günther allein im Zimmer, sie werden Schach spielen bis zum Mittagessen, und sie wird in der Küche sein. Günther wird nach dem Mittagessen gehen, und danach kommt irgend etwas, ein wortloses Weitermachen.

»Es ist ein schöner Tag«, sagt er, »ihr habt alles sehr schön gemacht.«

Er hat gar nicht erwartet, daß sie antworten, es ist auch nur eine Formel, er hat das schon gesagt und muß anders mit ihnen sprechen, vertrauter, er sucht diesen leichten, selbstverständlichen Ton.

»Heute morgen ist mir etwas eingefallen, ich habe darüber nachgedacht auf meinem Spaziergang. Ich habe gedacht, jeder Tag ist neu, jeden Tag kann man neu anfangen, wenn man sich das vornimmt, und es ist nur ein Entschluß, sich zu sagen, jetzt ist alles verziehen. Aber wenn man sich das vornimmt, dann gibt es schon gar nichts mehr zu verzeihen. Dann ist es ja schon vorbei damit. Und deshalb will ich auch gar keine Rede halten!«

Er sieht sie an, sieht Carla an, die sich nicht rührt.

»Warum soll ich das nicht einmal sagen?« fragt er. »Ihr braucht es nicht so ernst zu nehmen, wenn es euch überflüssig erscheint.«

»Es ist ja gut«, sagt sie.

Sie blickt in die Kanne und verteilt den Rest des Kaffees, Günther bittet wieder um das Brot, und er gibt ihm den Korb, sieht das scheue Ausweichen seiner Augen. Carla stellt ihr Gedeck neben sich auf den Teewagen, und während sie noch raucht, räumt sie in dieser gedankenlosen Art den Tisch ab. Sie merkt, daß er sie beobachtet, und fragt, ob er fertig sei. »Ja«, sagt er, und weil sie die Hand ausstreckt, gibt er ihr seinen Teller, das Besteck, sie räumt weiter ab, indem sie sitzen bleibt. Auch Günther reicht ihr jetzt Sachen an, die vor ihm stehen, in der einen Hand hält er den kleinen angebissenen Brotkanten, den er dick mit Butter bestrichen hat, und mit der anderen reicht er stumm Milchkanne, Zuckerdose, Gläser und Tassen über den Tisch. Sie schiebt die Schale mit den Blumen in die Mitte und wischt Brotkrumen von der Tischdecke.

»Was macht ihr jetzt?« fragt sie, »spielt ihr jetzt Schach?«

»Ich hole es gleich«, sagt Günther, und immer noch mit dem Brotkanten in der Hand geht er hinaus.

Sie schiebt den leise klirrenden Teewagen hinterher, er hört sie im Flur, sie sagt irgend etwas zu Günther, was er nicht versteht.

Er geht zu dem kleinen Tisch mit den Geschenken, nimmt das Kirschwasser in die Hand und besieht das Etikett. Es ist eine Frau mit drei roten Pompons auf dem Hut. Der Tisch wird den ganzen Tag so stehenbleiben. Er ist nicht enttäuscht, nur still und leer im Kopf. Günther kommt hinter ihm mit dem Schachspiel ins Zimmer zurück. Es fällt ihm schwer, sich umzudrehen.

»Ja«, sagt er, »dann stell sie mal auf.«

Deutschsprachige Literatur der Gegenwart

Ilse Aichinger
Die größere Hoffnung
Band 1423
-Meine Sprache und ich
Band 2081

Wolfgang Bächler
Traumprotokolle
Band 2041

Beat Brechbühl
Nora und der Kümmerer
Band 1757

Hermann Burger
Diabelli
Band 2309
-Kirchberger Idyllen
Band 2314
-Schilten
Band 2086

Hubert Fichte
Mein Lesebuch
Band 1769
-Versuch über die Pubertät
Band 1749

Marianne Fritz
Die Schwerkraft der Verhältnisse
Band 2304

Gerd Gaiser
Schlußball
Band 402

Peter Härtling
Eine Frau
Band 1834
-Hubert oder Die Rückkehr nach Casablanca
Band 2240
-Zwettl
Band 1590

Peter Handke
Der Hausierer
Band 1125

Stefan Heym
Der König David Bericht
Band 1508
-5 Tage im Juni
Band 1813
-Der Fall Glasenapp
Band 2007
-Die richtige Einstellung und andere Erzählungen
Band 2127

Peter Stephan Jungk
Stechpalmenwald
Band 2303

Hermann Kant
Die Aula
Band 931

Marie Luise Kaschnitz
Tage, Tage, Jahre
Band 1180

Gerhard Roth

Der Stille Ozean
Roman
244 Seiten, Leinen

Der große Horizont
Fischer Taschenbuch Band 2082

Menschen Bilder Marionetten
Prosa, Kurzromane, Stücke
453 Seiten, Leinen

Ein neuer Morgen
Roman
161 Seiten, Leinen

Winterreise
Roman
192 Seiten, Leinen